Die letzten 4 Seiten

Marcus Hünnebeck

DIE LETZTEN 4 SEITEN

Thriller

PAHLBERG

Marcus Hünnebeck

www.huennebeck.eu

https://www.facebook.com/MarcusHuennebeck

www.instagram.com/marcushuennebeck

Lizenzausgabe des Pahlberg Verlags, ein Imprint des Belle Époque Verlags, Inh. G. Pahlberg, Wiesenstr. 7, 72135 Dettenhausen,
mit freundlicher Genehmigung des Autors.
GPSR Kontakt: GPSRinfo@be-verlag.de

Lektorat: Ruggero Leò
Korrektorat: Kirsten Wendt / Frank Sperling
Innenlayout und Schriftsatz: Hans-Jürgen Maurer
Covergestaltung: © cover.artwize.de

Herstellung: Custom Printing, Wał Miedzeszyński 217/1, 04-987 Warszawa, Polen

ISBN: 978-3-98845-061-6

1

Frustriert starrte Jodi in den Spiegel. Warum hatte sie jedes Mal Pech mit Männern? Sie war keine unattraktive Frau und gab sich so viel Mühe mit ihrem Äußeren. Alle zwei bis drei Wochen ging sie zum Friseur, genauso oft zur Kosmetikerin. Ihre Fingernägel waren gepflegt, und seit sie sich vor zwei Jahren den Luxus einer persönlichen Einkaufsberaterin gegönnt hatte, war ihre Garderobe auf ihren Typ abgestimmt. Trotzdem nahmen Männer das anscheinend nicht wahr. Bei ihrer letzten Verabredung mit Thomas schien ihre Pechsträhne endlich vorbei gewesen zu sein. Sie hatten sich stundenlang im Restaurant unterhalten, und kein einziges Mal war eine unangenehme Redepause aufgekommen. Er beherrschte Small Talk und interessierte sich für viele Dinge, die sie mochte. Das Date hatte sich so perfekt angefühlt, dass sie ihn fast zu sich nach Hause auf einen Kaffee eingeladen hätte. Nun war sie froh, das nicht gemacht zu haben. Denn seit zwei Tagen antwortete Thomas nicht mehr auf ihre Nachrichten. War sie in seinen Augen langweilig, weil er nicht auf Anhieb bei ihr im Bett gelandet war?

»Mistkerl«, flüsterte sie.

Jodi wandte sich vom Spiegel ab. Sie ging in die Küche, holte eine Dose Coke aus dem Kühlschrank und riss die Lasche ab. Den ersten Schluck trank sie sofort, dann trat sie ans Fenster und schaute hinaus. Schräg gegenüber lag eine Schule, die Schüler hatten um diese Uhrzeit frei. Erst morgen würden sie sich wieder gegenseitig mobben oder sich ewige Freundschaft schwören. Jodi dachte an ihre eigene Schulzeit. Sie war eine mittelmäßige Schülerin gewesen. Leider hatten ihre Eltern nicht das Geld gehabt, um sie auf eine der besseren Schulen zu schicken. Diese schlechten Startbedingungen wirkten sich bis heute auf ihr Leben aus. Ob sie mehr Glück bei Männern hätte, wenn sie beruflichen Erfolg vorweisen könnte? Sie dachte an das Date mit Thomas zurück, bei dem sie auch über ihren Job gesprochen hatten. Er hatte sich dafür interessiert, was ihre Tätigkeit im Museum of Modern Art genau umfasste. Sie hatte ihren Berufsalltag im MoMA interessanter dargestellt, als er tatsächlich war. Thomas musste nicht beim ersten Date erfahren, dass sie dort ausschließlich administrative Aufgaben erledigte, also kaum mehr war als eine Sekretärin. Hatte er die Wahrheit herausgefunden und meldete sich deswegen nicht? Unwahrscheinlich. Wieso hätte er das nach ihrer scheinbar perfekten Verabredung machen sollen?

Jodi verstand es einfach nicht. Sie rief sich den Restaurantbesuch ins Gedächtnis. Sie hatten sich mehrfach sekundenlang tief in die Augen geschaut und dabei schüchtern gelächelt. Sie hatten eine schöne Zeit gehabt. Und auch der Nachrichtenaustausch in den Tagen danach war gut gewesen. Hätte er nicht beruflich nach Chicago reisen müssen, hätten sie sich garantiert rasch wiedergesehen. Zumindest war sie davon ausgegangen, bis er aufgehört hatte, ihr zu antworten.

Jodi ärgerte sich. Alles, was er über sich erzählt hatte, und das, was sie im Internet über ihn gefunden hatte, war vielversprechend gewesen. Sie hätte ihn gern näher kennengelernt. Ihm schien es nicht so zu ergehen.

Frustriert trank sie die Dose leer. In diesem Moment ertönte im Schlafzimmer der Klingelton ihres Handys. Schnell lief sie hinüber. Von der Cola musste sie aufstoßen, dann schüttelte sie ein Hustenanfall, als sie das iPhone in die Hand nahm. Thomas' Name stand im Display. Ausgerechnet jetzt konnte sie nicht antworten, weil sie husten musste. Der Klingelton verstummte.

»Nein«, stöhnte sie. Wie viel Pech konnte ein Mensch haben? Dennoch erwachte Hoffnung in ihr. Er hatte sich gemeldet. Endlich! Die Funkstille schien vorbei zu sein.

Jodi wartete, bis sie sicher war, nicht erneut husten zu müssen. Dann baute sie den Rückruf auf. Das Freizeichen erklang. Welchen Tonfall sollte sie anschlagen? Sollte sie sich ein bisschen distanziert geben, damit er sofort verstand, wie sehr er sie enttäuscht hatte? Oder wäre eine neutrale Stimmlage besser? Vielleicht hatte er einen akzeptablen Grund dafür, dass er sich nicht gemeldet hatte.

Die Sekunden verstrichen. Er nahm den Anruf nicht an. Frustriert trennte sie nach einer halben Minute die Verbindung.

»Du blöde Kuh!«, murmelte sie. Wieso hatte sie den Anruf eben nicht einfach entgegengenommen? Sie hätte ihn wegen des Hustenanfalls um Geduld bitten können. So ein Mist! Trotzdem verstand sie nicht, wieso er nur eine Minute später unerreichbar war.

Irgendetwas stimmte nicht mit ihm.

Mit dem Telefon in der Hand kehrte Jodi zurück in die Küche. Noch einmal würde ihr das nicht passieren. Wie lange sollte sie warten, bevor sie es erneut probierte? Oder war es besser, auf seinen Anruf zu hoffen? Sie wollte unter keinen Umständen aufdringlich wirken. Doch mit jeder Minute, die verstrich, schwand ihre Geduld ein wenig mehr. Wieso meldete er sich kein zweites Mal? Hatte er den Anruf eventuell nur aus Versehen aufgebaut?

Nach einer Viertelstunde hielt sie es nicht mehr aus und versuchte, ihn zu erreichen. Wieder vergeblich. Wütend knallte sie das Telefon auf den Tisch. Was stimmte mit Thomas nicht? War es nicht besser, die Finger von einem Mann zu lassen, der sich so seltsam verhielt?

Unvermittelt klingelte es an der Wohnungstür, und Jodi zuckte zusammen. Sie hoffte, Thomas würde der unangekündigte Besucher sein, allerdings erschien ihr das unwahrscheinlich. Trotzdem eilte sie zur Gegensprechanlage im Flur.

»Hallo?«, fragte sie.

»Warum ghostest du mich?«

»Thomas? Bist du das?«

»Wer soll es sonst sein?«

»Wieso ghoste *ich dich*? *Du* ignorierst *mich*. Seit zwei Tagen antwortest du mir nicht mehr. Keine Ahnung, warum du das machst.«

»Ich? Ich hab dir Dutzende Nachrichten geschickt. Auf keine hast du geantwortet. Dabei fand ich unsere Verabredung so schön.«

Ihre Gedanken überschlugen sich. War das alles bloß ein Missverständnis? Wie konnte das sein?

»Meinen Anruf vorhin hast du auch nicht angenommen.«

»Entschuldige, ich war zu spät am Telefon. Dafür hast du nicht auf meine Rückrufe reagiert.«

»Welche Rückrufe?«

Jodi verstand das alles nicht. Wie sollte sie jetzt am besten reagieren? »Willst du hochkommen? Ich glaube, hier liegt ein schreckliches Missverständnis vor.«

»Das würde ich gerne.«

»Ich wohne in der dritten Etage.« Sie drückte den Türöffner und prüfte ihr Aussehen im Spiegel. Zum Glück hatte sie sich nach der Arbeit noch nicht abgeschminkt. Am liebsten hätte sie den Lippenstift nachgezogen, aber dafür war keine Zeit. Sie öffnete die Wohnungstür und wartete.

Es dauerte nicht lange, bis er ihre Etage erreichte. Auf der vorletzten Stufe blieb er stehen.

»Hi«, sagte er unsicher.

»Hallo! Schön, dich zu sehen.«

Er sah gut aus. An diesem Tag trug er eine dunkelblaue Jeanshose, braune Boots und ein schwarzes T-Shirt. Die kurzen Ärmel betonten seine Muskeln. Er war ein attraktiver Mann. Wie bei ihrer Verabredung hatte er einen Rucksack dabei. Was steckte wohl darin? Sie hatte beim letzten Mal nicht nachgefragt.

»Hast du mich wirklich nicht geghostet?«, fragte er. »Sei bitte ehrlich! Wenn du keinen Kontakt zu mir haben willst, gehe ich sofort wieder und lösche deine Nummer.« Er klang traurig.

»Ich versteh's einfach nicht. Komm rein. Dann beweise ich dir, dass du dich irrst.«

Sie trat beiseite und warf einen Blick in die Wohnung. Zum Glück hatte sie erst gestern aufgeräumt.

Unsicher schritt er über die Türschwelle und lächelte ihr scheu zu.

»Was für eine verrückte Situation. Lass uns in die Küche gehen. Einfach geradeaus.«

Er ging voran, den Kopf gesenkt. Sie nahm das dezente, herbe Parfüm wahr, das ihr schon im Restaurant so gut gefallen hatte.

»Thomas, ich hab dir unzählige Nachrichten geschickt. Seit vorgestern antwortest du nicht mehr.« Sie stockte kurz und fügte hinzu: »Aber setz dich doch erst mal.«

Er setzte sich auf den Stuhl, den Jodi normalerweise nicht benutzte. Ob er registriert hatte, dass der andere ein Stück abgerückt war?

»Willst du etwas trinken?«, fragte sie.

»Weiß nicht. Am liebsten würde ich das alles zuerst verstehen.«

»Geht mir genauso.« Ihr wurde bewusst, wie anklagend ihr Tonfall war, und sie räusperte sich. Mit gegenseitigen Vorwürfen kämen sie nicht weiter. »Ich zeig dir etwas.« Sie entsperrte das Display ihres Telefons und rief ihren Chat auf. Dann reichte sie ihm wortlos das iPhone, das er zögerlich entgegennahm. Sie beobachtete ihn. Er kniff die Augen zusammen.

»Das kapiere ich nicht«, murmelte er.

Jodi nahm ihm das Telefon wieder ab und rief die Anrufliste auf, in der sowohl der verpasste Anruf als auch ihre erfolglosen Rückrufversuche verzeichnet waren.

»Wie kann das sein?« Er zog sein Smartphone aus der Hosentasche hervor, entsperrte es und reichte es ihr einen Moment später. »Das sind die Nachrichten, die ich dir geschickt habe.«

Jodi nahm das Gerät entgegen. Zunächst sah sie nur den ihr bekannten Chatverlauf. Sie scrollte nach unten und erblickte weitere Mitteilungen, die er ihr angeblich geschrieben hatte. Anfangs in normalem Tonfall, später immer fragender, jammernder. Er schien wirklich davon ausgegangen zu sein, dass sie ihn ignorierte.

»Hast du eine Erklärung dafür?«, fragte sie.

»Überhaupt nicht«, antwortete er leise. »Habe ich deine Nummer richtig eingespeichert?«

Jodi überprüfte den Eintrag. »Definitiv. Und was ist mit deiner?«

Thomas warf nur einen kurzen Blick auf ihr iPhone. »Eindeutig.«

»Verrückt. Wie kann so etwas möglich sein?«

»Am liebsten würde ich zum nächsten Apple-Shop gehen und eine Erklärung verlangen.«

Sie kicherte, als sie sich den Gesichtsausdruck des überforderten Mitarbeiters vorstellte. »Ich war echt frustriert«, gab sie zu.

»Und ich erst. Unser Date im Restaurant war richtig schön.«

»Fand ich auch.«

»Das war ein angenehmes Ritual, dir abends eine gute Nacht und morgens einen entspannten Tag zu wünschen. Ich habe mich ja selbst geärgert, dass ich beruflich nach Chicago musste.«

»War es wenigstens erfolgreich?«

»Total. Das hat sich gelohnt. Aber dann komme ich wieder, und du meldest dich nicht mehr.«

»Na ja, das haben wir ja jetzt zum Glück geklärt.«

»Ob wir je herausfinden, woran es gelegen hat?«

»Keine Ahnung. Wenn wir uns versprechen, dass das nie wieder vorkommt, ist mir der Grund egal.«

»Und falls es doch noch mal passiert?«, fragte sie unsicher.

»Hm. Ruf mich bitte mal an«, bat Thomas sie.

Warum war sie nicht selbst auf die Idee gekommen? Sie baute die Verbindung auf, und es dauerte nicht lange, bis es bei ihm klingelte.

»Hallo?«, meldete er sich.

»Hey!«, erwiderte sie. »Schickst du mir eine Nachricht?«

Er trennte das Gespräch und wechselte ins Chatprogramm.

Ob das jetzt klappt?, tippte er ein, und Jodi empfing die Nachricht prompt.

Verrückt, antwortete sie.

Die beiden blickten einander an, und er wirkte ebenso verwundert wie sie. Jodi hatte eine gute Freundin, die bei einem Mobilfunkanbieter arbeitete. Sie würde sich bei ihr erkundigen, ob sie so etwas schon einmal erlebt hatte. Allerdings nicht heute Abend.

»Möchtest du was trinken? Ich hab Bier und Cola im Kühlschrank, könnte uns auch Kaffee machen.«

»Wenn du ein Bier mittrinkst, würde ich eins nehmen.«

Sofort sprang sie auf. Sich von ihm abzuwenden, half ihre Gefühle zu ordnen. Sie wollte sich nicht zu große Hoffnungen machen, obwohl die Sache eine überraschend gute Wendung genommen hatte. Mit zwei Flaschen setzte sie sich zurück an den Tisch. Sie drehten die Kronkorken synchron auf und stießen an.

»Hi, Thomas«, sagte sie. »Ich habe unseren Kontakt in den letzten Tagen total vermisst. Und wenn ich ehrlich sein darf, hab ich dich ziemlich verflucht.«

»Hi, Jodi«, antwortete er. »Ich hab dich auch vermisst und mich gefragt, was mit mir nicht stimmt, wenn eine tolle Frau wie du ohne Vorankündigung das Weite sucht.«

Seine Worte erwärmten ihr Herz. Er öffnete sich ihr gegenüber und schämte sich nicht für Gefühle, die sie ebenfalls empfunden hatte. Erneut stießen sie miteinander an. Jodi trank einen kleinen Schluck. Unter keinen Umständen wollte sie einen neuen Hustenanfall riskieren. Sie setzte die Flasche ab und schaute ihm in die Augen.

»Ich bin froh, dass du den Mut gefunden hast vorbeizukommen«, sagte sie.

»Und ich bin froh, dass wir unsere Adressen ausgetauscht hatten.«

Sie nickte. Vorsichtig legte sie die linke Hand auf die Tischmitte. Er reagierte wie erhofft und berührte sie sanft.

»Hi, Jodi«, sagte er.

»Hi, Thomas.«

2

Er schlug die Augen auf und brauchte nur den Bruchteil einer Sekunde, um sich zu orientieren. Sein Plan hatte perfekt funktioniert. Seit er vor einigen Monaten Jodi ausgewählt hatte, versuchte er, sich in sie hineinzuversetzen. Wie schnell ließ sie einen Mann in ihre Wohnung? Schon nach der ersten Verabredung, nach der dritten, vielleicht auch erst nach der fünften? Er schätzte, es hätte mindestens drei Abende gedauert, bis sie ihn zu sich einladen würde. Also hätte man sie bei drei Gelegenheiten zusammen sehen können. Das war ihm zu riskant erschienen. Es war einfacher gewesen, vor der Verabredung ein kleines Softwarepaket zu schreiben und es bei ihrem Abendessen auf ihr Telefon zu schmuggeln. Sie hatte vermutlich keine Ahnung, wie stark er sie manipuliert hatte, und würde es in ihren letzten Lebensstunden auch nicht mehr erfahren. Immerhin hatte er dafür gesorgt, dass sie eine erfüllte Nacht hatte, bevor sie vor ihren Schöpfer treten würde.

Er achtete auf ihre Atmung. Flach und regelmäßig. Sie schlief, sexuell befriedigt, hoffentlich mit wunderbaren Träumen. Sie verdiente es, nicht zu leiden. Das hier war nichts Persönliches. Unter anderen Umständen hätte Jodi achtzig Jahre oder älter werden können. Nun würde sie mit siebenundzwanzig sterben. Sie war Mittel zum Zweck. Hätte sie nicht vor einigen Monaten ihren Mietvertrag unterschrieben, würde sie am nächsten Morgen normal aufwachen und zur Arbeit gehen. Manchmal hatten kleine Entscheidungen unvorstellbar große Auswirkungen.

Seine Augen hatten sich mittlerweile an das Halbdunkel gewöhnt. Vorsichtig schlug er die Bettdecke zurück, lauschte kurz, dann stand er auf. Äußerst leise verließ er das Schlafzimmer und ging ins Bad. Er schaltete das Licht ein, schloss die Tür und musterte sich im Spiegel über dem Waschbecken. Er lächelte sich zu. Auf das, was jetzt folgen würde, freute er sich unbändig. Seit Wochen beherrschte Jodi sein Handeln und Tun. Nun stand der Schlussakkord unmittelbar bevor.

Er pinkelte und betätigte die Spülung. Dann wusch er sich die Hände. Es wurde Zeit, Jodi über die Schwelle des Todes zu tragen.

Weniger leise als zuvor öffnete er die Badezimmertür. Sie sollte ihn kommen hören und aufwachen. Als er das Schlafzimmer betrat, regte sie sich.

»Hey«, sagte sie verschlafen.

»Hab ich dich geweckt? Das tut mir leid.« Er legte sich zurück zu ihr ins Bett und rutschte auf ihre Seite. Seine Hand berührte vorsichtig ihren nackten Po.

»Macht nichts«, erwiderte sie.

Inzwischen klang sie deutlich wacher. Ihre Hand streichelte seine Hüfte. Seine Erregung wuchs.

»Ich hatte ein bisschen Angst, du würdest dich aus der Wohnung schleichen«, flüsterte sie.

»Warum sollte ich?«

»Weiß nicht.«

»Ich wollte dich nicht wecken, aber jetzt bin ich froh.«

Er berührte sanft ihr Gesicht, schmiegte sich an sie, und sie küssten sich. Zunächst zärtlich, dann immer leidenschaftlicher. Ihre Hand glitt von der Hüfte weiter zu seiner Scham.

»Du bist ja schon wieder einsatzbereit«, wisperte sie.

»Das liegt an dir. Warte kurz.« Er rutschte zur Seite und tastete nach den Kondomen. Rasch streifte er sich eines über.

»Magst du dich auf den Bauch legen?«, fragte er leise.

Sie schnurrte wie ein Kätzchen.

3

Jodi lag unter ihm und schloss die Augen. Er küsste ihren Nacken, seine Lippen wanderten langsam ihren Rücken hinunter. Die Erregung überwältigte sie. Schon ihr erster Akt war wunderbar gewesen. Er war ein zärtlicher Liebhaber, ganz so, wie es ihr gefiel. Er schien genau zu wissen, was ihr guttat. Hatte sie mit ihm ein Glückslos gezogen?

Sie zwang sich, ihre rastlosen Gedanken nicht auf Wanderschaft zu schicken. Egal, was passieren würde, das hier wollte sie genießen. Einmal den Kopf abschalten. Seine Hände streichelten ihre Pobacken, kurz darauf rutschten die Finger tiefer. Sie hob ihr Gesäß an, damit er besser ans Ziel gelangte. Als er sie an ihren empfindlichsten Stellen berührte, seufzte sie wohlig. Ihre Atmung beschleunigte sich.

»Ja, Thomas«, stöhnte sie.

Er schob ihre Beine auseinander. Sie spürte ihn zuerst auf sich, dann drang er in sie ein. Ihr entfuhr ein Stöhnen. Für einen Moment dachte sie an ihre Nachbarn. Sie durfte bei den hellhörigen Wohnungen nicht zu laut sein. Es wäre ihr peinlich, morgen der alten Dame oder dem schwulen Paar zu begegnen und in ihre wissenden Gesichter zu blicken.

»Oh Gott, ist das gut.«

Plötzlich waren ihr die Nachbarn egal. Thomas bewegte sich anfangs langsam, fand jedoch schnell den perfekten Rhythmus. Am liebsten hätte sie ihn in sich hineingepresst.

»Willst du mich tiefer spüren?«, fragte er.

Es war fast so, als könnte er ihre Gedanken lesen. »Ja«, hauchte sie.

»Hock dich auf alle viere.«

Er glitt aus ihr hinaus, ehe sie es verhindern konnte. Hoffentlich hatte er das Kondom gut festgehalten. Sie manövrierte sich in die von ihm gewünschte Stellung, und er drang wieder in sie ein. Erneut stöhnte sie lauter auf als beabsichtigt. Seine Hände wanderten von ihrem Becken hoch zu den Schultern. Eine Hand ging weiter auf Wanderschaft. Die Finger berührten ihre Lippen. In der ganzen Zeit verringerten seine Hüften nicht das Tempo. Sie saugte an seinem Daumen. Er umklammerte ihren Hals, drückte leicht zu. Zunächst erregte sie es, sich ihm so auszuliefern. Rasch wurde der Druck um ihren Hals jedoch zu stark.

»Nicht so fest«, bat sie ihn.

Statt locker zu lassen, verstärkte er die Umklammerung. Gleichzeitig stieß er immer härter zu, fast so, als würde er kurz vor dem Orgasmus stehen.

»Thomas!«, stöhnte sie. »Nicht so fest.«

Der Druck ließ nach. Seine Hand rutschte von ihrem Hals ab, und er packte beide Seiten ihres Kopfes. Ihre Erregung verschwand. Irgendetwas gefiel ihr gerade nicht. War es sein immer rücksichtsloseres Zustoßen oder die seltsame Art, wie er ihren Kopf umklammerte? Bekam er nicht mit, wie sich ihre Lust verflüchtigte?

4

Der Orgasmus kam unaufhaltsam näher.

»Thomas!«

Ruckartig riss er ihren Kopf herum und brach ihr das Genick. Sofort erschlaffte sie. In diesem Moment überrollte ihn der Höhepunkt, und er ergoss sich ins Kondom.

Sein Körpergewicht drückte sie nach unten. Ihre Atmung hatte ausgesetzt. Der Genickbruch war eine humane Art, einen Menschen zu töten, vorausgesetzt, man wusste, wie man ihn ausführen musste. Zwar war Jodie nicht der erste Mensch, dem er das Genick gebrochen hatte, aber die erste Frau, die er während des Aktes erledigt hatte. Die anderen Male waren viel unpersönlicher gewesen. Auftragsarbeiten für die Familie, die keinen vorherigen persönlichen Kontakt erfordert hatten.

Als er sich von ihr löste, hielt er das Kondom mit zwei Fingern fest. Er streifte es ab und verknotete es. Dann drehte er sie um. Der leere Blick ihrer Augen faszinierte ihn. Erst nach einer Weile konnte er sich aus ihrem Bann befreien. Er öffnete Jodis Mund und legte das Präservativ hinein. Danach holte er das beim ersten Mal benutzte und im Abfalleimer entsorgte Kondom aus dem Bad. Auch das stopfte er Jodie in den Mund. Die Bullen würden sich über die DNA-Spuren freuen, doch seine DNA war trotz der Morde, die auf sein Konto gingen, nie erfasst worden. Für die Ermittlungsbehörden war er ein unbeschriebenes

Blatt. Sie würden sich fragen, welchen tieferen Sinn die im Mund platzierten Kondome hatten. Wann sie wohl auf die richtige Idee kämen?

Erneut stand er auf. Er ging in die Küche, wo er gestern Abend seinen Rucksack unter den Tisch gestellt hatte. Jodie hatte ihn nicht danach gefragt, was er mitgebracht hatte. Offenbar war sie eine Frau gewesen, die ihre Neugierde zügeln konnte. Ihr Telefon lag auf dem Küchentisch. Er würde das aufgespielte Programm löschen, bevor er die Wohnung verließe.

Er schulterte den Rucksack und kehrte zurück ins Schlafzimmer. Es war eine Wohltat, nicht darauf achten zu müssen, was er anfasste. Weder die DNA noch die Fingerabdrücke stellten ein Problem dar.

In ihrem Schlafraum stand ein Sessel, auf dem sie gestern Abend einen Teil ihrer Kleidung abgelegt hatte. Er warf sie achtlos zu Boden und setzte sich. Dann öffnete er die Lasche des Rucksacks. Darin war ein Fach, das mit einem Zahlenschloss gesichert war. Selbst wenn sie heimlich einen Blick hineingeworfen hätte, wäre sein Geheimnis bewahrt worden. Er stellte die fünf Zahlen ein, und das Schloss sprang auf. Aus dem Zusatzfach holte er ein Heft und einen Bleistift hervor. Jodis Anblick half ihm, sich an gestern Abend zu erinnern. Er würde das Heft bis auf die letzten vier Seiten füllen. Drei Zeichnungen fehlten ihm noch, um seine grafische Geschichte abzuschließen. Welche Motive waren es wert, für alle Ewigkeiten festgehalten zu werden? Er erinnerte sich daran, wie sie am Kühlschrank gestanden hatte. Er huschte erneut in die Küche und nahm das Gerät in Augenschein. Die Ermittler sollten es anhand seiner Zeichnungen wiedererkennen. An der

Tür hafteten vier Magnete. Ein Souvenir von der Freiheitsstatue, eines von der Golden Gate Bridge in San Francisco, eines von den Niagarafällen und ein Magnet mit ihrem Namen.

Er kehrte ins Schlafzimmer zurück, setzte den Bleistift aufs Papier und begann zu zeichnen. Keine zehn Minuten später war er fertig. Danach zeichnete er aus dem Gedächtnis, wie Jodi ihm gegenüber am Tisch gesessen hatte, den Flaschenkopf an den Lippen.

Die letzte Zeichnung zeigte sie beim Sex. Er hatte sich den Anblick ihres Körpers genau eingeprägt, während er von hinten in sie eingedrungen war. Auf dem Bild sah man, dass jemand ihre Kehle mit der Hand umklammerte.

Als er fertig war, signierte er die Seiten. In seiner Signatur hinterließ er eine Botschaft. Wie lange würde es dauern, bis die Polizisten sie entdeckten? Und wären sie dazu imstande, das darin verborgene Geheimnis zu entschlüsseln? Die nächsten Wochen würden spannend und aufregend werden.

Er legte das Heft mit seinem Werk neben die Leiche. Anfangs würden sich die Polizisten begeistert auf alles stürzen, was er ihnen hinterlassen hatte. Nichts davon würde ihnen helfen, ihm auf die Spur zu kommen. Dafür war er zu schlau. Nur ein einziger Mann wäre dazu in der Lage. Wie lange würde es dauern, bis sie ihn hinzuzogen?

»Liebling, ich muss mich jetzt von dir verabschieden«, sagte er zu der Leiche. »Ich bin kein Mann, der es länger als eine Nacht bei einer Frau aushält. Es tut mir leid, falls du dir mehr versprochen hast. Ich habe dir gegeben, was ich konnte. Hoffentlich war es dir genug.« Er kicherte. Dann wandte er sich ab und legte den Bleistift zurück in den Rucksack. Den würde er unter keinen Umständen am Tatort zurücklassen. In aller Ruhe zog er sich an. Es war kurz nach vier Uhr morgens. Von seinen früheren Beobachtungstouren wusste er, dass kein Nachbar vor halb sechs das Haus verließ. Die Software auf dem Telefon zu löschen, würde keine zwei Minuten dauern. Er musste sich nicht beeilen. Aus dem Rucksack zog er einen Hoodie, streifte ihn sich über und setzte die Kapuze auf. Dann nahm er die schwarz umrandete Brille mit den Fenstergläsern aus seinem Brillenetui. Auch die würde dafür sorgen, dass potenzielle Zeugen kein zu genaues Bild von ihm zeichnen konnten. Sobald er auf die Straße trat, würde er beim Gehen sein linkes Bein ein wenig nachziehen. Die Cops brauchten sich keine Hoffnung auf eine hilfreiche Personenbeschreibung zu machen. Er ging in die Küche. Dank des kleinen Schadprogramms auf dem Telefon hatte er vollen Zugriff auf das Gerät. Er vernichtete seine Spuren, bevor er ihre Wohnung verließ.

5

Henry Baker saß am Frühstückstisch und blätterte in der New York Times. Bislang hatte er bloß die Schlagzeilen überflogen, die ihm die Lust daran raubten, auch nur einen Artikel zu lesen. Manchmal wunderte er sich über den Zustand seines Heimatlands.

Sein Butler Eddie betrat den Raum. Er trug ein silbernes Tablett, auf dem ein Glas frisch gepresster Orangensaft stand.

»Haben Sie sonst noch Wünsche?«, fragte Eddie, als er den Saft abstellte.

»Ich bin wunschlos glücklich. Was ist mit unserem Gast? Hat Tilda schon gegessen?«

»Wie immer war sie sehr früh fertig. Ich habe bereits alles abgeräumt. Sie hat mit Appetit gespeist.«

Zufrieden griff Henry zu der Kaffeetasse und nippte an dem köstlich riechenden Getränk. Vor einigen Wochen hatte Eddie den Vorschlag gemacht, auf eine Kaffeebohne aus Guatemala umzusteigen, über die er nur Gutes gelesen hatte. Schon der Geschmack der ersten Tasse hatte Henry vollends überzeugt. Auch seine Schwester Tilda, die Eddie und Henry seit einem knappen Dreivierteljahr beherbergten, hatte sich lobend geäußert.

»Die Entwicklung der letzten Wochen stellt mich sehr zufrieden«, sagte Henry. »Es war schlimm, als sie die Nahrung verweigert hat.«

Eddie nickte betrübt. »Ich habe es Ihnen gegenüber nie erwähnt, aber ich war mit meinem Latein am Ende und hatte schon im Internet recherchiert, welche Möglichkeiten der Zwangsernährung es gibt. Natürlich nur von einem öffentlichen Server, der keine Rückschlüsse auf uns zugelassen hat.«

Henry lächelte. »So was in der Art hatte ich mir schon gedacht. Ich weiß ja, wie sehr Sie um ihr Wohl besorgt sind. Zum Glück hat sie eingesehen, dass sie sich bloß selbst schadet.«

»Das hat sie. Wie sehen Ihre Tagespläne aus? Gibt es etwas, was ich für Sie tun kann? Erwarten Sie Besuch?«

»Nein, das wüssten Sie schon.«

»Also sind Sie den ganzen Tag zu Hause, und ich darf Sie zum Lunch einplanen?«

»Ja. Nach dem Frühstück statte ich unserem Gast einen Besuch ab.«

»Falls Sie Wünsche haben, wissen Sie, wo Sie mich antreffen.« Eddie verließ beinahe geräuschlos das Esszimmer.

Henry schaute ihm hinterher und nippte erneut an seinem Kaffee. Dann griff er zum Croissant und legte es sich auf den Teller. Wie so oft, wenn er allein am Frühstückstisch saß, dachte er über die letzten Monate nach. Niemand durfte erfahren, dass seine Schwester im Haus war. Das wäre für sie alle lebensgefährlich. Er hatte sich im vergangenen Jahr einen mächtigen Gegner zum Feind gemacht. In den ersten Monaten hatten er und Eddie sich bloß flüsternd unterhalten, wenn sie über Tilda sprachen. Diese Paranoia hatte ihn beinahe wahnsinnig gemacht. Schließlich hatte er sich von Detective Scott Petersen einen

Experten empfehlen lassen, der das Gebäude auf Abhör-einrichtungen untersucht hatte. Der Mann hatte Henry schnell beruhigt. Er hatte keine Anzeichen auf versteckte Wanzen gefunden und ihnen außerdem versichert, dass es faktisch unmöglich sei, sie unbemerkt abzuhören. Die Steinwände des alten Hauses waren so dick, dass jeder Versuch scheitern würde. Man müsste schon einen Wagen sehr nah an die Straße stellen, um mit der richtigen Methode Gesprächsfetzen aufzufangen. Ein solches Technik-fahrzeug war ihnen in all den Monaten nie aufgefallen. Seitdem unterhielten sie sich normal.

Henry schmierte sich Butter aufs Croissant. Dabei dachte er an das gestrige Gespräch mit seiner Schwester. Ob er sie heute wieder in kommunikativer Stimmung an-treffen würde?

Zwanzig Minuten später faltete er die Zeitung zusammen. Aus dem Hauptteil hatte er nichts gelesen, dafür einige Artikel des Kulturteils. Die Besprechung der aktuellen Opernaufführung klang verlockend. Bedauerlicherweise waren Opernbesuche für ihn völlig ausgeschlossen – wegen seiner unheilvollen Gabe. Henry seufzte unglücklich und stand auf. Er durchquerte das Zimmer und den langen Hausflur, an dessen Ende er die Haustür öffnete und unters Vordach trat. Weit und breit parkte nirgends ein auffälliger Wagen. Henry atmete die frische Spätsommer-luft ein. Der Sommer war wechselhaft gewesen, mit einigen heißen Phasen, und Henry freute sich schon auf den Herbst. Früher, als er noch in einem Hotel direkt am Central Park gewohnt hatte, war das seine liebste Jahreszeit gewesen. Durch den Park zu schlendern, an dessen Bäumen sich das Laub verfärbte, war ihm jedes Mal wie ein Wunder vorgekommen. Der Zyklus des Lebens, der sich in der Natur jährlich wiederholte. Seine Gedanken wanderten zu seiner längst verstorbenen Großmutter. Bei ihr und Eddie war Henry aufgewachsen, nachdem seine Eltern bei einem Autounfall in seiner Kindheit umgekommen waren. Viele Jahre hatte er in diesem Haus am Stadtrand New Yorks gelebt und versucht, mit seiner Gabe – einer weiteren Folge des Unfalls – klarzukommen. Der Schritt hinaus in die Welt, der ihn schließlich in das Hotel geführt hatte, war wichtig gewesen.

Hinter ihm räusperte sich Eddie. Henry trat ein Stück zur Seite. Der Butler, der seinen Dienst als junger Mann bei der Großmutter angetreten hatte, stellte sich neben ihn.

»Fällt Ihnen etwas Ungewöhnliches auf?«, fragte er.

»Nein. Trotzdem müssen wir stets auf der Hut sein. Es gibt Überwachungsmethoden, die sich nicht so leicht identifizieren lassen.«

Wie aufs Stichwort schauten die beiden Männer in den Himmel. Keiner von ihnen sprach ein Wort. Schließlich zog sich Henry zwei Schritte zurück. Dabei musterte er den Butler, der schon vor Jahren vollständig ergraut war. Mittlerweile wurde sein Haar dünner. Manchmal hinkte er, was er erfolglos vor Henry zu verbergen versuchte. Er litt unter einer mittelstark ausgeprägten Form der Hüftgelenksarthrose, weigerte sich jedoch, sich operativ helfen zu lassen, da er anschließend wochenlang ausfallen würde. Henry würde ihn im kommenden Winter genau beobachten. Sollte sich das Problem in der kalten Jahreszeit verschärfen, würde er darauf bestehen, dass Eddie sich medizinisch versorgen ließ.

Der Butler schloss die Tür.

»Ich gehe jetzt in den Keller«, sagte Henry. »Wenn es läuft, wie ich es mir vorstelle, sind wir eine Weile beschäftigt.«

»Ich bereite unterdessen den Lunch vor. Kürbis hat ihr beim letzten Mal sehr gut geschmeckt. Ich hoffe, das neue Gericht kann Sie beide ebenfalls überzeugen.«

»Daran habe ich keinen Zweifel.« Henry legte Eddie die Hand auf die Schulter. Die Männer, die etwas mehr als fünfundzwanzig Jahre voneinander trennten, lächelten sich an, dann ging Henry nach unten. Er fragte sich, wie beschwerlich es für Eddie war, jeden Tag mehrfach die Treppe herauf- und hinunterzugehen. Leider gab es in absehbarer Zeit keine Alternative. Er konnte Eddie nicht in den wohlverdienten Ruhestand schicken und einen Nachfolger einarbeiten. Das Risiko war viel zu groß. Aber zumindest musste er darauf bestehen, dass sich Eddie medizinisch bestmöglich helfen ließ. In den nächsten Tagen würde er das Gespräch mit ihm suchen. Ein paar Wochen würde er alles allein regeln können.

Henry erreichte den leeren Raum, der ihn nun noch von seiner Schwester trennte. Er stellte sich an die Wand, in der hinter einer Fuge ein Knopf versteckt war, und drückte ihn fünf Sekunden lang. Langsam glitt die verborgene Tür auf.

»Guten Morgen, Tilda. Passt es dir gerade?«, fragte er von der Türschwelle aus.

»Als könnte ich das verneinen«, erklang ihre Antwort.

Erst jetzt betrat er den Raum. Tilda saß hinter der Glasscheibe und starrte ihn an.

»Du weißt, dass ich deine Privatsphäre respektiere.« Er drückte den Knopf auf dieser Seite der Wand, den er nur kurz berühren musste, damit die Tür sich schloss. »Hättest du zum Beispiel gerade Sport getrieben, wäre ich später wiedergekommen.«

Sie schnaubte lediglich, obwohl sie wusste, dass er nicht log.

Henry musterte seine Schwester. Sie sah gut aus in dem blauen Sweatshirt und der kurzen Hose. Durch den Hungerstreik am Anfang ihres Aufenthalts hatte sie zu viele Kilos verloren, zumindest einen Teil davon hatte sie in den letzten Monaten wieder zugelegt.

»Ich bin ein rücksichtsvoller großer Bruder.«

»Red's dir nur ein.«

Heute schien sie wieder einmal in aggressiver Stimmung zu sein. Das hatte Eddie nicht erwähnt. Oder hatte sie das vor ihm besser verborgen?

»Unter anderen Umständen hätte ich mich aufopferungsvoll um meine kleine Schwester gekümmert«, sagte Henry. »Leider war das Schicksal nicht auf unserer Seite. Mama und Papa haben Entscheidungen getroffen, die ich nicht nachvollziehen kann. Und nach dem tödlichen Autounfall …« Er presste die Lippen zusammen.

Die Vergangenheit war nicht zu ändern, so sehr er sich das auch wünschte. »Außerdem kann ich nichts für die Wege, die du in deinem Leben gegangen bist. Die haben dich hierhergeführt.«

Tilda lachte laut. »Dass ich hier in diesem Glaskäfig hocke, ist ganz allein dein Verdienst. Seit wie vielen Monaten habe ich kein Tageslicht mehr gesehen?«

Henry schaute zu Boden. Er wusste, wie sehr er sie damit bestrafte. Aber ihm blieb keine andere Möglichkeit, sie zu schützen.

»Wäre es in einem Gefängnis so viel besser?«

Tilda starrte ihn wütend an. Diese Diskussion führten sie nicht zum ersten Mal. Der Tageslichtentzug knabberte stark an ihrer Psyche. Trotzdem hoffte er noch immer, dass sie eines Tages die Vorzüge ihrer *Unterkunft* zu schätzen wüsste.

»Hast du die Muße gehabt, die Akte zu lesen?«

Tilda schüttelte fast unmerklich den Kopf. Er ahnte, dass sich ihre Reaktion nicht auf seine Frage bezog. Also schwieg er.

»Ich kapier's nicht«, sagte sie leise. »Wieso gibst du mir diese Fälle zu lesen?«

»Darüber haben wir oft genug gesprochen. Natürlich kapierst du's. Du bist eine Mehrfachmörderin. Ich bin überzeugt, du kannst dich viel besser in die Psyche eines Mörders hineinversetzen, als es je ein Polizist oder Profiler könnte. Zusammen mit meiner Gabe könnten wir Täter überführen und Leben retten.«

»Wann gibst du endlich auf? Selbst wenn ich Mörder besser verstehe als jeder andere, wie kommst du darauf, ich würde den Cops helfen? Oder dir?«

»Weil das für dich der einzige Weg ist, hier rauszukommen. Jeder Mörder, den wir zusammen überführen, wird deine Haftstrafe reduzieren.«

»Das glaube ich dir nicht.«

»Du hast mein Ehrenwort.«

Die Geschwister starrten sich an. Henry meinte sein Angebot ernst. Er hatte schon häufig der Polizei mit seiner Gabe geholfen, Täter zu überführen. Trotzdem glaubte er, viel mehr leisten zu können, wenn er die Verbrecher bloß besser verstehen würde. Genau deshalb hatte er den

Plan ersonnen, Tilda zu sich zu holen, als sich die Gelegenheit dazu bot. Dass er sich dafür einen mächtigen Feind gemacht hatte, war die Sache wert gewesen. Und in den letzten Wochen hatte er immer mehr Anzeichen darauf erkannt, dass Tilda letztlich mitspielen würde.

»Wie viele Mörder müsstest du mit meiner Hilfe überführen, damit ich rauskomme?«

Er zuckte lediglich mit den Achseln.

Tilda lachte verbittert auf. »Lügner!«

»Hilf mir erst mal, bevor wir die Bedingungen aushandeln.«

»Wie soll ich helfen, wenn du mir nur Fälle zu lesen gibst, die schon längst aufgeklärt sind?«

»Das ist bloß der Anfang. Außerdem steht in keiner Akte etwas zur Motivation der Mörder. Darüber haben sich die Täter bei den Vernehmungen und auch im Prozess ausgeschwiegen.«

»Der Kerl, der die drei Männer getötet hat, hat meine volle Sympathie.«

Henry wurde hellhörig. Sie sprach den Fall an, den er ihr zuletzt ausgehändigt hatte. War das ein echter Fortschritt? »Wieso?«

Sie lächelte kalt. »Weil ich hier von zwei Männern festgehalten werde, die ich bei erster Gelegenheit töten würde.«

Seine Hoffnung fiel in sich zusammen. Sie hatte es lediglich darauf abgesehen, ihn zu provozieren. »Zerbrich dir darüber nicht den Kopf. Das wird niemals passieren.«

»Sagte der Dompteur, ehe ihn der Tiger in Fetzen zerriss. Du kennst bestimmt Siegfried und Roy. Immerhin sind sie deutscher Herkunft wie wir zwei. Du weißt, was

Roy zugestoßen ist. Glaubst du, er hätte das für möglich gehalten?«

»Können wir über den Fall reden?«, fragte er. »Du hast dich offenbar damit beschäftigt, sonst wäre dir der Täter nicht sympathisch. Was hat ihn angetrieben, nachdem er jahrelang sein Schicksal stoisch ertragen hat? Liegt der Gerichtspsychologe mit seiner Vermutung richtig?«

Tilda lächelte wissend, erwiderte jedoch nichts. Henry wartete. Er war überzeugt davon, dass sie ihre Gedanken preisgeben würde. Irgendwann musste sie einfach mit ihm kooperieren. Immerhin wäre es nicht zu ihrem Schaden.

Plötzlich leuchtete die rote Lampe an der Wand auf, die signalisierte, dass oben jemand an der Haustür klingelte. Und da Eddie sie nicht sofort abschaltete, handelte es sich nicht nur um einen Paketzusteller, der schnell wieder verschwinden würde. Oben wartete unangekündigter Besuch auf ihn.

»Schade«, sagte Henry. »Wir müssen unser aufschlussreiches Gespräch vertagen.« Henry wandte sich ab und trat an die Wand.

6

Tilda beobachtete ihren Bruder. Er drückte den frei zugänglichen Knopf, mit dem er die Zugangstür kontrollierte. Langsam glitt sie zur Seite.

»Hilfe!«, schrie sie. »Helfen Sie mir! Henry hält mich unten im Keller gefangen!«

Ihr Bruder drehte sich nicht um, sondern verließ seelenruhig ihr Gefängnis. Sekunden später schloss sich die Tür wieder.

»Du verfluchter Bastard!«, brüllte sie. »Hurensohn!«

Ihr Fluchen ging in ein Lachen über. Falls Henry ein Hurensohn war, wäre sie eine Hurentochter. Irgendwie passend, wenn sie berücksichtigte, was sie mit ihrem Leben angestellt hatte.

Nein!, dachte sie. *Was sie* in *ihrem Leben angestellt hatte. Das war die richtige Formulierung.*

»Das ist alles so verrückt«, murmelte sie. »So durchgeknallt!«

Wann hatte der Albtraum angefangen? In Deutschland verhaftet zu werden, hatte sie zwar nicht eingeplant, aber jederzeit als potenzielles Szenario berücksichtigt. Den Gerichtsprozess hatte sie stoisch ertragen. Der Staatsanwalt hatte sie bloß wegen zweier Morde und einer Entführung angeklagt. Sie hatte vor Gericht geschwiegen, denn sie hatte längst geplant, ihrem Anwalt gegenüber eines Tages Andeutungen zu machen, dass sie zu einer vollumfänglichen Aussage bereit wäre. In dem daraus resultierenden Prozess hätte sie alle Hebel in Bewegung gesetzt, um am Ende freizukommen. Doch plötzlich war sie aus der Haftanstalt in ein Flugzeug verfrachtet worden, bewacht von amerikanischen Agenten. Ihr Anwalt hatte das nicht verhindern können. Sie hatte nicht verstanden, wie es dazu gekommen war. In Amerika hatte sie keine einzige Straftat begangen. Nach der Ankunft hatte man sie gefesselt zu einem Haus gebracht, wo sie erstmals Henry Baker begegnet war. Der hatte sich mit ihr in die Küche des Hauses zurückgezogen und kurz darauf seinen Auftraggebern gesagt, dass sie schuldig sei.

Nur Sekunden später war die Hölle losgebrochen. Bewaffnete Männer hatten das Gebäude gestürmt und jeden erschossen, der sich ihnen in den Weg stellte. Auch Henry war getroffen worden. Sie selbst war verschont geblieben. Jemand hatte ihr einen Sack über den Kopf gezogen und sie an einen Ort gebracht, wo man sie wochenlang in einer Zelle gefangen gehalten hatte. Man hatte sie mit Lebensmitteln versorgt, ihr aber nicht eine einzige Frage beantwortet. Tilda hatte ihr Ende kommen sehen. Bis sie eines Tages betäubt worden und Stunden später in diesem Glaskäfig aufgewacht war. Kurz darauf hatte sie ihren Bruder kennengelernt. Von dessen Existenz sie in ihrem ganzen Leben nichts geahnt hatte. Sie hatte nicht mal gewusst, dass er die Schießerei überlebt hatte.

Anfangs hatte sie ihm die Geschichte nicht abgekauft, doch er konnte nicht nur Blutanalysen vorweisen, sondern seine Behauptungen ergaben in gewisser Weise sogar Sinn. Er hatte sie vor den Racheplänen eines mächtigen Politikers gerettet, der sie für die Mörderin seines

Neffen hielt. Was sie eindeutig nicht war. Henry hatte dem Mann den Floh ins Ohr gesetzt, um ihn dazu zu bewegen, sie aus Übersee einfliegen zu lassen. In erster Linie hatte Henry das alles für sich selbst in die Wege geleitet. Aus irgendeinem Grund wollte er sie für seinen Plan einspannen, gefährliche Mörder aufzuhalten. Er hatte ihr von seiner Gabe erzählt. Seinem Fluch. Auch das hatte sie ihm zunächst nicht geglaubt. Doch in seinen Augen hatte sie die Wahrheit erkannt. Er meinte das todernst. Wenn er einen Raum betrat, in dem jemand gestorben war, sah er die letzten fünf Sekunden im Leben dieses Menschen. So konnte er der Polizei helfen, ungeklärte Verbrechen zu lösen.

Verrückt!

Noch unglaublicher war, dass er von Anfang an gehofft hatte, sie für seine Beratertätigkeit bei den Cops einzuspannen. Unwillkürlich dachte Tilda an einen Klassiker der Filmgeschichte. Eine grandiose Literaturverfilmung. Hannibal Lecter und Clarice Starling. Stellte er sich das ungefähr so vor? Die Parallelen waren jedenfalls unverkennbar. In der Geschichte hatte der Kannibale dem FBI bloß geholfen, um freizukommen. Das war auch ihre Triebfeder. Und danach würde sie wieder morden. Genau wie Hannibal.

In ihrem Glaskasten gab es keinen Spiegel. Vermutlich aus Sorge, sie könne ihn zerstören und sich mit einer Glasscherbe tödlich verwunden. Trotzdem hatte sie eine Gelegenheit, sich zu mustern: Die Armaturen der Dusche spiegelten. Sie zog sich aus und stellte sich in die Kabine, ohne das Wasser aufzudrehen. Zufrieden musterte sie sich in der reflektierenden Fläche. Wahrscheinlich war sie durch das fehlende Tageslicht ziemlich blass. Daran änderte auch die an der Decke hängende Tageslichtlampe nichts, die mehrfach am Tag anging. Doch sie hatte ohnehin einen eher blassen Teint. Ihr Blick fiel auf die Tattoos an ihrem Körper. Jedes von ihnen symbolisierte einen Mord, den sie begangen hatte. So schöne Erinnerungen. Tilda zweifelte nicht daran, dass in Zukunft weitere Tätowierungen hinzukämen. Henry wäre ein Opfer, für das sie sich etwas Besonderes einfallen lassen würde. Auch Eddie würde sie aus dem Weg räumen. Und dann gab es noch einen Mann, der ihre Gedanken beherrschte. Momentan war er weit entfernt von ihr, unerreichbar. Aber eines Tages würden sich ihre Wege wieder kreuzen. Lukas Sommer, der Hauptkommissar, der für ihre Verhaftung verantwortlich war. Sie hatte ihn zu einem Duell herausgefordert und die erste Runde verloren. Das Spiel war allerdings noch lange nicht beendet. Lukas Sommer war der Mann, über den sie am häufigsten nachdachte. Es würde Spaß machen, sich erneut mit ihm zu messen und ihm am Ende das Lebenslicht auszublasen.

Um das zu realisieren, musste sie sich fit halten. Ihr Gefängnis verfügte über einige Annehmlichkeiten. Unter anderem über einen Crosstrainer, dank dem sie genügend Bewegung bekam. Seit sie ihre speziellen Haftbedingungen akzeptiert hatte, hielt sie sich zweimal täglich sechzig Minuten lang fit. Sie war schon früher durchtrainiert gewesen, aber in einem besseren körperlichen Zustand als jetzt hatte sie sich noch nie befunden.

Ihre Gedanken schweiften ab, während sie aus der Dusche stieg und Sportkleidung anzog. Normalerweise würde sie nun in Deutschland im Gefängnis sitzen. Ihre Zelle wäre kleiner, das Essen und die Getränke deutlich schlechter. Allerdings würde sie in den Genuss von Tageslicht kommen. Beim Hofgang könnte sie in den Himmel schauen. Der Anblick fehlte ihr so sehr, dass es ihr Schmerzen bereitete. Sie hatte mit Henry und Eddie darüber gesprochen. Sie angefleht, wenigstens eine Stunde in der Woche nach draußen zu dürfen. Beide hatten ihr den Wunsch abgeschlagen. Allein dafür hatten sie den Tod verdient. Tilda sehnte sich nach Sonnenschein und Wärme auf ihrer Haut. Sobald sie frei wäre, würde sie nackt in einem See schwimmen und sich anschließend von der Sonne trocknen lassen. Bis dahin flüchtete sie sich so oft wie möglich in ihre Erinnerungen.

Sorgfältig band sie sich die Laufschuhe zu und stellte sich auf den Crosstrainer. Zunächst bewegte sie sich drei Minuten langsam, dann steigerte sie ihr Tempo kontinuierlich. Wie so oft dachte sie beim Sport an die Anfangszeit in ihrem gläsernen Gefängnis zurück. An die ersten Gespräche mit Henry. Sie hatte seiner Behauptung, ihr Bruder zu sein, keinen Glauben geschenkt. Auch der Befund des Verwandtschaftstests hatte für sie zunächst keine Relevanz. So etwas zu fälschen war einfach. Er akzeptierte ihre Zweifel, ließ sich jedoch nicht beirren. Erzählte alles, woran er sich erinnerte. Einige dieser Informationen bezogen sich nicht auf seine leiblichen Eltern, sondern auf die Leute, bei denen sie beide aufgewachsen waren. Die sie als ihre Eltern angesehen hatten. Er hatte nur verschwommene Erinnerungen an sie, die mit denen aus Tildas Kindheit übereinstimmten. Doch selbst das hatte sie nicht überzeugt. Es war die nicht zu verleugnende Ähnlichkeit zwischen ihr und Henry, die sie umdenken ließ. Er

hatte die gleiche Augenfarbe, zudem gab es weitere Übereinstimmungen. Sie hatte sich die Blutwerte in aller Ruhe
angesehen und sich gefragt, wieso er so etwas fälschen
sollte. Was brachte es ihm, zu behaupten, ihr Bruder zu
sein?

Anfangs hatte sie fest damit gerechnet, eines Tages an
ihr Bett gefesselt aufzuwachen, nachdem sie betäubt worden war. Dass er sie vergewaltigen und ihr danach seine
Liebe gestehen würde. Ein solches Szenario wäre ihr
durchaus recht gewesen, denn es hätte ihr Möglichkeiten
eröffnet. Sie hätte ihm beim dritten oder vierten Mal vor-
gespielt, Gefallen daran zu finden. Der Gedanke, dass sie
auch ohne Fesseln mit ihm schlafen wollte, hätte sich in
seinem Kopf festsetzen sollen. Und dann eines Tages …

Tilda lächelte. Ihren Sexpartner wie eine Gottesanbe-
terin nach dem Akt zu erledigen war eine erregende Vorstellung. Gekommen war es dazu nie.

Henry gewährte ihr Freiräume. An der Decke hing eine
Kamera, die auf den vorderen Teil des gläsernen Käfigs
gerichtet war. Dort, wo sie schlief, duschte und zur Toilette
ging, gab es keine Überwachung. Das war nicht selbstverständlich. Andere Männer hätten sich an ihrem Aussehen
ergötzt. Dass er darauf verzichtete, untermauerte seine
Behauptung, ihr Bruder zu sein.

Die Zeit verging. Tilda wunderte sich, dass Henry nicht
zu ihr zurückkehrte. Offenbar hatte er keinen Besuch erwartet, sonst wäre er erst später zu ihr gekommen. Und
nun schien dieser Besucher seine volle Aufmerksamkeit in
Anspruch zu nehmen.

Zu ihren Zeitvertreiben gehörte auch, sich den Rest des
Hauses auszumalen, in dem Henry und sein Butler lebten.

Sie hatte aus Gesprächen ein paar Informationen aufgeschnappt, kannte zum Beispiel das Alter des Gebäudes. Und dass ihre Großeltern es gebaut hatten. So hatte sich mit der Zeit ein Bild in ihrem Kopf verfestigt, dessen Wahrheitsgehalt sie am Tag ihrer Flucht herausfinden würde. Nun erweiterte sie dieses Gedankenspiel. Wer besuchte ihren Bruder so unangekündigt, dass er mittlerweile seit über zwanzig Minuten nicht zurückkam? Auch Eddie schien keine Gelegenheit zu haben, zu ihr zu kommen, um seinen Herrn zu entschuldigen.

Hatte der Besucher etwas mit ihr zu tun? Brachte er ihren Bruder vielleicht sogar in Schwierigkeiten? Sie war unschlüssig, ob sie ihm das wünschen sollte. Ihre Hilferufe waren ein Scherz gewesen. Sie zweifelte nicht daran, eines Tages freizukommen. Falls sie das allein schaffen würde, wären ihre Rachepläne anschließend leichter zu realisieren.

Hoffentlich machte ihr niemand einen Strich durch die Rechnung. Um sich von dieser beunruhigenden Vorstellung abzulenken, dachte sie an Deutschland zurück, wo sie eines Tages einen Mann wiedertreffen würde, der einzigartig war.

»Lukas«, flüsterte sie. Deutlich sah sie ihn vor sich.

7

»Detective«, begrüßte Henry den Besucher, den Eddie ins Esszimmer gebracht hatte. Henry registrierte sofort die Aktentasche, die Petersen festhielt.

Die beiden Männer schüttelten sich die Hand. Mit Scott Petersen vom NYPD hatte Henry bereits mehrfach zusammengearbeitet. Nicht zuletzt verdankte er dem Mut des Mannes vielleicht sogar sein Leben. Denn es war Petersen gewesen, der ihn aus den Fängen seines mächtigen Widersachers befreit hatte.

»Was verschafft mir die Ehre Ihres Besuchs?«

»Meine Frau Hannah liegt mir schon seit Monaten in den Ohren, dass ich Ihnen einen Besuch abstatten soll. Jetzt, wo Sie endlich nicht mehr in einem Hotel leben.«

»Das klingt fast so, als hätte man mich früher dazu gezwungen.«

»Sie kennen meine Einstellung. Den Lärm am Columbus Circle hätte ich nicht ausgehalten. Hier draußen lebt es sich bestimmt viel angenehmer.«

»Beides hat seine Vorteile. Eddie hört das nicht gern, aber manchmal vermisse ich das Hotelleben.« Henry zwang sich zu einem Lächeln. »Und den Kontakt zu Ihnen habe ich auch vermisst. Ihre Frau ist sehr klug – es hätte mich gefreut, wenn Sie mich schon eher besucht hätten. Aber besser spät als nie, was?«

Für einen Moment mied der groß gewachsene Detective den Blickkontakt. »War keine böse Absicht«, murmelte er. »Sie wissen bestimmt, wie es ist. Man nimmt sich was vor, dann kommt hundertprozentig etwas dazwischen. Ein Anruf vom Chef, kranke Kinder und so weiter.«

»Ich wollte Ihnen kein schlechtes Gewissen machen. Immerhin hätte ich mich auch bei Ihnen melden können, um Sie in Downtown zu einem Kaffee einzuladen. Was führt Sie heute zu mir? Lassen Sie mich raten, Sie sind nicht aus Neugier hier, um zu sehen, wie ich jetzt lebe.«

»Stimmt.«

»Darf ich Ihnen eine Führung durchs Haus anbieten? Ihnen alle Räume zeigen?«

»Können wir das verschieben?«, bat Petersen.

Henry vernahm die Dringlichkeit in seiner Stimme. »Überhaupt kein Problem. Vielleicht besuchen Sie mich mal zusammen mit Ihrer Familie. Eddie?«

Fast augenblicklich tauchte der Butler auf. »Sie wünschen?«

»Detective Petersen und ich ziehen uns ins Arbeitszimmer zurück. Bringen Sie uns bitte zwei Kaffee?«

»Meinetwegen müssen Sie sich keine Mühe machen«, sagte Petersen.

»Das ist keine Mühe«, erwiderte Eddie.

»Außerdem sollten Sie den Kaffee probieren. Kommen Sie!« Henry ging voran und führte den Detective ins Arbeitszimmer. Die Tür ließ er offen stehen. »Setzen Sie sich.«

Petersen nahm am Schreibtisch Platz und stellte die Aktentasche auf den Boden. »Haben Sie in den letzten Monaten von Senator Weller gehört?«, fragte er. »Beziehungsweise *Ex*-Senator Weller?«

»Zum Glück nicht«, antwortete Henry. »Ich glaube,

nach seinem Rücktritt hatte er genug damit zu tun, zu retten, was von seiner Politikerkarriere noch übrig war.«

»Dafür scheint er ein Händchen zu haben.«

Henry nickte schwerfällig. Der Senator, der bis letztes Jahr als sicherer Präsidentschaftskandidat seiner Partei für die Wahl 28 gegolten hatte, zeigte nun Ambitionen, 2028 unabhängig ins Rennen zu gehen. Er hatte einen mächtigen Finanzier gefunden, und die Ereignisse, die zu seinem erzwungenen Rücktritt geführt hatten, waren in der Öffentlichkeit kein Thema mehr. Im Wahlkampf würden sie wohl wieder zur Sprache kommen, ungeachtet dessen, wie lange sie schon zurücklagen.

»Ich kann's nicht ändern, so gern ich es würde«, sagte Henry. »Weller ist ein gefährlicher Mann. Der würde die Macht des Amtes ausnutzen, um seine Gegner zur Strecke zu bringen. Also nicht zuletzt mich.«

»Bis dahin vergeht noch viel Zeit.«

»Sollte er Präsident werden, ziehe ich vielleicht nach Europa. Auch wenn ich hoffe, dass er eines Tages einsieht, dass ich nichts mit der Flucht der Mörderin zu tun habe. Herrje, ich hätte dabei fast mein Leben verloren. Reicht das nicht als Unschuldsbeweis?« Henry hatte ein schlechtes Gewissen dabei, Petersen anzulügen, aber ihm blieb nichts anderes übrig. »Und mit den geleakten Informationen aus Deutschland, die letztlich zu seinem Rücktritt führten, hatte ich auch nichts zu tun.«

Eddie tauchte auf. »Darf ich eintreten?« Er trug ein Tablett mit einem Porzellankännchen und zwei dazu passenden Tassen.

Henry nickte. Sein Butler stellte die Kaffeetassen ab und schenkte ihnen ein.

»Sie trinken den Kaffee schwarz?«, fragte Eddie den Detective.

»Korrekt.«

Ohne ein weiteres Wort zog sich Eddie wieder zurück.

»Die Bohne hat mein Butler vor ein paar Wochen zum ersten Mal gekauft. Genießen Sie den Kaffee.«

Petersen nippte daran und nickte anerkennend. »Köstlich.«

»Was führt Sie zu mir?«

»Mich interessiert Ihre Meinung zu einem ungelösten Mordfall«, antwortete der Detective. »Ich muss gleich vorwegschicken, dass das NYPD nicht in der Lage ist, Sie für Ihre Dienste zu bezahlen. Ihr Beraterhonorar ist in unserem Budget nicht eingeplant. Trotzdem sollten Sie sich anhören, was ich zu sagen habe. Es wird Sie interessieren.«

Henry zwinkerte ihm zu. »Sehr geschickt, Detective. Meine Neugierde ist eindeutig geweckt. Und in Anbetracht dessen, dass ich Ihnen wegen Weller noch immer etwas schulde, will ich Ihre Knauserigkeit unter den Teppich kehren.«

»Das alles muss vertraulich behandelt werden. Ich habe mir bislang nur die Erlaubnis meines Partners eingeholt, Sie ins Bild zu setzen.«

»Wie geht es Curland?«

»Er hat keinen Grund zur Klage.«

»Freut mich zu hören. Richten Sie ihm meine Grüße aus. Was Sie mir zeigen wollen, steckt wahrscheinlich in der Aktentasche.«

»Ihre Kombinationsgabe ist unübertroffen.« Petersen schmunzelte. Er nahm die Tasche auf den Schoß und öffnete sie. Vorsichtig zog er eine Plastikfolie heraus, in der

Fotokopien steckten. »Das hier haben wir am Tatort eines Sexualmordes gefunden. Der Mörder hat die Zeichnungen in einer Kladde neben der Leiche abgelegt. Er hat sich keine Mühe gemacht, Fingerabdrücke oder DNA-Spuren zu vermeiden. Einzelheiten dazu teile ich Ihnen vielleicht später mit. Je nachdem, ob Sie Interesse haben. Zunächst einmal sollten Sie sich in aller Ruhe die Bilder ansehen. Es sind Kopien, Sie müssen also nicht vorsichtig damit umgehen.« Er zog sie aus der Folie und reichte sie Henry.

Die erste Bleistiftzeichnung zeigte eine attraktive junge Frau, die in einem Starbucks-Café am Fenster saß und auf ihr Handy starrte.

»Ist sie das Opfer?«, fragte Henry.

»Eindeutig. Unsere Phantombildzeichner hätten es nicht besser hinbekommen.«

»Also hat der Mörder künstlerisches Talent.«

Henry vertiefte sich in die Bilder. Sie zeigten die Frau in unterschiedlichen Alltagssituationen. Im Laufe der Handlung schien sie einen Mann kennenzulernen, mit dem sie sich in einem Restaurant traf. Das Gesicht des Mannes war auf den Zeichnungen nicht verewigt. Die Story setzte sich fort, das Paar trennte sich vor dem Restaurant, und die Frau ging davon. Auf den nächsten Seiten hielt sie mehrfach ihr Handy in der Hand. Anfangs wirkte sie dabei gelöst, dann jedoch immer unsicherer.

»Der Zeichner ist sehr talentiert«, murmelte Henry. »Das ist wie eine Graphic Novel. Ich glaube, er hat sie nach einer Weile geghostet, was die Frau nicht verstehen konnte.«

Ein Bild zeigte sie weinend, ein anderes wütend. Hatte der Mann das wirklich beobachtet oder sie aus seiner Fantasie heraus gemalt? Die nächste Zeichnung zeigte die beiden in einer Wohnung, offenbar bei einer Aussprache. Wieder waren von dem Mann nur der Rücken und die Haare zu sehen. Ein letztes Bild zeigte sie beim Sex.

»Wie ist sie gestorben?«, fragte Henry.

»Er hat ihr das Genick gebrochen. Der Rechtsmediziner glaubt, das sei in der Stellung passiert, die Sie auf Ihrer letzten Seite sehen.«

»*Meiner* letzten Seite? Gibt es noch mehr?«

Petersen nickte.

»Zeigen Sie her.«

»Schauen Sie erst auf die unteren Ränder der Blätter«, bat Petersen.

»Das ist mir schon aufgefallen.« Jede Seite war mit einer Zeit- und Datumsangabe versehen. Außerdem hatte der Künstler sie signiert. »Ich vermute, Sie können die Unterschrift keinem Verdächtigen zuordnen.«

»Nein. Der Mörder hat überall in der Wohnung Fingerabdrücke hinterlassen. Sein Sperma fanden wir in zwei Kondomen, die er ihr post mortem in den Mund gestopft hat.«

Henry lief eine Gänsehaut über den Arm.

»Der Rechtsmediziner ist überzeugt, dass die Zeitangabe auf dem letzten Bild, das ich Ihnen gegeben habe, mit dem Todeszeitpunkt übereinstimmt.«

»Gibt es im Schlafzimmer der Frau spiegelnde Flächen?«

»Leider nicht. Holzbett.«

»Schade.« In einem Spiegel hätte Henry mit seiner Gabe das Gesicht des Mannes sehen können. »Der Mord ist also drei Tage her. Normalerweise kontaktieren Sie mich nicht so zeitnah.«

»Das stimmt.« Ohne weitere Erklärungen holte Petersen eine zweite Plastikfolie aus der Tasche und reichte sie Henry.

Wortlos nahm er die Folie entgegen und zog die Blätter heraus. Es waren vier Seiten. »Leer«, murmelte er.

»Nicht ganz«, erwiderte Petersen.

Der Detective hatte recht. Am unteren Rand stand auf jeder Zeichnung eine Zeitangabe, außerdem hatte der Künstler die Blätter ebenfalls signiert.

»Achten Sie auf die Sekundenangaben.«

Es dauerte einen Moment, bis Henry begriff, was Petersen andeutete. Die letzten vier Bilder zeigten einen Zeitraum von fünf Sekunden. Ratlos blickte er Petersen in die Augen. »Fünf Sekunden«, murmelte er.

»Genau so lange, wie Ihre Visionen an Tatorten immer andauern. Oder irre ich mich?«

»Nein. Ich kapier's nicht. Ist das eine Botschaft an mich?«

»Curland und ich neigen zu dieser Annahme. Denn es gibt noch etwas, das dafür spricht.« Zum dritten Mal griff Petersen in die Aktentasche. Diesmal holte er eine Lupe heraus, die er Henry entgegenhielt.

»Was soll ich damit?«

»Schauen Sie aufs vorletzte Blatt. Die Unterschrift.«

Henry nahm die Lupe entgegen und musterte aufmerksam die Signatur. Ohne den Vergrößerungseffekt hätte er das Detail übersehen.

»Wir haben es erst gestern entdeckt. Sonst wäre ich schon früher hier gewesen.«

»Was hat das zu bedeuten?«

»Kennen Sie die Frau?«

»Ziemlich sicher nicht. Oder haben Sie einen Bezug zu mir ermittelt?«

»Nein. Sie heißt Jodi Manzer. Klingelt's da bei Ihnen?« Henry dachte nach. »Nein.«

»Sie arbeitet im MoMA als eine Art Sekretärin ohne Publikumskontakt.«

»Egal, ob Sie Kontakt zu den Besuchern hatte oder nicht. Sie wissen, ich vermeide geschlossene Räumlichkeiten wegen meiner Gabe. Falls jemals jemand in dem Museum gestorben ist, würde ich die letzten fünf Sekunden seines Lebens sehen. Und auch die letzten fünf aller anderen Menschen, die dort zu Tode kamen. Ich war noch nie in diesem Museum. So sehr ich das auch bedauere.«

»Ich find's verrückt, dass diese Visionen Sie nur in geschlossenen Räumen überfallen. In Ihrem Haus hier ist vermutlich nie jemand gestorben?«

»Sonst würde ich nicht hier wohnen.« Henry nahm noch einmal die vorletzte Seite in Augenschein. Jetzt, wo er wusste, wonach er suchen musste, fand er das Detail auch ohne Lupe.

In der Mitte der verschnörkelten Unterschrift waren zwei zusätzliche Buchstaben untergebracht. So klein und künstlerisch, dass man sie zunächst für einen Teil der Unterschrift halten konnte. Doch bei allen anderen Signaturen fehlte dieses Detail.

HB

»Wieso hat der Künstler meine Initialen in die Unterschrift geschmuggelt?«

»Verstehen Sie jetzt, warum ich so unangekündigt bei Ihnen auftauche?«

Henry nickte nachdenklich. »Hätten Sie mich vorher

angerufen, hätten wir uns auch in der Stadt treffen können.«

»Ich wollte Ihnen das hier lieber nicht im Central Park
zeigen. Wie sieht's aus? Stoßen Sie zu unserem Team?«

8

James Weller schwenkte den Whisky im Glas. Eigentlich war es noch zu früh für Alkohol, in dieser Hinsicht hatte er seine Prinzipien, aber manchmal musste man sich Ausnahmen gönnen. Er nippte an dem exquisiten Tropfen. In einer halben Stunde hatte er einen Termin, in dem er eine endgültige Entscheidung treffen würde.

Wie so oft in den letzten Monaten dachte er an Henry Baker und Tilda Schmitt. Auch sein Neffe Brian nahm eine wichtige Rolle in den Überlegungen ein. Das Gerücht, Brian könne sein leiblicher Sohn sein, hatte er erfolgreich dementieren lassen. Das war von Anfang an sowieso nur das kleinste Problem gewesen.

Dass die in Deutschland verurteilte Mörderin verschwunden war, hatte ihm schwer geschadet. Er hatte viele Gefallen eingefordert, um sie aus einem deutschen Gefängnis nach New York verlegen zu lassen. Und dann wurde sie sozusagen in seiner Obhut von einem Überfallkommando befreit. Alles, was er danach angestellt hatte, war an die Öffentlichkeit gedrungen. Er konnte sich ausmalen, durch wen.

Von der ersten Sekunde an hatte Weller gewusst, wer bei der Befreiung im Hintergrund die Fäden gezogen hatte. Dafür kam nur Henry Baker infrage. Eine andere Möglichkeit existierte nicht. Baker hatte zwar alles abgestritten und sogar einen Lügendetektortest bestanden, doch das bewies überhaupt nichts. Weller hatte zu lange gezögert. Er hätte von vornherein auf Folter setzen sollen, um die Wahrheit zu erfahren. Häufig führte nur der grobe Klotz zum Ziel. Sein Zögern hatte einen Erdrutsch ausgelöst, unter dem seine politische Karriere beinahe begraben worden wäre. Er hatte den Rückhalt seiner Partei verloren und musste als Senator zurücktreten. Alles schien vorbei zu sein. Bis sich ein mächtiger Finanzier bei ihm gemeldet und ihm eine Frage gestellt hatte: Ob er sich vorstellen könne, als unabhängiger Kandidat ins Rennen zu gehen.

Natürlich konnte er das. Befreit von den Fesseln der Partei könnte er seine Agenda viel besser durchsetzen. Der Geldgeber hatte ein paar Forderungen gestellt. Die meisten davon waren kein Problem. Das Ansinnen, Henry Bakers Leben zu verschonen, hatte ihm nicht geschmeckt. Trotzdem hatte er sich bislang daran gehalten.

Es wäre so leicht, einen Profikiller auf Baker anzusetzen, der den Tod wie einen Unfall aussehen lassen würde. Solang es berechtigte Zweifel gäbe, ob Weller darin verwickelt war, würde sich der Geldgeber nicht zurückziehen. Dafür hatte er bereits zu viel investiert.

Allerdings hätte ein solch fingierter Unfalltod einen entscheidenden Nachteil: Weller würde nie erfahren, ob Baker wirklich hinter der Befreiungsaktion gesteckt hatte. Außerdem hätte er danach noch immer keine Ahnung, wo Tilda Schmitt steckte. Sie war Brians Mörderin und würde dafür bezahlen müssen. Baker zu töten, brachte ihn nicht weiter. Er musste vorher ausspucken, was es mit Schmitts Verschwinden auf sich hatte.

Weller trank den Rest des Whiskys. Welche Anordnung sollte er gleich geben?

Zur vereinbarten Uhrzeit öffnete sich die Bürotür, und Roberto Evers trat ein.

»Setzen Sie sich«, sagte Weller.

Evers nahm an dem Schreibtisch Platz. »Sir, es ist alles vorbereitet. Wir warten auf Ihr finales Go.«

Der Moment der Wahrheit rückte näher. »Wie gewährleisten Sie, dass weder Baker noch sein Butler die Polizei alarmieren kann?«

»Im ersten Schritt legen wir das Mobilfunknetz im Umkreis von drei Meilen still. Bakers Haus wird von einer Funkantenne versorgt, die wir vorübergehend vom Netz nehmen. Offiziell wegen Wartungsarbeiten. Die entsprechende Kontaktperson ist instruiert. Zur gleichen Zeit legt unser zweiter Kontaktmann auch das Festnetz in dem Viertel lahm. Internet ebenfalls. Nachts wird das möglicherweise kein Anwohner mitbekommen. Zumal die Abschaltung nur von kurzer Dauer ist.«

»Was ist mit der Stromversorgung?«

»Die kappen wir für zehn Minuten.«

»Also werden Kühlschränke, Wecker und alle anderen am Stromnetz hängenden Geräte ausfallen.«

»Ja«, sagte Evers.

»Was spätestens am nächsten Morgen auffällt, wenn die Menschen verschlafen.«

»Das ist leider nicht zu ändern, um das Risiko eines Alarms auszuschließen.«

Weller dachte nach. Würden die Medien einen zehnminütigen Stromausfall am nächsten Morgen groß thematisieren? Unwahrscheinlich. Sein Geldgeber war derzeit in Europa unterwegs, hatte allerdings Mitarbeiter, die ihn über die Ereignisse in Amerika auf dem Laufenden hielten.

»Zehn Minuten?«, hakte Weller nach.

»Auf keinen Fall länger.«

»Wie viele Einsatzfahrzeuge?«

»Zwei. Wir sind insgesamt acht handverlesene Männer.«

»Erläutern Sie mir noch einmal Ihr Vorgehen.«

»Sobald der Strom abgeschaltet ist, dringen wir ins Haus ein. Dafür planen wir sechzig Sekunden ein. Zwei bewaffnete Männer halten Baker und seinen Diener in Schach, die anderen sechs durchsuchen das Haus. Das Team ist darin so geübt, dass es höchstens sieben Minuten dauern wird.«

Weller dachte nach. Er ließ Baker seit Monaten überwachen. Der Mann verließ fast nie sein Grundstück. Wenn er mal unterwegs war, dann meistens nur für ein paar Stunden. Das Observierungsteam hatte keinen einzigen Hinweis auf einen Ort gefunden, den Baker regelmäßig ansteuerte. Sollte es irgendwo Anhaltspunkte geben, die auf den Verbleib der Mörderin hindeuteten, wären sie im Haus zu finden.

»Sieben Minuten ist keine lange Zeitspanne«, sagte Weller. »Sie müssen Unterlagen sichten, sich eventuell einen Tresor öffnen lassen. Er hat wohl kaum ein Flipchart in seinem Arbeitszimmer stehen, auf dem die Adresse der Mörderin notiert ist.«

»Falls wir mehr Zeit benötigen, verschaffen wir sie uns«, erwiderte Evers.

»Wie?«

»Nach dem Wiedereinschalten des Stroms und der Telefonleitungen darf bloß kein Alarm erklingen. Falls im Haus eine Alarmanlage installiert ist, finden wir das in den ersten dreißig Sekunden heraus und legen sie lahm.«

»Baker ist ein zäher Mistkerl.«

»Daran zweifle ich nicht. Allerdings knackt man den härtesten Gegner oft spielend leicht, wenn man eine Geisel hat, die ihm etwas bedeutet.«

Weller nickte sacht. Tatsächlich hielt auch er den Butler, den Baker seit seinem ersten Lebensjahr kannte, für eine emotionale Schwachstelle.

»Baker darf nichts zustoßen«, erklärte Weller. »Sollte der Butler das Zeitliche segnen, muss es nach einem natürlichen Tod aussehen.«

»Das ist gar kein Problem. Wir haben Mittel dabei, die einen schweren Herzinfarkt auslösen. Ein Rechtsmediziner kann diese Drogen anschließend nicht nachweisen. Zumindest nicht, sobald ein paar Stunden vergangen sind.«

»Dafür könnte ich sorgen«, sagte Weller. »Wir sprachen darüber.«

»Bekommen wir Ihre Freigabe?«

Weller musste eine Entscheidung treffen. Den Einsatzbefehl zu geben, bedeutete ein überschaubares Risiko. Oder wäre es besser, Baker in Ruhe zu lassen? Als Präsident hätte er ganz andere Möglichkeiten, den Mann zu terrorisieren. Doch wie sollte er die nächsten vier Jahre mit dem Stachel im Fleisch leben? Ausgeschlossen! Er musste wissen, wohin Brians Mörderin verschwunden war.

»Einsatzbeginn 0300. Ich will um 0320 Informationen von Ihnen bekommen.«

Evers salutierte. Ohne ein weiteres Wort drehte er sich um und verließ den Raum.

Weller sah ihm hinterher. Ein ungutes Gefühl erfasste ihn. War das alles ein Fehler? Würde die nächtliche Aktion seinen politischen Ambitionen den Todesstoß verpassen? Unwahrscheinlich. Ein zehnminütiger Stromausfall war kaum eine Meldung wert. Und ein an einem Herzinfarkt gestorbener, fast 70-jähriger Mann gehörte für jedes Krankenhaus zum Alltag. Wenn Baker behaupten würde, ein Sturmtrupp hätte sein Haus überfallen, könnte er keine Beweise dafür liefern.

»Alles wird gut«, flüsterte Weller.

Er stand auf und schüttete sich zwei Fingerbreit Whisky ins Glas. Bis zu Evers' Rückmeldung um zwanzig nach drei in der Nacht würde er kein Auge zumachen. Er schaute auf seine Uhr und seufzte.

9

Jack Durham fiel es schwer, ruhig zu bleiben. Er hatte soeben eine verschlüsselte Nachricht erhalten. Um ein Uhr in der Nacht würde sich das Team treffen und der Einsatz beginnen. Der Moment der Rache rückte näher.

»Nur noch ein paar Stunden«, sagte er leise mit Blick auf das Foto in seiner Hand.

Er hatte zwar schon im letzten Jahr für Weller gearbeitet, jedoch nicht in dem Team, das die Mörderin nach Amerika überführt hatte. Ganz im Gegensatz zu seinem Liebhaber Daniel.

Daniel war bei dem Einsatz ums Leben gekommen. Durham hatte still um ihn trauern müssen, denn niemand hatte von ihrer Liebesaffäre gewusst. In den Kreisen, in denen sie sich bewegten, musste man mit solchen Beziehungen vorsichtig umgehen.

Anfangs hatte er geglaubt, der Schmerz würde vergehen. Aber das geschah einfach nicht. Daniel war die Liebe seines Lebens gewesen. Wellers Karriere geriet ins Taumeln, und Durham hatte damit gerechnet, seine Anstellung bei Weller zu verlieren. In den ersten Wochen nach Daniels Tod wäre es ihm egal gewesen. Doch der Politiker hatte das Team zusammengehalten und allen versprochen, den Schuldigen zu bestrafen. Leider war in dieser Hinsicht nichts passiert. Durham stimmte mit Weller überein: Der Schuldige war Baker, und er hatte oft mit dem Gedanken gespielt, ihn zu töten. Irgendwie war es dem Mann gelungen, dem Team eine Falle zu stellen und die Frau zu befreien. Durham vermutete, Baker und die verschwundene Mörderin führten eine heimliche Liebesbeziehung. So wie Daniel und er. Würde die Mörderin ebenfalls trauern, sobald sie von Bakers Tod erfuhr?

Und dann hatte ihn Roberto Evers eines Tages zu einem inoffiziellen Gespräch gebeten. Sie hatten sich im Washington Square Park getroffen und leise unterhalten. Evers hatte angedeutet, zuverlässige Männer für einen illegalen Einsatz zu suchen. Er hatte grob skizziert, was seinem Boss Weller vorschwebte. Außerdem eine Sonderprämie in Aussicht gestellt. Durham hatte sofort zugesagt und behauptet, einen Bonus gut gebrauchen zu können. Über Wochen hatten sie die Planungen vorangetrieben. Seine wahren Beweggründe hatte er niemandem verraten.

Durham würde heute Nacht die Wahrheit erfahren. Baker müsste ein Geständnis ablegen. Dazu würde Durham ihn zwingen. Und sobald er die Tatsachen kannte, würde Baker sterben. Dann wäre Daniels Tod gerächt.

Durham ging in Gedanken seinen Plan durch. Er würde heute einer der beiden Männer sein, die Baker und seinen Butler mit Waffengewalt bedrohen würden. Das räumte ihm alle Möglichkeiten ein. Sollte sich das unerwartet ändern, müsste er improvisieren.

In seinen Gedanken sah er Baker vor sich am Boden knien. Der Mann würde um sein Leben winseln und schließlich alles gestehen. Die Schuld für Daniels Tod auf sich nehmen. Anschließend hatte Durham jedes Recht der Welt, die Ratte zu exekutieren. In Daniels Namen.

Er wusste nicht, wie Evers oder die anderen darauf reagieren würden, und es war ihm egal. Selbst wenn sie ihn den Cops ausliefern würden, machte es ihm nichts aus. Seit Daniels Tod schien das Leben jede Farbe verloren zu haben. Ob er in seinem Apartment oder in einer Gefängniszelle vor sich hinsiechte, wäre einerlei. Wichtig war nur, Daniels Tod gerächt zu haben.

Heute Nacht, dachte er.

Sanft streichelte er das Polaroidfoto, das er wenige Wochen vor Daniels Tod geschossen hatte.

10

Henry saß neben Petersen im Wagen, der ihn auf dem Weg zum Tatort über diverse Einzelheiten ins Bild setzte.

»Wo ist der Mord überhaupt passiert?«, fragte Henry.

»Nicht weit vom Kreuzfahrtterminal in Manhattan entfernt. 49th Street West 414. In dem Haus wohnen 19 Parteien.«

»Und keiner hat etwas gehört oder gesehen?«

»Die Befragungen haben nichts erbracht. Die anderen Mieter kannten Manzer, haben aber kein enges Verhältnis zu ihr gepflegt.«

»Warum nicht?«

»Vielleicht, weil sie erst seit drei Monaten dort wohnte?« Petersen klang selbst nicht überzeugt.

Henry beschloss, diesen Punkt später mit Tilda zu besprechen. Er würde ihr die Fakten nicht vorenthalten, auch nicht, was seine potenzielle Verwicklung darin betraf. »Er hat hinter ihr gekniet und ihr ruckartig das Genick gebrochen«, sagte er leise. »Und Sie meinten ja schon, dass es im Raum keine spiegelnden Flächen gibt, in denen ich den Täter sehen könnte.«

»Leider.«

»Hätten Sie mich auch kontaktiert, wenn es keine Hinweise auf mich gegeben hätte?«

Petersen dachte über die Frage nach. »Eher nicht«, gab

er zu. »Auch wenn ich hoffe, dass sein Opfer vielleicht seinen Namen gerufen hat, bevor er es tötete.«

»Der falsch sein könnte.«

»Das Risiko besteht. Ehrlich gesagt, ist mir Ihre Gabe noch immer ein Rätsel. Trotz unserer gemeinsamen Schlachten.«

Henry nahm ihm den Kommentar nicht übel. Er verstand seine Gabe selbst nicht vollständig. Seit dem Autounfall, bei dem seine Eltern gestorben und er weitgehend unverletzt geblieben war, hatte er diese Visionen. Die logischste Erklärung eines Arztes lautete, er sei ein sensibles Kind gewesen und habe durch die Unfallfolgen eine Hypersensibilität entwickelt. Der Psychologe glaubte daran, dass jeder Tod Spuren hinterließ, die nie verblassen würden. Und Menschen mit feinen Antennen könnten sie wahrnehmen. Henry hielt das zwar für parapsychologisches Geschwätz, trotzdem hatte er nie eine bessere Erklärung gefunden. Vor allem die Tatsache, dass die Visionen ihn nur in geschlossenen Räumen überfielen, sprach ein bisschen für die Theorie des Mannes.

»Wissen Sie, ob in der Wohnung oder dem Hausflur schon jemand anderes gestorben ist?«, fragte er.

»Sorry, danach habe ich mich nicht erkundigt«, erwiderte Petersen mit gepresster Stimme. »Ist das wichtig?«

»Egal! Ob Weller dahintersteckt?«

»Den Gedanken hatte ich auch. Ergibt das denn Sinn?«

Henry schaute aus dem Fenster. »Weller könnte den Mord in Auftrag gegeben haben. Wenn wir dem Täter näher kommen, tötet der uns, und Weller wäre gleich zwei seiner lästigsten Schmeißfliegen los, ohne ins Fadenkreuz der Ermittlungen zu gelangen.«

»Er konnte nicht damit rechnen, dass ich den Fall zugewiesen bekomme.«

»Es sei denn, er hat im Hintergrund Fäden gezogen. Halten Sie es für riskant, dort aufzutauchen? Was, wenn der Killer uns vor Ort erwartet? Wir sind nur zu zweit, und ich bin unbewaffnet.«

»Falls das Polizeisiegel noch intakt ist, besteht keine Gefahr.«

»Es sei denn, er ist über die Feuertreppe in die Wohnung gelangt.«

»Wenn es Sie beruhigt, betrete ich die Räume zuerst.«

Henry nickte. »Hätte nichts dagegen. Ich will bloß allein sein, sobald die Vision beginnt. Dann kann ich mich besser auf die Einzelheiten konzentrieren.«

»Ich weiß.«

In den folgenden Minuten näherten sie sich dem Tatort. »Schräg gegenüber des Hauses liegt übrigens eine Schule. Die Auswertung der verfügbaren Videoaufzeichnungen hat leider nichts ergeben.«

»So einfach ist es ja fast nie.«

Schließlich kamen sie in der 49th Street West an. Petersen stellte sich ins Halteverbot der Schule, und da er nicht mit dem Dienstwagen unterwegs war, legte er seinen Polizeiausweis aufs Armaturenbrett.

Henry drehte sich um und griff zu seiner Tasche, die er vor der Fahrt auf der Rückbank abgelegt hatte. Darin steckte eine schusssichere Weste, die er an jedem Tatort trug.

»Glauben Sie wirklich, das ist diesmal notwendig?«, fragte Petersen skeptisch. »Ich bin doch bei Ihnen.«

»Ernsthaft?«, erwiderte Henry. »Die Schutzweste hat mir

in Brian Wellers Haus das Leben gerettet.« Über die wahren Umstände des damaligen Schusswechsels würde Petersen hoffentlich nie die Wahrheit erfahren. Sonst hätte Henry einen neuen Feind, vor dem er sich in Acht nehmen müsste.

Petersen erwiderte nichts. Sie stiegen aus, und Henry legte die Weste an. Mit ungutem Gefühl ging er auf den Hauseingang zu. Die Unsicherheit, ob ihn schon im Flur Visionen überfallen würden, die nichts mit dem Fall zu tun hatten, nagte an ihm. Zunächst überflog er die Namen auf den Klingelschildern, während Petersen die Haustür öffnete.

»Bereit?«, fragte der Detective.

»So bereit man sein kann.« Henry wappnete sich. Visionen von gewaltsamen Toden kündigten sich immer dadurch an, dass ein purpurfarbener Schleier vor seinem Gesichtsfeld erschien. So konnte Henry natürliche und unnatürliche Todesfälle voneinander unterscheiden.

Er betrat den Hausflur.

Zu seiner Erleichterung passierte nichts.

»Wir müssen zu Apartment 3D«, erklärte Petersen.

»Der Name der Toten wurde noch nicht von den Klingelschildern entfernt. Ist mir aufgefallen.«

»Der Besitzer der Wohnung fragt schon ungeduldig nach, ab wann wir das Apartment freigeben.«

Sie stiegen die Treppe hoch. Henry achtete auf Geräusche in den Wohnungen. Hinter einer Tür hörte er das Weinen eines Kleinkindes. In einem anderen Apartment schien ein Fernsehgerät eingeschaltet zu sein.

»Das Siegel ist noch intakt«, stellte Petersen fest, als sie 3D erreichten. »Soll ich vorgehen, während Sie kurz warten?«

Henry dachte an den rachsüchtigen Weller. Er traute dem ehemaligen Senator zu, ihm eine solche Falle zu stellen. Doch er wollte sein Leben nicht in Angst verbringen. Falls Weller seinen Tod anordnete, könnte er sowieso nichts dagegen tun. »Nein. Ich hab's mir anders überlegt und gehe allein hinein. Sie warten hier. Wo ist das Schlafzimmer?«

»Rechts. Links ist die Küche, geradeaus das Badezimmer.« Mit einem kleinen Messer durchschnitt Petersen das Siegel. Dann öffnete er die Tür. »Rufen Sie mich rein, sobald Sie fertig sind.«

»Bis gleich.« Henry betrat die Wohnung und schloss die Tür hinter sich. Er lehnte sich von innen dagegen und wartete. Nichts geschah. Sollte er zunächst in die Küche, um sich zu sammeln, oder würde er damit das Unvermeidliche nur hinauszögern?

»Bring's hinter dich«, murmelte er.

Henry wandte sich nach rechts. Die Tür zum Schlafzimmer war geschlossen. Er öffnete sie und ging rasch hinein. In der Mitte des Raumes blieb er stehen. Er musterte das Bett. In diesem Moment trübte der purpurne Schatten sein Sichtfeld ein. Unbewusst hielt er den Atem an. Er sah, hörte und fühlte alles, was Jodi in den letzten Sekunden ihres Lebens wahrgenommen hatte. Er spürte ihr Unwohlsein, nahm eine Penetration wahr.

Thomas!, rief sie.

Hände berührten ihren Kopf, dann wurde alles schwarz. Die Vision verschwand.

Abrupt stieß er die angehaltene Luft wieder aus. Er atmete mehrfach tief durch, um sich zu beruhigen.

Thomas.

War das der echte Name des Mörders? Jodi war während des Aktes ermordet worden. Sie hatte die Gefahr gespürt, aber nicht das ganze Ausmaß erkannt.

Henry wartete. Falls in diesem Raum noch jemand anderes gestorben wäre, würde bald die nächste Vision einsetzen. Zum Glück passierte das nicht. Sein Mund war völlig ausgetrocknet. Er räusperte sich. Henry musste etwas trinken, bevor er Petersen gegenübertreten würde.

Thomas.

War das ein Fortschritt? Würden sie bei ihren Ermittlungen auf einen Mann mit diesem Namen stoßen und so vorankommen?

Gedankenverloren ging er in die Küche, um direkt aus dem Wasserhahn einen Schluck zu trinken. Danach wäre er bereit, Petersen hineinzulassen. Ob der sich über die Information freuen würde? Vielleicht war ihnen schon jemand mit diesem Namen begegnet. Ein Arbeitskollege oder …

Henry drehte den Wasserhahn auf.

Im selben Moment tauchte der purpurne Schatten erneut auf.

Henry schrie vor Schreck auf. Er sah eine attraktive Frau, die nackt in der Küche auf dem Boden kniete und zu einem vollständig in Schwarz gekleideten, maskierten Mann aufblickte. Der hielt ihr eine Pistole mit Schalldämpfer an den Kopf.

»Bitte nicht«, sagte sie. »Ich bin ein Cop. Du kannst nicht entkommen. Verschwinde einfach! Schlag mich nieder, aber töte …«

Alles wurde schwarz, und Henry kehrte in die Wirklichkeit zurück. Erneut schrie er und umklammerte das

Waschbecken, um nicht zu stürzen. Er zitterte am ganzen Körper. Seine Beine schienen ihn nicht länger tragen zu wollen.

Die Sekunden verstrichen. Keine weitere Vision überfiel ihn, dafür überkam ihn Wut. Als er sicher war, auf dem Weg zur Tür nicht zu stürzen, verließ er die Küche.

»Petersen!«, schrie er, während er die Wohnungstür aufriss.

Das schuldbewusste Gesicht des Detectives war Antwort genug.

»Sie haben es gewusst! Natürlich haben Sie es gewusst. Wieso haben Sie mich nicht vorgewarnt?«

Plötzlich versagten seine Beine ihm den Dienst, und er kippte nach vorn. Petersen fing ihn auf, bevor er auf dem Boden aufschlug.

»Es tut mir leid«, sagte der Detective. »Verzeihen Sie mir.«

»Raus! Ich will nach draußen. Sofort.«

»Was haben Sie gesehen?«

»Nach draußen!«

Petersen bohrte nicht weiter nach. Er zog die Wohnungstür zu und stützte Henry auf dem Weg nach unten.

»Das war nicht fair von Ihnen.«

»Sorry. Was haben Sie gesehen?«

»Geben Sie mir ein paar Minuten, um mich von dem Schock zu erholen.«

Sie erreichten die Haustür und traten ins Freie. Sobald er die frische Luft einatmete, ging es ihm besser.

»Genug gestützt«, sagte er. »Wieso haben Sie mich angelogen?«

»Was halten Sie davon, wenn wir in den Central Park

fahren?«, fragte Petersen. »Da können wir uns in Ruhe unterhalten. So wie früher.«

»Kommen Sie mir nicht mit dieser *Wir-haben-uns-alle-lieb*-Masche. Und wir sind auch nicht beste Kumpel. Nicht, wenn Sie mir solche Dinge zumuten.«

Auf dem Weg zum Auto zog er die Schutzweste aus. Zwei Jungs auf dem Schulhof beobachteten sie. Henry lächelte ihnen zu, was die Kinder mit Desinteresse quittierten.

Petersen entriegelte das Fahrzeug, und die beiden stiegen ein. Am liebsten hätte er den Detective noch eine Weile mit Missachtung gestraft, aber das entsprach nicht seinem Charakter.

»Über was wollen Sie zuerst reden?«, fragte er.

Petersen startete den Motor und fuhr langsam los. »Haben Sie etwas im Schlafzimmer gesehen oder gehört, das uns weiterhelfen könnte?«

»Sie hat kurz vor dem Mord seinen Namen gerufen. Thomas. Ist der in den Ermittlungen aufgetaucht?«

»Nein«, erwiderte Petersen. »Zumindest kann ich mich nicht daran erinnern.«

»So wie Sie zufällig auch den anderen Mord in der Küche vergessen hatten?«

»Baker, seien Sie nicht so nachtragend. Ich wollte Sie unvoreingenommen an den Tatort schicken.«

»Blöde Ausrede.«

»Reden wir erst über Manzer.«

»Die beiden hatten Sex. Dabei hatte sie plötzlich ein ungutes Gefühl. Ich vermute, sie hat seinen Namen gesagt, um ihm Einhalt zu gebieten. Er hat ihren Kopf mit beiden Händen gepackt. Danach wurde das Bild schwarz.«

»Also war sie augenblicklich tot. Der Rechtsmediziner konnte das nicht so genau einschränken. Er hatte die Vermutung, dass sie nicht gelitten hat.«

»Hat sie nicht. Sie hatte höchstens eine dunkle Vorahnung kurz vor dem Tod. Ganz im Gegensatz zu der Polizistin.«

Nun schaute Petersen ihn von der Seite an. »Woher wissen Sie, dass sie Polizistin war?«

»Wie hieß sie?«

»Delora Carrol. Officer Carrol. Sie war die vorherige Mieterin der Wohnung. Wir haben sie nackt und mit einer tödlichen Kopfwunde gefunden. Auf der Seite liegend. Spuren auf ihrer Haut und dem Projektil deuteten auf die Verwendung eines Schalldämpfers hin.«

»Ja, das stimmt«, sagte Henry.

»Haben Sie den Täter gesehen?«

»Er trug eine Ledermaske. Vollständig schwarz gekleidet. Sie hat ihn angefleht, sie nicht zu erschießen, weil sie Polizistin sei. Das hat ihn nicht davon abgehalten. Hat er sie vorher missbraucht oder Sex mit ihr gehabt?«

»Weil sie nackt war? Nein! Dafür hat es keine Spuren gegeben. Beschreiben Sie mir genau, was Sie gesehen haben.«

»Hätte ich mit der Vision gerechnet, hätte ich auf mehr Einzelheiten geachtet. Das war dumm von Ihnen.«

»Wie oft muss ich mich noch entschuldigen? Ich wollte, dass Sie unvoreingenommen sind.«

»Machen Sie das nie wieder.«

»Versprochen.«

»Der Täter hat sie gezwungen, sich in der Küche hinzuknien. In den letzten Sekunden stand er seitlich von ihr.

Sie hat zu ihm aufgesehen. Er hat ihr den Schalldämpfer der Pistole an den Kopf gehalten. Ihre letzten Worte waren: *Bitte nicht. Ich bin ein Cop. Du kannst nicht entkommen. Verschwinde einfach! Schlag mich nieder, aber töte …* Dann wurde alles schwarz.«

Wütend schlug Petersen aufs Lenkrad. Sie näherten sich über die 8th Avenue dem Columbus Circle.

»Ermitteln Sie in dem Mordfall?«, fragte Henry.

»Mit Curland und zwei weiteren Detectives. Dass wir keine Fortschritte machen, frustriert uns alle.«

»Und dann wird nur wenige Monate später die nächste Mieterin ermordet. Es war kein Zufall, dass man Ihnen die Ermittlungen übertragen hat.«

»Kein sehr großer.«

»Also könnte Weller für alles verantwortlich sein.«

»Weiß ich nicht. Ich will nicht einer falschen Spur hinterherhecheln. Eines sollten Sie noch wissen. Carrol war in einen Fall involviert, bei dem Sie dem NYPD geholfen haben.«

»In welchen?«, fragte Henry überrascht.

»In den Fall, bei dem Sie uns zum ersten Mal geholfen haben.«

»Ich habe ihr Gesicht nicht wiedererkannt.«

»Das wundert mich nicht. Sie haben Carrol vermutlich nicht persönlich getroffen. Sie war dem Ermittlungsteam als Officer zugeteilt und hat Zeugen befragt.« Petersen bog in den Kreisverkehr an der Kolumbus-Statue ein und verließ ihn an der dritten Ausfahrt wieder. Kurz darauf stellte er den Wagen am Straßenrand ab. »Gehen wir spazieren«, schlug er vor.

11

Seit Henry aus dem Hotel in das Haus seiner Großmutter gezogen war, hatte er sich viel zu selten dazu aufgerafft, zum Central Park zu fahren – obwohl das hier sein liebster Ort in New York war, völlig unabhängig von der Jahreszeit. Er genoss die entspannte Atmosphäre des Parks. Bis zum Times Square waren es nur wenige Minuten zu Fuß, aber zwischen beiden Locations lagen Welten. Fast, als wäre man auf zwei unterschiedlichen Planeten.

»Was wollen Sie wissen?«, fragte Petersen ihn im gedämpften Tonfall.

»Alles«, antwortete Henry automatisch. Je mehr er erfuhr, desto besser.

»Sie wollen bestimmt eine grobe Zusammenfassung«, erwiderte Petersen amüsiert. »Die sollen Sie haben. Carrol war ein guter Officer. Ihre Vorgesetzten waren voll des Lobes, bei den Kollegen war sie sehr beliebt. Aufgrund der Art ihrer Ermordung …«

»… ihrer Hinrichtung …«

»… haben wir überprüft, ob sie in illegale Geschäfte verwickelt war. Ob sie Geld angenommen hat von Leuten, denen sie dafür nicht genügend geliefert hat. Das war unsere erste Vermutung, die aber ins Leere lief. Sie war sauber. Also haben wir uns aufs private Umfeld konzentriert. Von einer Freundin haben wir erfahren, dass sie einige Wochen zuvor einen Mann kennengelernt hatte. Sie hat aus ihm ein Geheimnis gemacht, denn er war verheiratet und wollte angeblich ihr zuliebe die Scheidung einreichen. Deswegen hat sie nie jemand zusammen in der Öffentlichkeit gesehen.«

»Ich nehme an, Sie haben keinen Hinweis auf den Mann gefunden?«

»Nein. Carrols Handy ist verschwunden. Ihr E-Mail-Account wurde professionell gelöscht. Ohne Möglichkeit, ihn wiederherzustellen.«

»Da war also ein Profi am Werk.«

»Das ist unsere Vermutung.«

»War sie mit einem Fall befasst, der den Mord an ihr erklärt?«

»Wir haben keine Hinweise darauf gefunden.«

»Warum bin ich nicht involviert worden?«

Petersen stieß ein Schnauben aus. »Sie wissen, dass es genügend Cops gibt, die Sie für einen Scharlatan halten. Denen es ein Dorn im Auge ist, Sie zu einem Fall hinzuzuziehen. Zu allem Überfluss reden wir von einem Cop-Killer. Da reagieren wir sehr sensibel. Ich wäre gekreuzigt worden, wenn ich vorgeschlagen hätte, Sie einzubeziehen.«

»Bis es zum zweiten Mord in derselben Wohnung kam. Nur wenige Monate später.«

»Es tut mir leid, dass ich Sie nicht eingeweiht habe. Es gibt noch einen Grund, warum ich den Mord an Carrol nicht erwähnt habe.«

Henry schüttelte den Kopf. »Weil Sie jetzt Ihren Vorgesetzten erzählen können, ich hätte ohne jedes Vorwissen eine Vision von Carrols Tod gehabt. Damit wollen Sie ihnen beweisen, dass ich kein Scharlatan bin. Das ist erbärmlich und irgendwie auch feige, Petersen.«

»Tut mir leid, dass Sie das so empfinden. Für mich ist es jedes Mal ein Kampf, meinen Lieutenant zu überzeugen, Sie zu involvieren.«

Die beiden schwiegen eine Weile. Ihnen kamen einige Jogger entgegen, eine Frau mit einem kleinen Kind und ein Mann, der drei Hunde ausführte.

Henrys Enttäuschung über den Detective verflog. »Ich wollte Sie nicht beleidigen, Petersen, entschuldigen Sie. Spätestens seit letztem Jahr weiß ich, dass Sie nicht feige sind.«

»Schon in Ordnung.«

»Und Sie glauben, es gibt einen Zusammenhang zwischen den Morden?«

»Es wäre ein großer Zufall, wenn zwei Frauen innerhalb weniger Monate in derselben Wohnung ermordet werden.«

»Vor allem, nachdem sie beide einen neuen Mann kennengelernt haben.«

»Den keiner aus ihrem sozialen Umfeld auch nur einmal zu Gesicht bekommen hat.«

Henry rief sich die erste Vision ins Gedächtnis und versuchte, Übereinstimmungen mit den Zeichnungen zu finden, die der Täter hinterlassen hatte. Wie oft hatte er sich mit seinem Opfer in dessen Wohnung getroffen? War er das erste Mal bei ihr geblieben? Sie war mitten in der Nacht gestorben, während die beiden Sex in der sogenannten Hundestellung hatten. Sprach das für ein Vertrauensverhältnis zwischen ihnen? Oder hatte der Täter die Führung übernommen und sie sanft dazu gedrängt? Er seufzte.

»Was geht Ihnen durch den Kopf?«

»Zu viel. Ich muss in Ruhe darüber nachdenken.«

»Soll ich Sie nach Hause bringen?«

»Warum haben Sie mich nicht heimlich zu der ersten Ermittlung hinzugezogen? Hatten Sie Angst, ich würde Geld von Ihnen verlangen, weil es um den Mord an einer Polizistin ging? Wie schlecht kennen Sie mich eigentlich?« Henrys Frustration brach sich wieder Bahn.

»Nichts für ungut, aber das, was Sie gesehen haben, hätte uns auch nicht weitergeholfen. Ein schwarz gekleideter, maskierter Mann. Das nützt uns nichts.«

Henry sah Petersen überrascht an. »Sie denken nicht weit genug. Ich hätte Sie für klüger gehalten.«

»Womit habe ich das verdient?«

»Warum maskiert sich jemand, der eine Polizistin zwingt, sich auszuziehen und hinzuknien?«

Petersen zuckte lediglich mit den Schultern.

»Er hätte sich nicht maskieren müssen, richtig?«

»Wahrscheinlich ist er so in die Wohnung eingedrungen, damit man ihn nicht identifizieren kann.«

»Und wenn es ihr neuer Freund war? Dann hätte sie ihn auch ohne Maskerade eingelassen.«

»Was meinen Sie, warum der Fall noch nicht gelöst ist? Alles, was wir unternommen haben, ist bislang ins Leere gelaufen.«

»Haben Sie DNA-Spuren gefunden, die Sie mit dem anderen Fall abgleichen können?«

»Im Gegensatz zum zweiten Mord hat es keine eindeutigen Spuren gegeben. Ganz im Gegenteil. Wir haben Rückstände von Reinigungsmitteln entdeckt. Jemand hat sich nach der Tat die Zeit genommen, alles gründlich zu säubern.«

»Vielleicht halten Sie mich für größenwahnsinnig, aber was, wenn er sich meinetwegen maskiert hat?«

Petersen sah ihn ungläubig an.

»Ihretwegen?«

»Carrol war in einem Fall involviert, bei dem ich dem NYPD geholfen habe. Sie hatte Kenntnis von meiner Gabe. Was, wenn der Täter das wusste und sich deshalb maskiert hat?«

»Hat er beim zweiten Mord nicht getan, vorausgesetzt, wir gehen von einem Zusammenhang aus.«

»Weil er von Anfang an geplant hat, Manzer in einer Stellung zu töten, in der sie ihn nicht sieht. Und ich ihn somit auch nicht sehe.«

»Ist das nicht ein bisschen weit hergeholt?«

»Es ist eine Möglichkeit, die wir nicht aus dem Auge verlieren dürfen. Wieso haben Sie mich nicht vorgewarnt, dass ich in der Küche eine zweite Vision haben werde?«

»Was hätte es geändert?«

»Es hätte mich nicht so unvorbereitet getroffen, und ich hätte mich besser auf Einzelheiten konzentrieren können.«

Petersens Mund klappte auf. »Wollen Sie damit sagen, dass Sie beim zweiten Mal mehr hätten wahrnehmen können, wenn Sie darauf vorbereitet gewesen wären?«

»Nicht ausgeschlossen.«

»Und warum verschwenden wir dann hier unsere Zeit? Lassen Sie uns zurückfahren. Sofort!« Er drehte sich um.

»Petersen, Sie haben keine Ahnung, wie belastend jede Vision ist.«

»Was heißt das?«

»Gönnen Sie mir eine kleine Verschnaufpause. Lassen

Sie mich frische Luft schnappen. Sobald ich bereit bin, fahren wir zurück. Vielleicht habe ich Hinweise übersehen, die einen Zusammenhang herstellen. Ich muss noch einmal in beide Räume. Keine schöne Vorstellung.«

Schweigsam gingen sie ein paar Schritte.

»Wäre es denkbar, dass Weller irgendwie in die Morde verwickelt sein könnte?«, fragte Henry.

»Er könnte in Erfahrung gebracht haben, dass Officer Carrol in einem Fall ermittelte, zu dem Sie hinzugezogen wurden. Ich schätze, er hat Informationsquellen im NYPD.«

»Ganz sicher sogar. Aber wieso sollte er den Mord an zwei unbeteiligten Frauen in Auftrag geben, nur um mich in eine Falle zu locken? Das erscheint mir ziemlich umständlich.«

Petersen brummte zustimmend.

»Sie haben gesagt, der Mörder hat Manzer beide Kondome in den Mund gestopft, die er in der Nacht benutzt hat«, sagte Henry.

Die Männer starrten sich an.

»Sie meinen, das ist ein Hinweis auf den ersten Mord?«, fragte Petersen. »Daran haben wir bisher nicht gedacht.«

»Nicht ausgeschlossen.« Obwohl Henry gern mehr Zeit im Central Park verbracht hätte, straffte er die Schultern und atmete tief durch. »Okay. Zurück an die Arbeit.«

12

Henry schaute auf das zerstörte Polizeisiegel. Petersen hatte es nicht ersetzt, trotzdem fragte er sich, ob jemand in der Wohnung auf ihn warten würde.

»Soll ich zuerst reingehen?«, erkundigte sich der Detective.

»Wird wohl nicht nötig sein.«

Er betrat das Apartment, schloss jedoch nicht sofort die Tür. Falls ihn jetzt jemand angreifen würde, könnte er direkt fliehen. Zum Glück passierte nichts. Ohne Blickkontakt zu Petersen aufzunehmen, drückte er die Wohnungstür zu. Zunächst ging er ins Schlafzimmer. Als er die Mitte des Raums erreicht hatte, setzte die Vision ein. In gewisser Weise war er für ein paar Sekunden Jodi Manzer, steckte in ihrer Haut, spürte ihr Unbehagen, ohne die Lebensgefahr wahrzunehmen. Im Vergleich zum ersten Mal veränderte sich nichts, und schließlich verblassten die Bilder. Henry wischte sich mit dem Ärmel des Jacketts über die Stirn.

Falls der Täter über seine Gabe Bescheid wusste, hatte er den perfekten Mord begangen und keinen Hinweis auf sich selbst hinterlassen. Zumindest keinen, den nur Henry registrieren würde.

Warum hatte er Manzer zwei Kondome in den Mund gesteckt? War das ein Fingerzeig auf den ersten Mord in der Wohnung, oder ging Henrys Fantasie mit ihm durch?

Er verließ das Schlafzimmer. An der Küchentür blieb er stehen. Beim ersten Mal war er unvorbereitet gewesen, diesmal wäre es anders. Mit geschlossenen Augen ging Henry ein paar Schritte in den Raum hinein, dann atmete er tief ein und schlug die Augen auf. Der purpurne Schatten färbte sein Sichtfeld ein.

Officer Carrol kniete am Boden. Ihr Mörder war maskiert, trug schwarze Sachen. Sein Aussehen verbarg er perfekt. Henry entdeckte einen tiefen Kratzer am rechten Halbstiefel des Täters. Carrol flehte vergeblich um ihr Leben. Der Täter verlagerte sein Gewicht ein bisschen aufs rechte Bein, dann endete die Vision.

Am Waschbecken spritzte sich Henry kaltes Wasser ins Gesicht. Falls sie bei einem Verdächtigen schwarze Halbstiefel sicherstellen würden, könnte der tiefe Kratzer ein verräterisches Detail sein. Gab es einen Grund, warum er kurz vor dem Schuss sein Gewicht verlagert hatte? Auch das wüssten sie wohl erst, wenn der Täter verhaftet worden wäre.

Henry verließ den Raum. Er dachte an zu Hause. Ob Tilda ihm eine neue Sichtweise auf den Fall eröffnen könnte?

13

Auf dem Heimweg unterhielten sie sich über die beiden Morde. Petersen präsentierte ihm wenig neue Details, Henry brachte den Kratzer auf dem Halbstiefel ins Spiel.

»Sie haben heute Vormittag die Zeichnungen wieder in Ihre Aktentasche gepackt und mitgenommen. Darf ich sie haben?«

»Warum?«, fragte Petersen.

»Ich will zu Hause in Ruhe jedes Bild studieren. Vielleicht fällt mir ein Detail auf, das Sie und ich übersehen haben.«

»Meinetwegen«, brummte Petersen. »Unter einer Bedingung: Sie dürfen die niemandem zeigen und auch keine Kopien anfertigen.«

»Wem sollte ich sie zeigen? Eddie hat an solchen Dingen kein Interesse.«

Als Petersen den Wagen vor dem Haus gestoppt hatte, griffen beide Männer nach hinten. Henry nahm die Tasche mit der Schutzweste von der Rückbank, der Detective zog die Kopien aus der Aktentasche.

»Wenn Ihnen etwas auffällt, was wir bisher übersehen haben, sagen Sie mir bitte sofort Bescheid.«

»Darauf können Sie sich verlassen.«

»Ich melde mich in den nächsten Tagen bei Ihnen«, sagte Petersen.

Henry verabschiedete sich von ihm und stieg aus. Die

Haustür öffnete sich, als der Detective losfuhr. Henry winkte ihm hinterher. Dann wandte er sich Eddie zu.

»Wenn Sie mir die Bemerkung erlauben, Sie sehen blass aus«, sagte der Butler.

»War ein anstrengender Tag.«

Eddie schloss die Haustür.

»Tun Sie mir einen Gefallen, und kopieren Sie mir diese Seiten. Das darf niemand erfahren. Falls Petersen Sie jemals darauf anspricht, wissen Sie von nichts.«

»Sehr gerne.«

»Legen Sie mir bitte beide Stapel auf den Schreibtisch im Arbeitszimmer. Ich werde mich die nächsten Stunden in die Arbeit vertiefen. Zuerst muss ich mich frisch machen. Ich nehme an, mit unserem Gast gab es keine Probleme?«

»Überhaupt keine.«

Henry sah Eddie nach. Wegen des gebrochenen Versprechens gegenüber Petersen hatte er kein schlechtes Gewissen. Immerhin hatte ihn der Detective über den ersten Mord in der Wohnung im Unklaren gelassen.

Eine Viertelstunde später brütete Henry über den Zeichnungen. Mit der Lupe nahm er Bild für Bild in Augenschein. Er entdeckte nichts, was ihm wie eine Botschaft vorkam. Die Nachricht an ihn war bloß auf den letzten vier Seiten verborgen.

Als seine Augen müde wurden, legte er die Lupe beiseite. Den Blätterstapel, den Petersen ihm überlassen hatte, ließ er auf dem Schreibtisch liegen, den anderen nahm er mit nach unten. Ob Tilda zur Abwechslung in Plauderstimmung wäre?

»Welch späte Ehre«, begrüßte sie ihn. Sie saß im Sessel, ein aufgeschlagenes Buch in der Hand. »Muss ja ein wichtiger Besucher gewesen sein, dass du heute unser Gespräch so abrupt beendet hast. Eddie wollte mir nicht verraten, wer es war. Er hat bloß behauptet, alles wäre in Ordnung. Schön, hier im Ungewissen zu bleiben. Ich wünsche dir eine angenehme Nacht.« Sie konzentrierte sich wieder auf ihre Lektüre.

»Ich hatte heute Morgen keine Ahnung, wie sich der Tag entwickeln würde.« Henry trat an die Klappe, über die Tilda alles bekam, was sie benötigte. Er öffnete sie und legte die von Eddie kopierten Seiten hinein.

»Was ist das?«, fragte sie.

»Sieh's dir an.«

»Vermutlich finde ich das Buch hier spannender.«

Henry erwiderte nichts. Er setzte sich hin und wartete. Es dauerte nicht lange, bis Tilda genervt aufstöhnte, ein Eselsohr in die zuletzt gelesene Seite knickte und das Buch zuschlug. Dann stand sie auf und trat an die Klappe. Mit den Blättern in der Hand nahm sie wieder im Sessel Platz.

»Strebst du eine neue Karriere als Cartoonist an?«, fragte sie spöttisch.

Trotz ihrer Bemerkung sah er ihr sofort an, dass ihr Interesse erwacht war. Er ließ ihr Zeit, sich in die Zeichnungen zu vertiefen. Tilda brauchte für den ersten Durchgang länger, als er benötigt hatte.

»Warum sind die letzten Seiten leer? Soll ich raten, wie die Geschichte weitergeht?«

»Was passiert denn deiner Meinung nach?«

»Das ist nicht wirklich schwierig zu erraten. Natürlich stirbt die Frau am Ende des Sexakts. Die Frage ist nur wie.

Erwürgt er sie? Er hat kräftige Hände, ich würde es ihm zutrauen.«

»Er hat ihr das Genick gebrochen.«

»Oh«, sagte sie. »Interessant. Auf diese Weise habe ich nie jemanden getötet. Ein schneller Tod. Die Frau kann sich nicht beklagen, erst hat er es ihr hoffentlich gut besorgt, dann ist sie schmerzfrei gestorben. So viel Glück ist nicht jedem vergönnt.« Sie lächelte breit.

Henry reagierte nicht auf die Provokation. »Gibst du mir eine Zusammenfassung der Handlung?«

Tilda lachte spöttisch, doch Henry blieb ruhig. Er sah seiner Schwester das erwachte Interesse deutlich an.

»Ihr Schicksal war besiegelt, als sie sich das erste Mal getroffen haben. Der Mann hat sie eine Zeit lang beobachtet und dann Kontakt zu ihr aufgenommen. Sie haben sich in einem Restaurant verabredet, und weil sie ein anständiges Mädchen ist, endete der Abend nach dem Dinner. Frauen glauben, sie müssten sich zurückhaltend zeigen. Ich sehe das übrigens anders.«

»Was mich nicht überrascht.«

»Dann schreiben sie sich ein bisschen hin und her, vielleicht vereinbaren sie schon eine zweite Verabredung. Bis er sich nicht mehr bei ihr meldet.«

»Wie kommst du darauf?«

»Sag bloß, du hast eine andere Erklärung für die Emotionen der armen Frau.«

»Nein«, erwiderte er ehrlich.

»Zum Glück, sonst hätte ich mein Urteil über deine Intelligenz revidieren müssen. Tja, und dann macht er einen sehr schlauen Zug. Nach einer Weile Funkstille – ich würde behaupten, es waren mindestens zwei, eher aber drei bis vier Tage – meldet er sich wieder. Bestimmt hat er eine überzeugende Ausrede parat. Sie ist so glücklich, dass sie ihn schon beim ersten Wiedersehen in die Wohnung lässt und endgültig ihr Todesurteil unterschreibt. Das war sehr clever von ihm, denn so hat man sie nur einmal in der Öffentlichkeit zusammen gesehen.«

Tildas Spekulationen deckten sich mit denen, die Petersen und Henry angestellt hatten. Vielleicht gingen sie sogar ein bisschen darüber hinaus. Wie erhofft, fiel es ihr anscheinend leicht, sich in den Täter hineinzuversetzen.

»Warum sind die letzten vier Seiten leer?«, fragte sie.

»Sind sie nicht. Du hast nicht richtig hingeschaut.«

»Mir ist die Unterschrift aufgefallen.«

»Da ist mehr als bloß eine Unterschrift.«

Tilda seufzte, legte die meisten Blätter auf den Boden und nahm die letzten vier Seiten in Augenschein.

»Scheiße«, flüsterte sie nach einer Weile. »Die Zeitangaben auf den leeren Seiten decken nur fünf Sekunden ab.« Sie schaute ihn an, ein arrogantes Lächeln stahl sich auf ihr Gesicht. »Das ist eine Botschaft an dich.«

»In einer der Unterschriften sind meine Initialen versteckt. Das erkennt man gut mit einer Lupe.«

»Wer war der Besucher heute Morgen? Ein Polizist? Bist du ein Tatverdächtiger?«

»Blödsinn! Das weißt du. Aber ja, es war der ermittelnde Detective.«

»Sie haben dich gebeten, deine Gabe zur Lösung des Falls einzusetzen. Hast du den Mörder gesehen?«

»Nein. Er hat hinter ihr gekniet.«

»Ist eine meiner Lieblingsstellungen.« Sie lachte. »Die arme Frau ist deinetwegen gestorben. Weil der Mörder dir eine Botschaft hinterlassen wollte. Kommst du damit klar?«

»Du weißt, dass das Quatsch ist«, widersprach er.

»Red's dir ruhig ein. Oh Henry, du hast schon wieder einen Menschen auf dem Gewissen. Das läppert sich.«

Was brachte es, dagegen anzureden? Zumal er ähnliche Gedanken hatte. Sollte er sie über den ersten Mord informieren? Käme er mit ihrem Vorwurf klar, dass seinetwegen zwei Frauen gestorben waren?

»Leider ist das nicht alles.«

»Was denn noch?«

»Monate zuvor hat in der Wohnung ein weiblicher Officer vom NYPD gewohnt. Sie war in eine Ermittlung involviert, bei der ich das NYPD unterstützt habe. Sie wurde hingerichtet.«

»Gebrochenes Genick?«

»Nein. Sie musste sich nackt auf den Boden knien, der Mörder hat neben ihr gestanden und sie erschossen. Der Täter war maskiert.«

»Weil er wusste, du würdest irgendwann zu den Ermittlungen hinzustoßen. Warum sonst hätte er sein Gesicht verbergen sollen?«

Henry nickte. »Und da gibt es noch etwas. Das zweite Opfer hatte am Todestag zweimal Sex. Der Mörder hat ihr post mortem zwei gefüllte Kondome in den Mund gelegt.«

»Wow. Krasser Typ! Respekt!« Wieder lachte sie. »Werde ich mir merken. Obwohl ich es lieber ohne Kondom mache.«

»Glaubst du, die Kondome sind ein Hinweis darauf, dass die beiden Morde zusammenhängen?«

»Ein plumper Hinweis.«

»Beim ersten Mord hat der Täter alle Spuren beseitigt, beim zweiten Mal ein ganzes Arsenal hinterlassen. Ich versteh's nicht.«

»Um Zeit zu gewinnen«, erwiderte sie. »Ihm war schon beim ersten Mord klar, dass er erneut zuschlagen wird. Und da Cop-Killer besonders intensiv gejagt werden, hat er den Tatort gesäubert. Nur für den Fall, dass man ihn verdächtigt. Nach dem zweiten Mord war ihm das egal. Aber das ist nicht das Entscheidende.«

»Sondern?«

»Stellst du dich absichtlich dumm? Henry, der Täter hat es auf dich abgesehen. Ist doch offensichtlich.«

»Nicht ausgeschlossen.«

»Bist du wirklich so beschränkt? Was passiert mit mir, wenn dich jemand tötet? Oder im schlimmsten Fall auch noch deinen Butler?«

»Du solltest beten, dass das nicht eintritt.«

»Mehr als mir ein Gebet zu empfehlen, hast du nicht im Angebot? Sehr beruhigend. Wirklich!«

»Falls mir etwas zustößt, wird Eddie sich um alles kümmern.«

»Er käme wegen Freiheitsberaubung ins Gefängnis.«

»Eddie ist nicht dumm. Er weiß, was zu tun wäre, um sich selbst zu schützen.«

»Also würde er das Weite suchen, bevor die Polizei mich hier findet. Und wenn ihr beide sterbt?«

»Dann hat eine Person, auf die ich mich absolut verlassen kann, den Auftrag, jemanden in Deutschland zu informieren.«

»In Deutschland?«, fragte Tilda. »Wie lange soll das dauern?«

»So lange es eben dauert. Wir reden über Tage, keine Wochen.«

»Und in der Zwischenzeit sterbe ich hier.«

»Du hast jederzeit frisches Wasser zur Verfügung«, widersprach Henry. »Der menschliche Körper kommt über Wochen ohne Nahrung aus. Darf ich dich an deinen Hungerstreik erinnern?«

»Wer wird in Deutschland informiert?«

»Ist das nicht egal?«

»Mir nicht.«

»Hauptkommissar Lukas Sommer. Ich bin überzeugt davon, er wäre in der Lage, dich nach Deutschland überführen zu lassen, wo du vor Wellers Rache sicher wärst.«

»Und wenn dieser Weller zuerst hier wäre? Immerhin hast du ihm den Floh ins Ohr gesetzt, ich wäre die Mörderin seines Neffen.«

»Falls ich sterbe, erhält Weller in einem zweiten Schritt einen Brief, in dem ich deine Unschuld versichere.«

»Und wenn er den nicht rechtzeitig bekommt? Oder es dir einfach nicht abnimmt?«

»Er kann sich keinen weiteren Skandal leisten. Und ich bin überzeugt davon, Sommer wird alles in die Wege leiten, um dich wieder nach Deutschland ins Gefängnis zu bringen.«

»Na toll! Du hast mir also nicht mehr als das Prinzip Hoffnung anzubieten.«

Sie legte die kopierten Blätter zu einem Packen zusammen, stand auf und brachte sie zurück in die Klappe.

»Du kannst die Seiten behalten«, sagte Henry.

»Hab keine Lust mehr. Du stehst auf der Abschussliste

eines skrupellosen Killers, und mir hast du nicht mehr anzubieten …«

»Irgendwie ist es ja dann in deinem eigenen Interesse,
dass der Mörder gefasst wird.«

Sie starrten sich durch die Glasscheibe an.

»Mag sein«, gab sie zu. »Trotzdem will ich jetzt allein
sein. Wie wenig du alles durchdacht hast, erschüttert
mich.« Sie kehrte ihm den Rücken zu und blieb mit ver-
schränkten Armen stehen.

»Gute Nacht«, sagte Henry. »Wir reden morgen weiter.«

14

Am frühen Abend versammelte Roberto Evers die für den Einsatz auserwählten Männer um sich. Jack Durham war unter den Ersten, die vor Ort eintrafen, fast eine Viertelstunde vor dem offiziellen Zeitpunkt.

Evers klopfte ihm freundschaftlich auf die Schulter. »Alles gut bei dir?«

»Vollständig einsatzbereit«, erwiderte Durham.

»Wunderbar. Sobald alle da sind, gehen wir noch mal den Plan durch und verteilen gegebenenfalls die Aufgaben neu.«

»Mir ist alles recht.« Durham lächelte und ließ sich nicht anmerken, welche Wirkung die Ankündigung auf ihn hatte. Was sollte das? Er hatte sich dafür gemeldet, die beiden Männer im Haus in Schach zu halten, während die Durchsuchung der Räume lief. Das war für seine eigene Agenda elementar wichtig. Er musste mit Baker und dessen Butler allein sein, um die Wahrheit zu erfahren. Falls er jetzt davon abgezogen würde, müsste er viel höhere Risiken eingehen.

Durham ging zu der kleinen Kaffeetheke, schenkte sich Kaffee in einen Plastikbecher ein und schnappte sich einen Donut. Scheinbar desinteressiert setzte er sich und wartete. Seine Gedanken rasten. Was käme gleich auf ihn zu?

Zehn Minuten vor dem vereinbarten Zeitpunkt traf das letzte Teammitglied ein.

»Sehr erfreulich, dass ihr an diesem so wichtigen Abend pünktlich seid«, sagte Evers. Er biss in einen Donut und spülte den Happen mit Kaffee hinunter. »Seid ihr alle bereit?«

Die Anwesenden schrien laut: »Ja, Sir!«

Durham bildete keine Ausnahme. Ganz im Gegenteil. Er heulte mit dem Rudel.

»Wunderbar. Worum es geht, wisst ihr ja. Ihr seid von Weller persönlich auserwählt worden. Weller hat mit Baker eine Rechnung offen, und jeder von euch weiß: Schulden müssen beglichen werden.«

Einige der Männer stimmten lautstark zu. Durham verkniff es sich. Für einen kurzen Moment sahen sich Evers und Durham in die Augen.

»Als Erstes gebe ich jedem von euch ein Armband, das ihr beim Einsatz tragen werdet. Wir erwarten keinen nennenswerten Widerstand, trotzdem wollen wir von jedem die Vitalitätswerte überwachen. Dazu schnallt ihr euch bitte das Armband eng um euer rechtes Handgelenk.«

Ein kahl geschorener Brillenträger, der bislang hinter Durham gesessen hatte, erhob sich und verteilte die Armbänder, die sich jeder anlegte, ohne Nachfragen zu stellen.

»Ronald Gillott ist bei diesem Einsatz unser Sanitäter«, erklärte Evers. »Gillott wird vom Einsatzwagen aus eure Vitalwerte im Blick halten. Wir erwarten keinen bewaffneten Widerstand, trotzdem sind wir auf alle Eventualitäten vorbereitet. Im Notfall leistet Gillott medizinische Hilfe.«

Der Brillenträger setzte sich und klappte einen Laptop auf. Sekunden später leuchtete das Armband an Durhams Handgelenk auf.

»Die Sender funktionieren einwandfrei«, stellte Gillott fest.

Mit dieser medizinischen Überwachung hatte Durham nicht gerechnet. Hatte sie Auswirkungen auf sein Vorhaben? Nicht unwahrscheinlich!

»Wir brechen um 0200 hier auf, um 0230 werden beide Autos stoppen, dann sind wir planmäßig noch drei Kilometer von unserem Einsatzort entfernt. Um 0240 deaktivieren wir die Mobilfunk-, Festnetz- und Internetversorgung im Einsatzgebiet. Zu dieser Uhrzeit werden das die wenigsten Leute mitbekommen, vielleicht schaffen wir es sogar, vollständig unter dem Radar zu operieren. Um 0250 fahren wir weiter, vorher überprüft die Einsatzzentrale, ob es Beschwerden wegen des technischen Ausfalls gibt. Um 0258 wird der Strom abgeschaltet. Wir können nicht davon ausgehen, dass dieser Schritt ebenfalls unbemerkt bleibt. Manche Haushaltsgeräte piepen, wenn der Strom ausgefallen ist. Spätestens um 0300 betreten wir das Haus. Wir werden die beiden Zielpersonen aus ihren Betten zerren und sie in einen der Räume schleppen. Damit sie keinen Widerstand leisten, fesseln wir ihre Hände mit Kabelbindern vor dem Bauch. Ich hoffe auf eine gewisse Kooperationsbereitschaft, allerdings gibt es dafür keine Gewähr. Während wir im Haus sind, wird in dem Viertel die Stromversorgung wiederhergestellt. Das soll spätestens zehn Minuten nach dem Abstellen erfolgen. Falls dadurch ein Alarm im Haus ausgelöst wird, müssen wir die Zielpersonen zwingen, ihn zu deaktivieren. Notfalls mit Gewalt. Unser Auftraggeber erwartet um 0320 eine erste Rückmeldung von mir. Ob wir den Einsatz dann schon beenden können, wird sich zeigen. Eines ist sicher: Je länger er dauert, desto größer die Gefahr, dass wegen des eventuell gemeldeten Stromausfalls Polizeikräfte vor Ort auftauchen. Gibt es Fragen?«

Evers schaute sich um, keiner der Beteiligten meldete sich. Zufrieden nickte er. »Hätte mich auch gewundert. Wir gehen zu acht ins Haus. Da wir nicht davon ausgehen, dass die Zielperson freiwillig zufriedenstellende Antworten geben wird, müssen wir vermutlich nach Hinweisen suchen. Gleichzeitig dürfen die beiden Männer keine Sekunde aus den Augen gelassen werden. Mir schwebt eine sechs zu zwei Aufteilung vor. Meldet sich jemand für die Bewachung?«

»Ich hatte mich dazu ja schon bereit erklärt«, sagte Durham. »Falls du keine Einwände hast, kann ich das übernehmen. Mir ist es egal.«

Evers schaute ihn erneut an. Durhams Unbehagen wuchs. Wieso wurden die Aufgaben noch einmal verteilt? Hatte er sich irgendwie verraten?

»Einverstanden«, sagte Evers schließlich. »Wer meldet sich außerdem?«

»Hab nichts dagegen, den beiden ein bisschen Angst zu machen«, erklärte Trevor Buck.

Evers musterte ihn kritisch. »Angst machen ja, ihnen ein Haar krümmen nein. Zumindest nicht ohne ausdrückliche Erlaubnis.«

»Versteht sich von selbst«, murmelte Buck.

»Okay. Weiter im Text«, sagte Evers.

Es fiel Durham schwer, ein Lächeln zu unterdrücken.

15

Henry erwachte, als es dreimal an seiner Schlafzimmertür klopfte. Sie öffnete sich, ehe er etwas sagen konnte.

»Ich bin's«, sagte Eddie. »Der Strom ist ausgefallen. Außerdem habe ich Fahrzeuge gehört.«

»Ein Überfall«, erwiderte Henry. »Wir leisten keinen Widerstand.«

Er stand auf. Es war stockdunkel im Haus. Ängstlich dachte er an das elektronische Schloss, mit dem seine Schwester eingesperrt war. Er hatte zwar Vorkehrungen getroffen für einen Stromausfall, jedoch in letzter Zeit keine Gelegenheit mehr gehabt, die Funktionsfähigkeit der Anlage zu testen.

Die Haustür flog auf. Polternde Schritte erklangen.

»Legen Sie die Hände hinter den Kopf, Eddie. Und leisten Sie keinen Widerstand.«

Taschenlampenlicht erhellte die Dunkelheit.

»Wir sind unbewaffnet im Schlafzimmer«, rief Henry. »Die dritte Tür auf der rechten Seite im Erdgeschoss.«

In Tarnuniform gekleidete Männer mit hellen Lampen betraten den Raum. Sie leuchteten Henry ins Gesicht, und er schloss die Augen. Jemand griff nach seinen Händen und fesselte sie ihm mit einem Kabelbinder vor den Bauch.

»Kein Widerstand, Eddie«, wiederholte Henry.

»Ich bin schon gefesselt«, erklärte der Butler.

Henry öffnete die Augen. Es dauerte etwas, bis er die Umrisse des Mannes sah, der ihm gegenüberstand.

»Ihr Kooperationswille gefällt mir«, sagte er. »Wo können wir uns in Ruhe unterhalten?«

»Morgen früh beim NYPD«, schlug Henry vor.

Als Antwort verpasste ihm der Mann eine Ohrfeige. »Zweiter Versuch.«

»In der Bibliothek.«

»Wo ist die?«

»Obere Etage, der große Raum, auf den man von der Treppe zugeht.«

Der Mann packte ihn an der Schulter. »Gehen wir.«

16

Evers dirigierte seine Hauptzielperson Henry Baker in die Mitte der Bibliothek. Unterdessen hatte Durham den Butler am Arm gepackt, und Buck stand in sicherem Abstand zu den Geiseln. Die ersten Schritte funktionierten reibungslos. Es hatte keinen Widerstand gegeben, ganz im Gegenteil.

»Wir können das schnell hinter uns bringen. Völlig schmerzfrei für alle Beteiligten. Sagen Sie uns bloß, was wir wissen wollen«, sagte Evers.

»Verraten Sie mir denn auch, was Sie erfahren wollen?«, fragte Baker.

»Ich bin mir sicher, Sie haben das schon erraten.«

Baker zögerte. »Falls es um die Angelegenheit geht, die letztes Jahr zu Unstimmigkeiten zwischen Weller und mir geführt hat, hätten Sie sich die Mühe sparen können. Ich habe ihm schon alles gesagt, was ich weiß.«

Die beiden Männer starrten sich an.

Evers zuckte die Schultern. »Schade. Sie hätten sich alles Weitere ersparen können.« Er wandte sich ab und verließ die Bibliothek. Niemand hatte damit gerechnet, dass Baker freiwillig das Versteck der Mörderin preisgeben würde. Evers und Weller hatten das ausgiebig besprochen. Weller bestand ausdrücklich darauf, dass Baker nichts zustoßen durfte. Dieser nächtliche Einsatz diente zwei Zwecken. Weller hoffte, in dem Haus Hinweise auf den Aufenthaltsort der Mörderin zu finden. Außerdem war es eine Machtdemonstration. Wellers Name würde von keinem Teammitglied genannt, trotzdem hatte Baker die richtigen Schlüsse gezogen. Selbst wenn sie nicht fanden, wonach sie suchten, hätten sie Baker Grenzen aufgezeigt. Er sollte wissen, dass man jederzeit rücksichtslos gegen ihn vorgehen könnte.

Die Teammitglieder hatten sich verteilt und begannen mit der Hausdurchsuchung. Nun kam es auf Schnelligkeit an. Sie durften nicht die ganze Nacht vor Ort verbringen.

»Alpha«, erklang eine Stimme in Evers Ohr. »Ich habe im Arbeitszimmer vielleicht etwas gefunden.«

Evers eilte dorthin. Einer seiner Männer stand am Schreibtisch.

»Schauen Sie sich das an. Es trägt den Stempel des NYPD.« Der Mann machte ihm Platz.

Evers trat an den Tisch, auf dem Zeichnungen lagen, die eine Frau zeigten. »Wer ist das?«, murmelte er. »Was haben die Cops damit zu tun?« War das ein Hinweis auf die Frau, die Weller suchte? »Einstecken«, befahl er. Das müssten sie in Ruhe analysieren.

Er verließ den Raum und verschaffte sich einen Überblick. Im Haus gab es viel mehr Zimmer als Einsatzkräfte, was nicht gut für den Zeitplan war. Nachdenklich ging er die Treppe in den Keller hinunter. Ein Teammitglied kam ihm von unten entgegen.

»Im Keller ist nicht viel«, erklärte er. »Schauen Sie es sich selbst an. Ich mache oben weiter.«

Evers blickte sich um. Die altmodische Heizungsanlage war hier unten untergebracht, außerdem lagerten in einem Raum zahlreiche Lebensmittel und Getränke. Ansonsten wurde der Keller nicht zu Wohnzwecken genutzt. Ihre Zielperson verfügte offenbar in den oberen Etagen über so viel Platz, dass sie die Räume hier unten vernachlässigen konnten.

»Was für eine Verschwendung«, murmelte Evers. Allerdings erleichterte ihnen das die Durchsuchung. Würden hier unzählige Kisten mit Unterlagen lagern, hätte er mindestens zwei Mann abstellen müssen, um sich einen Überblick zu verschaffen.

Evers warf einen Blick auf die verputzten Wände. Von Weller wusste er, dass Baker erst letztes Jahr kurz vor Weihnachten hier eingezogen war, nachdem er jahrelang in einem Hotel gewohnt hatte. Ob er Pläne für die unterste Etage hatte, die noch nicht in die Tat umgesetzt waren? Er beschloss, die leeren Räume zu fotografieren. Weller hatte ihn ermahnt, auf alles Ungewöhnliche zu achten. Leere Zimmer gehörten für Evers dazu. Kaum hatte er die Fotos geschossen, wandte er sich ab und blickte auf die Uhr. In einer Viertelstunde würde Weller die erste Rückmeldung erwarten.

17

Durham musterte Trevor Buck aus dem Augenwinkel. Der Mann war – wie auch Durham – mit einem Sturmgewehr bewaffnet und wirkte gelangweilt. Ob er jetzt lieber das Haus auf den Kopf stellen würde?

Durham rang mit sich. Wann käme der Moment, in dem er dem Team in den Rücken fallen würde? Wie viel Zeit blieb ihm noch, ehe es zu spät wäre? Er ließ den Blick durch den Raum schweifen. Wenn er die Tür von innen abschloss und die Klinke mit einem Stuhl blockierte, wäre er ein paar Minuten ungestört. Von Buck abgesehen, den er zuvor außer Gefecht setzen müsste.

»Willst du mal gucken, wie weit die sind?«, fragte Durham.

Buck schaute ihn verständnislos an. »Bin ich bescheuert? Unsere Befehle sind eindeutig.«

Durham nickte. »Du hast recht, es ist bloß … Scheiße, ich muss pinkeln.«

Buck lachte abfällig. »Schwache Blase? Großes Problem!«

»Paar Minuten halte ich noch aus.«

»Besser wär's, wenn du dich nicht zum Gespött machen willst.«

Durham registrierte Bakers kritischen Blick. »Was glotzt du so?«, fuhr er ihn an.

»Was haben Sie vor?«, fragte Baker.

Buck wirkte verblüfft. »Wovon spricht er?«

Durham musste handeln. Scheinbar gelangweilt näherte er sich seinem Teamkollegen.

»Vorsicht!«, rief Henry.

Bucks Misstrauen erwachte zu spät. Durham schlug ihm den Kolben des Gewehrs ins Gesicht. Der Mann stürzte zu Boden wie ein gefällter Baum. Ohne sich um die beiden Gefangenen zu kümmern, schloss Durham von innen die Tür, drehte den Schlüssel herum und klemmte die Stuhllehne unter den Griff. Er legte das Gewehr auf den Stuhl und zog eine Pistole aus seiner Uniform. Mit drei großen Schritten stand er neben Baker, dem er sofort die Waffe an die Schläfe hielt.

»Was soll das?«, fragte Baker entsetzt.

»Wenn du schreist, erschieß ich dich.«

»Was wollen Sie von mir?«

»Die Wahrheit erfahren.«

»Worüber?«

»Die Befreiung der deutschen Mörderin. Hast du das veranlasst? Davon ist Weller überzeugt. Stimmt das?«

»Nein! Ich glaube, Weller hat das selbst angeordnet, um in aller Ruhe mit ihr abrechnen zu können. Ich bin sein Sündenbock.«

»Schwachsinn!«, brüllte Durham. »Dann würde das alles hier keinen Sinn machen. Ich habe damals bei der Schießerei einen wichtigen Menschen verloren …«

»Das tut mir leid.«

Durham verpasste Baker eine Ohrfeige. »Ich kann mit seinem Tod erst abschließen, wenn ich weiß, wer dafür verantwortlich war.«

»Ich nicht.«

»Nur die Wahrheit rettet dein Leben.«

»Ich habe mit der Rettungsaktion nichts zu tun. Keine Ahnung, wer das war. Meiner Meinung nach Weller. Aber vielleicht irre ich mich. Ich war's nicht.«

Die Männer starrten sich an.

»Ich glaube dir kein Wort«, zischte Durham.

»Ich kann nichts gestehen, was ich nicht getan habe. Die haben damals auch auf mich geschossen. Hätte ich keine Schutzweste getragen, wäre ich tot.«

»Woher wusstest du, dass du eine Weste brauchst?«

»Die trage ich immer bei Einsätzen.«

»Bullshit!«

»Das ist die Wahrheit.«

»Ob das auch die Wahrheit bleibt, wenn das Leben eines lieb gewonnenen Menschen auf dem Spiel steht?«, fragte Durham bedrohlich.

18

Gillotts Stimme erklang in Evers' Ohr.

»Ich befürchte, wir haben ein Problem. Buck ist bewusstlos, und die Vitalwerte von Durham deuten auf großen Stress hin.«

»Shit! Ich kümmere mich darum.«

Was ging da vor sich? Buck und Durham waren für die Bewachung der Geiseln zuständig. Wie konnte einer von ihnen das Bewusstsein verlieren und der andere unter Stress stehen? Das war unmöglich!

Evers rannte los. Die Bibliothek erreichte er nach wenigen Sekunden. Er versuchte, die Tür zu öffnen, doch sie war versperrt.

»Durham?«, rief er. »Was ist bei Ihnen los?«

»Er will uns töten«, rief eine der Geiseln.

»Durham? Geht es Ihnen gut?«

Probierte sich Henry Baker gerade an einem Zaubertrick? Wieso antwortete Durham nicht?

»Durham!«, rief er erneut.

Evers winkte zwei Männer zu sich, die auf ihn aufmerksam geworden waren.

19

»Durham!«

Er reagierte nicht auf die Rufe seines Einsatzleiters. Stattdessen hielt er dem Butler, der sich hatte hinknien müssen, die Pistole an die Schläfe. »Letzte Chance, alles zu gestehen«, sagte er leise.

»Ich kann nichts gestehen, was ich nicht getan habe«, jammerte Baker. »Aber egal! Nehmen Sie die Waffe runter, dann erzähle ich Ihnen, was Sie hören wollen. Tun Sie Eddie nichts!«

»Ah! Das klingt schon ganz anders.«

In diesem Moment flog die Tür auf. Der Stuhl kippte zur Seite, das Gewehr landete auf dem Boden, ohne dass sich ein Schuss löste.

Durham drückte nicht den Abzug, denn ihm ging es nicht um den Butler, der mit der Sache wohl nichts zu tun hatte. Gleichwohl blieb Durham nicht genug Zeit, um die Waffe auf Baker zu richten.

»Leg die Pistole auf den Boden!«, schrie Evers. »Dann geht die Sache glimpflich für dich aus. Das verspreche ich.«

»Ich lasse mich nicht mehr anlügen«, sagte Durham. »Und ich lüge nicht länger. Bei der Befreiung der Mörderin ist Daniel gestorben. Ich will wissen, wer daran die Schuld trägt.«

»Redest du von Daniel Norman?«, vergewisserte sich Evers.

»Ja! Wir waren ineinander verliebt. Ist *der da* für seinen Tod verantwortlich?« Durham deutete mit dem Kopf zu Baker und sah, dass zwei Gewehrläufe auf ihn gerichtet waren. Würden seine Leute einen Kameraden töten?

»Das wollen wir herausfinden«, sagte Evers. »Leg die Waffe nieder, und wir führen das Verhör weiter.«

»Weller hat ihn schon verhören lassen, richtig?«

»Er musste Baker ziehen lassen, bevor es ernst wurde.«

»Wieso zielen meine Kameraden auf mich?«

»Weil du einen direkten Befehl missachtest. Ich sage es zum letzten Mal: Leg die Waffe nieder.«

»Nein! Er soll spüren, was ich fühle.«

20

Henrys Gedanken rasten. Unter keinen Umständen durfte Eddie etwas zustoßen. Das würde er sich nie verzeihen. Auch sonst durfte niemand sterben. Nicht in seinem friedlichen Haus. Er mochte sich nicht vorstellen, was das für die Zukunft bedeuten würde.

»Weller irrt sich«, kreischte er. »Warum glaubt mir niemand? Haben Sie etwas bei der Durchsuchung gefunden?«

»Das werden wir noch sehen«, erwiderte der Anführer.

»Also nein! Weil es nichts gibt. Ich habe mit der Befreiung nichts zu tun.«

»Durham! Allerletzte Warnung!«

»Sie müssen mir einfach glauben. Bitte!«, flehte Henry.

Er starrte Durham an, der seinen Blick erwiderte. Dem Mann stand die Verzweiflung ins Gesicht geschrieben. Er hatte einen Menschen verloren, den er geliebt hatte. Vermutlich eine heimliche Liebe – zumindest schätzte Henry die Kreise, in denen er sich bewegte, als so intolerant ein, dass homosexuelle Beziehungen verpönt waren. Machte das den Verlust noch schlimmer, wenn man nicht öffentlich trauern durfte?

Durham schloss die Augen.

»Nein!«, kreischte Henry. »Tun Sie das nicht.«

Ein Schuss erklang ohrenbetäubend laut. Henry krümmte sich instinktiv zusammen. Ihm klingelten die

Ohren. Er schaute sich um. Jemand lag mit einem Kopf-schuss am Boden.

»Nein!«, brüllte er. »Sie haben ihn getötet!«

Ein Mann kam auf Henry zu.

»Eddie!«

Henrys Gesichtsfeld trübte sich ein. Er sah den Tod des Abtrünnigen ein zweites Mal. So war es auch damals im Haus des Politikerneffen gewesen. Während Henry auf Rettung wartete, hatte er immer wieder gesehen, wie Men-schen starben. Es war die Hölle gewesen. Genau wie jetzt!

»Eddie!«

Henry zitterte am ganzen Leib. Ohne den kräftigen Griff des Soldaten wäre er einfach zusammengeklappt.

21

»Bringen Sie ihn bitte aus diesem Raum«, flehte der Butler.

Evers Einsatz geriet allmählich außer Kontrolle. Weller würde nicht zufrieden sein. Es gab einen Toten, den man vielleicht vertuschen konnte, aber auch Zeugen, die sie in Bedrängnis bringen könnten.

Henry Baker kreischte verzweifelt.

»Seien Sie endlich leise!«, brüllte Evers.

»Mein Herr kann nicht anders. Er hat den Tod des Mannes vor Augen. Immer wieder. Nur deswegen hat Weller ihn überhaupt engagiert. Das ist ein Fluch, an dem er seit dem Tod seiner Eltern leidet.«

»Verarschen Sie mich?«

»Nein! Das ist die Wahrheit. Ich schwöre es!«

Tatsächlich war Baker kreidebleich und zitterte am ganzen Leib. Das passte zu der Behauptung des Butlers, so unglaubwürdig sie auch klang. Davon hatte Weller nichts erwähnt. In was war Evers hier reingeraten? Wieso hatte er nicht alle nötigen Informationen?

»Wohin soll ich ihn bringen?«

»Irgendwohin! Nur raus aus dem Zimmer.«

Evers nickte dem Mann zu, der Henry stützte. Der schleppte ihn sofort nach draußen. Das Kreischen ging in ein Wimmern über.

In was für einen Schlamassel war er hineingeraten? Am

Boden kam Buck stöhnend zu sich. Evers musste eine Entscheidung treffen. Wäre es nicht einfacher, alle Zeugen zu töten, oder würde ihn das auf Wellers Abschussliste bringen?

22

Scott Petersen griff zu dem Becher mit dem kalt gewordenen Kaffee, führte ihn zum Mund und hielt inne. Vermutlich würde ihm der Butler gleich einen viel besseren Kaffee anbieten. Also deponierte er den Becher wieder in der Halterung. Hoffentlich nahm Henry Baker es ihm nicht krumm, dass er erneut unangekündigt auftauchte – erst recht nicht, wenn er den Grund für den Besuch erfuhr.

Petersen stieg aus und ging auf den Eingang zu. Er klingelte und machte einen Schritt zurück. In Gedanken formulierte er die Worte, mit denen er die schlechte Nachricht überbringen wollte. Sein Lieutenant hatte heute Morgen sehr ungehalten reagiert. Petersen verstand nicht, was sein Problem war. Ihm erschien die Anordnung wie ein Machtspielchen, auf das alle Beteiligten verzichten könnten. Hoffentlich hatte Baker Wort gehalten und die Seiten nicht kopiert.

Petersen runzelte die Stirn. Warum öffnete ihm niemand? Die Möglichkeit, dass keiner zu Hause war, hatte er nicht einkalkuliert. Zumindest der Butler sollte da sein.

Er klingelte ein zweites Mal. Diesmal dauerte es nur ein paar Augenblicke, bis ihm der Butler die Tür aufmachte.

»Detective. Entschuldigen Sie die Wartezeit. Ich … also …. heute …«

»Alles in Ordnung?«, fragte Petersen. »Sie wirken ein bisschen …«

»Hinter uns liegt eine Nacht, wie wir sie nicht noch einmal erleben wollen.«

»Ist etwas passiert?«

»Wir hatten unerwünschten Besuch.«

»Von wem? Einbrecher?«

»Kommen Sie rein. Mr. Baker soll Ihnen das selbst erklären. Ich entschuldige mich schon einmal vorab für seinen derangierten Zustand.« Der Butler senkte die Stimme. »Er sitzt in der Küche.«

Hatte das etwas mit der Ermittlung zu tun? Wohl eher nicht, sonst hätte ihm Baker vermutlich Bescheid gegeben.

Der Hausherr saß bei einer Tasse Kaffee in der Küche. Er trug einen Morgenmantel und hatte sich ganz offensichtlich noch nicht rasiert. Vielleicht war es das erste Mal, dass Petersen ihn mit Bartstoppeln sah. Ohne dazu aufgefordert zu werden, nahm er ihm gegenüber Platz.

»Hallo. Wollen Sie mir erzählen, was heute Nacht passiert ist?«

Henry nippte an dem Getränk. »Gegen drei Uhr bin ich wach geworden, weil Eddie zu mir ins Schlafzimmer kam«, begann er ohne eine Begrüßung. »Er meinte, der Strom sei ausgefallen und er habe Fahrzeuge gehört. Ich hab auf mein Handy geschaut, das keinen Empfang hatte. In dem Moment flog die Haustür auf, und unsere Besucher stürmten herein.«

»Wie viele?«

»Wenn wir uns nicht verzählt haben, insgesamt acht Männer in Tarnuniform. Eddie und ich sind uns nicht sicher. Vielleicht waren es auch sieben oder mehr als zehn.

Spielt keine Rolle. Wir verhielten uns passiv und machten auf uns aufmerksam. Der Anführer der Gruppe kam ins Schlafzimmer, fesselte unsere Hände und befragte uns. Angeblich wüsste ich, worum es gehen würde.«

»Weller«, folgerte Petersen.

Baker nickte. »Er hat Männer geschickt, um das Haus auf den Kopf zu stellen.«

»Und wonach hat er gesucht? Nach der Mörderin?«

»Verrückt, oder? Als würde ich mit ihr unter einem Dach leben. Na ja, wahrscheinlich hat er bloß darauf gehofft, Hinweise auf ihren Verbleib zu finden.«

Petersen schob die aufkommende Wut über die Unverfrorenheit des Politikers beiseite. »Das macht allerdings Ihre Theorie, Weller könne hinter Schmitts Befreiung stecken, weniger überzeugend. Er hätte es nicht mehr nötig, ein solches Schauspiel aufzuführen.«

Baker brummte zustimmend. »Ich hatte immer zwei Theorien. Die eine: Weller war es selbst, und ich sollte der Sündenbock sein. Im Lichte des Überfalls heute Nacht stimme ich Ihnen zu, denn in dem Fall hätte er sich die ganze Aktion gestern Nacht schenken können. Dafür erscheint mir meine andere Vermutung zwangsläufig richtiger.«

»Die da wäre?«

»Ich habe ihn immer gewarnt, dass jemand aus seinem innersten Kreis gegen ihn agiert und die Befreiung in Auftrag gegeben hat, um ihm zu schaden. Er hat die Möglichkeit empört von sich gewiesen. Niemand würde es wagen, gegen ihn zu intrigieren. Davon war er felsenfest überzeugt. Raten Sie, was gestern passiert ist.«

»Jemand aus dem Team ist aus der Reihe getanzt.«

»Zwei Männer wurden als Aufpasser für Eddie und

mich abgestellt. Die haben uns in die Bibliothek gebracht und uns mit Sturmgewehren bedroht, während das Haus auf den Kopf gestellt wurde.«

»Nicht Ihr Ernst!«

»Leider ja. Und dann schlug ohne Vorwarnung einer der Männer seinen Kollegen bewusstlos.«

»Was?«

»Er verbarrikadierte die Tür und hielt mir eine Pistole an den Kopf.«

»War das nur ein Trick?«

»Nein. Der Mann hat bei Schmitts Befreiung wohl seinen Lebensgefährten verloren und wollte wissen, wer den Auftrag dafür gegeben hat. Als ich ihm versicherte, damit nichts zu tun zu haben, drohte er mit Eddies Ermordung.«

»Shit.«

Ungefragt brachte der Butler Petersen eine Tasse Kaffee.

»Danke«, murmelte der.

»Die anderen Eindringlinge haben das irgendwie mitbekommen. Plötzlich flog die Tür auf, und drei weitere Bewaffnete stürmten herein. Sie bedrohten den Abtrünnigen, wollten ihn zwingen, die Waffe niederzulegen. Aber ich hab die Mordlust in seinen Augen gesehen. Ich war drauf und dran zu gestehen, nur um Zeit zu gewinnen, da traf der Anführer eine Entscheidung. Mit einem Kopfschuss hat er den Abtrünnigen hinrichten lassen.«

»In Ihrer Bibliothek?«

»Sie wissen, was das für mich bedeutet.«

»Sie haben dort jetzt Visionen von dem Mord.«

»Ständig wiederkehrende, sehr lebhafte Erinnerungen«, murmelte Henry.

»Oh Gott, das tut mir leid. Und dann?«

»Ich war überzeugt, sie würden Eddie und mich als Zeugen beseitigen. Eddie flehte die Männer an, mich aus dem Raum zu bringen. Was sie schließlich getan haben. Ich musste ins Arbeitszimmer. Eddie auch. Die machten die Tür zu, und ein paar Minuten später hörten wir, wie sie abzogen. Sie hatten uns die Hände mit Kabelbindern vor den Bauch gefesselt. So konnten wir uns nach einer Weile selbst befreien. Wir waren in unserer Handlungsfreiheit nicht völlig eingeschränkt, und im Arbeitszimmer lag eine scharfe Schere.«

»Dieser Drecksack. Wenn Sie Anzeige erstatten, leite ich eine Ermittlung ein.«

Baker mied Petersens Blick. »Nein«, sagte er leise. »Wir könnten nicht beweisen, dass Weller dahintersteckt. Wahrscheinlich können wir nicht mal die Exekution des Verräters beweisen. Die haben gründlich sauber gemacht.«

»Das tut mir so leid.«

»Die Bibliothek war einer meiner Lieblingsräume im ganzen Haus. Jetzt kann ich nie wieder hinein ohne ...« Baker erschauderte sichtlich.

»Sie dürfen ihn damit nicht davonkommen lassen.«

»Wie sollen wir seine Tatbeteiligung nachweisen?«

»Das würden die Ermittlungen zeigen.«

»Nein. Das will ich nicht. Sonst schickt er beim nächsten Mal ein Killerkommando. Ich hoffe, er sieht wenigstens ein, auf dem Holzweg zu sein. Immerhin hat er das ganze Haus auf den Kopf gestellt. Ach, und da ist noch etwas, das Ihnen nicht gefallen wird.«

»Was denn?«

»Kommen Sie mit!« Henry erhob sich und ging voran. Petersen trank schnell einen Schluck Kaffee, ehe er ihm mit unguter Vorahnung folgte. Im Arbeitszimmer lagen Unterlagen und Bücher auf dem Boden.

»Eddie kümmert sich erst um die anderen Räume. Hier waren sie auch. Leider haben sie die Zeichnungen eingesteckt, die Sie mir gestern überlassen haben.«

»Dann habe ich ein Problem«, sagte Petersen.

»Wieso?«

»Mein Lieutenant war gar nicht begeistert davon, dass ich sie Ihnen gegeben habe. Deswegen bin ich hier. Ich wollte sie abholen und fragen, ob Ihnen seit gestern etwas aufgefallen ist.«

»Bin ich raus?«

»Nein. Aber ich darf Ihnen keine offiziellen Unterlagen von laufenden Ermittlungen überlassen.«

»Schwachsinn. Trotzdem tut es mir leid. Kriegen Sie jetzt Ärger?«

»Keine Ahnung. Hoffentlich kontrolliert er mich nicht. Ich sage, ich war bei Ihnen, und Sie hätten das anstandslos akzeptiert.«

»Sorry.«

»Vielleicht bietet das eine Chance, Weller zu überführen.«

»Inwiefern?«

»Falls Weller je Detailwissen über die Mordermittlung zeigt, könnten wir ihm damit das Genick …« Er hielt inne und räusperte sich. »Ganz schlechte Wortwahl«, murmelte er, mehr zu sich. »Ich würde Ihre Räume auf Wanzen und Kameras untersuchen lassen, Ihrer Privatsphäre wegen. In diesem Chaos lässt sich leicht etwas einschmuggeln.«

»Ja, den Gedanken hatten wir auch schon. Am späten Nachmittag untersucht ein Experte alle Zimmer.«

Petersen schaute sich um. »Ob er hinter den beiden

Morden steckt und das alles nur ein Vorwand war, um die Zeichnungen an sich zu bringen?«

»Unwahrscheinlich, oder? Schließlich waren es bloß Kopien, die sich jederzeit replizieren lassen. Wozu sollte das gut sein?«

Leider musste Petersen ihm recht geben. »Trotzdem sollten wir das im Hinterkopf behalten. Haben die Männer weitere Unterlagen gestohlen?«

»Ich hatte keine Zeit, alles zu sichten. Auf den ersten Blick fehlt wohl nichts Wertvolles.«

»Ist Ihnen gestern Abend noch ein genialer Gedanke gekommen?«

Baker zögerte. »Nicht so richtig. Der Mörder hat es offenbar auf mich abgesehen. Ich bin mir ziemlich sicher, die Morde an Carrol und Manzer hängen zusammen, vermutlich vom selben Täter ausgeführt.« Er breitete ratlos die Arme aus. »Ich wollte mich heute in die Zeichnungen vertiefen. Gestern war ich zu aufgewühlt. Jetzt sagen Sie mir, ich darf sie nicht behalten. Davon abgesehen, dass ich sie gar nicht mehr besitze. Das macht es nicht einfacher. Was sollen wir tun, Detective?«

»Ich habe jede Zeichnung mit meinem Handy fotografiert. Mein Lieutenant weiß davon nichts. Wäre das eine Option für Sie?«

»Ich könnte mir die Bilder selbst ausdrucken. Ja. Das klingt gut. Riskieren wir's?«

»Was soll's? Noch tiefer wird das Kind dadurch nicht in den Brunnen fallen.« Er zog sein Smartphone aus der Hosentasche. »Übertragung mittels AirDrop?«

»Ich muss nur eben mein Gerät holen und die Funktion einschalten.«

23

Weller machte kein Geheimnis aus seiner Enttäuschung. Er hatte Evers wie einen kleinen Jungen eine halbe Stunde vor der Bürotür warten lassen, ihn dann hereingerufen und noch ein paar Minuten ignoriert, während er vor dem Schreibtisch stand.

Schließlich setzte Weller die Kappe auf den Füllfederhalter und legte ihn beiseite. Sorgfältig faltete er das Schreiben zusammen und steckte es in einen Briefumschlag, den er in einer Schublade deponierte. »Schenken Sie mir ein Glas Whisky ein. Und nehmen Sie Platz.«

Evers nickte ergeben, trat an den Schrank und führte den Befehl aus. Zu seinem Glück fragte er nicht, ob er sich auch ein Glas gönnen dürfe. Er stellte den Whisky auf den Schreibtisch und setzte sich auf den Stuhl davor.

»Fangen Sie mit guten Nachrichten an«, forderte Weller.

»Der zehnminütige Stromausfall hat zu keinen Beschwerden geführt, gleiches gilt für die Abschaltung der Kommunikationswege.«

»Und was ist schiefgelaufen?«

Evers hatte seinen Boss bereits in der Nacht kontaktiert, doch Weller hatte das Telefonat abrupt beendet.

»Zunächst lief alles nach Plan«, begann Evers. Er berichtete von dem Einsatz, der exakt so abgelaufen war wie geplant. »Wir haben Baker und dem Butler die Hände vor den Bauch gefesselt und sie ins Arbeitszimmer gebracht.

Baker bestritt während der kurzen Vernehmung jede Beteiligung an der Befreiungsaktion.«

»Verdammter Lügner!«

»Ich stellte zwei Männer dafür ab, die beiden zu bewachen. Jack Durham und Trevor Buck. Durham hatte sich als Erster freiwillig gemeldet. Dass er dabei Hintergedanken hatte, war mir nicht bewusst. Das ist mir vollständig anzukreiden.«

»Bislang habe ich geglaubt, Sie hätten eine gute Menschenkenntnis.«

»Ich kann mich nur vielmals entschuldigen.«

»Ob ich Ihre Entschuldigung annehme, entscheide ich später.«

Evers nickte. »Ich gab den Befehl, das ganze Haus zu durchsuchen. Wir haben jeden Raum überprüft, ohne auf Spuren einer dritten im Gebäude lebenden Person zu stoßen. Also begannen wir, Unterlagen zu sichten. Nach einer Weile meldete der Doc, dass mit den Vitalwerten von Buck und Durham etwas nicht stimmt. Buck war bewusstlos und Durhams Puls viel zu hoch. Anfangs glaubte ich, Baker hätte sich befreien können. Ich stürmte zurück zur Bibliothek, deren Tür verschlossen war. Zusammen mit zwei Männern brach ich sie auf und verschaffte mir Zugang. Durham bedrohte den Butler mit einer Waffe. Er wollte Antworten auf dieselben Fragen, die auch wir stellen wollten.«

»Warum?«

»Er hat bei der Befreiungsaktion seinen Lebensgefährten verloren. Daniel Norman.«

Weller entglitten die Gesichtszüge. »Ist das Ihr Ernst?«

»Leider ja.«

»Zwei Männer aus meinem engsten Kreis haben eine

sexuelle Beziehung geführt? Ekelhaft! Wie konnte das verborgen bleiben?«

»Das müssen wir noch herausfinden.«

»Oh Gott! Das ist ein Frevel. Homosexualität ist eine Krankheit!« Weller trank das Glas leer, stand auf und füllte sich selbst nach. »Weiter!«

»Durham wollte wissen, ob und wie Baker an der Befreiungsaktion beteiligt war. Er drohte damit, den Butler zu erschießen, falls Baker nicht die Wahrheit sagte. Aber der bestritt jede Beteiligung.«

»Hat er die Bedrohung ernst genommen?« Weller setzte sich wieder.

»Die war unmöglich nicht ernst zu nehmen. Man hat die Mordlust und den Wahnsinn in Durhams Augen gesehen. Ich stand vor der Wahl. Entweder würde der Butler sterben, oder ich musste Durham opfern. Den Tod des Butlers hätten wir nicht unter den Teppich kehren können, das wäre auf Sie zurückgefallen. Denn dann hätten wir Baker ebenfalls exekutieren müssen.«

»Was ich ausdrücklich untersagt hatte.«

»Genau!«

»Haben Sie Durham selbst erschossen?«

»Einer meiner Männer auf mein Zeichen hin. Wir haben die Leiche in den Wagen geschafft, alle Spuren beseitigt und sind verschwunden. Baker hat sich nach dem Schuss sehr merkwürdig verhalten. Er hat …«

Weller brachte Evers mit erhobener Hand zum Schweigen. »Ich kann's mir vorstellen. Reden wir nicht darüber.« Er nippte erneut am Glas. »Die Durchsuchung hat rein gar nichts erbracht?«

»Wir haben nur ein paar Dokumente gefunden, für die

wir keine Erklärung haben. Es sind Zeichnungen wie für einen Comic. Abgestempelt ist das vom NYPD.«

»Zeigen Sie her.«

Durham zog die erbeuteten Blätter aus seiner Tasche und legte sie auf den Schreibtisch. Weller beäugte sie kurz. »Diese Frau ist nicht Tilda Schmitt«, brummte er. »Wieso haben Sie keine Hinweise auf ihren Aufenthaltsort gefunden?«

Evers zögerte. »Könnte es sein, dass Baker nicht in die Sache verwickelt ist?«, fragte er mit gedämpfter Stimme.

Weller zwang sich, nicht aus der Haut zu fahren. »Wie kommen Sie zu der Vermutung?«

»Wir haben nichts gefunden, was darauf hindeutet. Zwar haben wir den Einsatz früher abgebrochen als geplant, aber in dem Haus lebt definitiv keine dritte Person. Außerdem musste Baker davon ausgehen, dass wir seinen Butler erschießen würden. Glauben Sie nicht, das hätte seine Zunge gelockert?«

»Es sei denn, er ist so eiskalt, wie ich ihn einschätze. Was hätte er durch ein Geständnis gewonnen? Er konnte sich denken, dass Sie mir alles berichten und sich die Konsequenzen ausmalen. Nein, das heißt nichts.«

»Und Durhams Verrat an unserer Gruppe?«

»Ja, das ist bedenklich.« Weller faltete die Hände wie zum Gebet. Er erinnerte sich an die Tage, als Baker sein Gefangener war. Er hatte jede Beteiligung abgestritten und behauptet, Weller selbst hätte die Befreiung in Auftrag gegeben. Was nicht der Wahrheit entsprach. Blieb am Ende bloß die dritte Erklärung? Dass eine oder mehrere Personen Wellers Dunstkreis infiltriert hatten, um von innen heraus gegen ihn zu operieren? Bislang hatte er diese Theorie weit von sich gewiesen. Allerdings hätte er auch niemals geglaubt, dass zwei Männer seiner Truppe eine homosexuelle Beziehung führten. Eigentlich unvorstellbar. Er war Christ, und jeder wusste, wie er zu diesem Thema stand. Homosexualität war ein Verbrechen gegen die Gebote der Kirche.

»Baker hat beim Verhör behauptet, ein unbekannter Dritter könnte die Befreiung in Auftrag gegeben haben, um mir zu schaden. Das hätte jemand mit Insiderwissen sein müssen. Also ein Mitglied unserer Gruppe. Ich habe das bislang für eine Schutzbehauptung gehalten, durch die er von sich ablenken wollte. Sollte ich wegen Durham und Norman meine Ansicht überdenken?«

»Die beiden waren garantiert nicht die Drahtzieher.«

»Das steht gar nicht zur Debatte. Aber was weiß ich von den Männern meines Teams alles nicht, wenn sie im Verborgenen eine homosexuelle Beziehung miteinander führen? Da kenne ich keine Toleranz.«

»Aus guten Gründen nicht. Ich möchte eines zu bedenken geben: Falls Baker recht hatte, sind diese Verräter noch immer unter uns. Völlig unabhängig von Norman und Durham. Dann könnten sie zu einem späteren Zeitpunkt erneut versuchen, Ihnen zu schaden.«

»Was wir unter allen Umständen verhindern müssen.«

»Ich schlage einen geheimen Hintergrundcheck der Teammitglieder vor. Das wird mehrere Wochen dauern und Kapazitäten kosten. Niemand darf das mitbekommen. Am Ende könnten wir schlauer sein.«

»Jeder Mann ist durchleuchtet worden, bevor er zu unserer Elitetruppe stieß.«

»Und trotzdem sind uns die beiden Schwulen durch die Lappen gegangen.«

»Okay, Sie veranlassen alles Nötige. Still und heimlich. Falls wir einen Verräter in unserem Kreis haben, will ich ihn nicht aufschrecken.«

»Wird erledigt. Kann ich sonst noch etwas für Sie tun?«

»Haben Sie Wanzen in Bakers Haus versteckt?«

»Nein, nach dem Vorfall schien es mir sicherer, darauf zu verzichten.«

Weller teilte Evers' Einschätzung – zu riskant. Trotzdem war er enttäuscht. Er hätte zu gern die Gespräche von Baker und seinem Butler belauscht. »Nachvollziehbar«, brummte er. »Sind Sie auf einen Safe gestoßen?«

»Auch dafür hat die Zeit gefehlt. Bis zum Zeitpunkt von Durhams Liquidierung hatten wir keinen Tresor oder Safe entdeckt.«

»Ausgeschlossen! In jedem Haus gibt es so etwas. Und wenn es ihm gelungen ist, den vor Ihnen zu verbergen, schafft er das auch mit Schmitt.«

»Einen Safe kann man hinter einem Bild verstecken, einen Menschen nicht«, widersprach Evers.

Weller starrte den Mann an, der seinen Blick mit sichtlichem Unwohlsein erwiderte. »Gehen Sie!«, sagte er schließlich. »Leiten Sie alles wie besprochen in die Wege. Ich mache Sie persönlich dafür verantwortlich, den Verräter zu finden.«

Evers salutierte, drehte sich um und nahm seine Tasche an sich. Ohne ein weiteres Wort verließ er den Raum und schloss leise die Tür.

»Und von wem lasse ich dich überprüfen?«, murmelte Weller.

Wie schaffte es Baker bloß, ihn immer wieder zur Weißglut zu treiben? Wäre es nicht besser, ihn aus dem

Weg zu räumen? Sein Geldgeber hatte ihn davor gewarnt, aber wie ernst musste er die Warnung nehmen? Jeden Monat pumpte der Mann sechsstellige Beträge in seine Kampagne. Er müsste das Investment vollständig abschreiben, wenn er Weller fallen lassen würde, sobald Baker durch einen tragischen Unfall zu Tode käme. War das nicht absolut unwahrscheinlich?

Langsam beruhigte sich Weller wieder. Sein Blick fiel auf die mit dem NYPD-Stempel versehene Zeichnung. Arbeitete Baker erneut mit Petersen oder einem der anderen Detectives zusammen? Weller schaute auf seine Armbanduhr. Bis zu seinem nächsten Termin blieb ihm eine Dreiviertelstunde Zeit.

Er breitete die Blätter vor sich aus und trat noch einmal an den Schrank, um sich Whisky einzuschütten. Nichts half ihm mehr, seine Gedanken zu fokussieren, als ein edler Tropfen. Zurück am Schreibtisch vertiefte er sich in die Bilder, versuchte, sich Einzelheiten einzuprägen. Den Sinn zu verstehen. Die letzten Seiten waren leer, von einer Zeitangabe und jeweils einer Signatur abgesehen. Die Zeitspanne umfasste lediglich fünf Sekunden. Weller ahnte, weshalb Baker vom NYPD angefordert worden war.

Fünf Sekunden.

Nach einer Weile griff er in seine Westentasche und zog einen kleinen Schlüssel hervor, mit dem er eine verschlossene Schublade seines Schreibtisches öffnete. Darin lag ein Telefon. Er nahm es heraus und schaltete es ein. Das mit einer Militärverschlüsselung arbeitende Gerät benötigte fast eine Minute, bevor es einsatzbereit war. Danach schrieb Weller an eine seiner Kontaktpersonen vom NYPD eine Mitteilung.

Melden Sie sich in genau zwei Stunden bei mir. Ich benötige Informationen.

Er schickte die Nachricht ab. Danach legte er das Telefon zurück in die Schublade. Sein Kontakt würde ihn nicht enttäuschen und sich zum gewünschten Zeitpunkt melden.

Es war immer gut, Menschen in Behörden in der Hand zu haben.

Weller ging die Zeichnungen durch. Ihn interessierte die Geschichte dahinter. Woher kamen sie? Hatte ein Killer sie als Botschaft für Baker an einem Tatort hinterlassen? Falls ja, schwebte Baker in Lebensgefahr. Die Vorstellung ließ ihn lächeln. Er legte die Zeichnungen ebenfalls in die Schublade und verriegelte das Schloss.

»Baker«, flüsterte er.

Wie würde sein Geldgeber reagieren, wenn Baker im Rahmen einer Ermittlung von einem Tatverdächtigen getötet würde? Dann wäre Weller in jeder Hinsicht aus dem Schneider. Allerdings hätte er in diesem Szenario noch immer nicht herausgefunden, wo Brians Mörderin steckte.

Weller fuhr sich durchs Haar. Er rief sich Evers' Zusammenfassung in den Sinn. Konnte es tatsächlich sein, dass Baker nichts mit Schmitts Verschwinden zu tun hatte? War eine verräterische Ratte dafür verantwortlich? Das wollte Weller noch immer nicht glauben. Und selbst wenn er sich in diesem Punkt in Baker getäuscht hätte, würde er eines Tages für seine anderen Vergehen bezahlen. Denn das war zweifellos erwiesen: Baker hatte Wellers Karriere geschadet.

»Dafür wirst du mit Blut büßen.« Er trank den Whisky und genoss das sanfte Brennen in seiner Kehle.

24

Henry Baker blickte vom Auto auf die Haustür. Das kleine Häuschen der Petersens lag in einem ruhigen Vorort. Von hier aus musste sich der Detective fast jeden Tag zum NYPD quälen, bestimmt war er oft über eine Stunde unterwegs. Da war es kein Wunder, dass er die Hektik der Stadt nicht mochte.

Was erwartete ihn heute? Petersen hatte nur Andeutungen gemacht und erklärt, er und sein Partner Curland würden sich mit ihm treffen. An einem Ort, wo niemand sie beobachten konnte. Henry hatte sein eigenes Haus vorgeschlagen, trotz der Umbauarbeiten, die er und Eddie derzeit durchführten. Doch Petersen hatte herumgedruckst und gesagt, ihm wäre ein anderer Treffpunkt lieber. Henry war sich sicher, der Detective hatte im Namen seines Partners gesprochen, daher hatte er zugestimmt, vorausgesetzt, sie würden einen Ort wählen, der für ihn keine Belastung darstellte. Daraufhin hatte Petersen sein Haus vorgeschlagen.

Eddie hatte ihm Blumen und ein kleines Arrangement von teuren Pralinen besorgt. Beides nahm Henry an sich und stieg aus. Hoffentlich hatte sich Petersen nicht geirrt, was sein Haus betraf. Es wäre Henry peinlich, falls ihn vor den Augen der Ehefrau eine Vision überfiele.

Er klingelte, und es dauerte nicht lange, bis ihm eine attraktive, schwarzhaarige Frau öffnete.

»Sie müssen der legendäre Mr. Baker sein«, sagte sie mit strahlendem Lächeln.

»Und Sie die beste Ehefrau der Welt, von der Ihr Mann so schwärmt.«

»Jetzt übertreiben Sie. Schön, Sie kennenzulernen.«

»Vielen Dank für die Einladung.« Er reichte ihr die Blumen und Pralinen, was sie mit einem Strahlen quittierte.

Im Hintergrund tauchte Petersen auf.

»Das wäre nicht nötig gewesen«, sagte Hannah. »Trotzdem freue ich mich sehr. So schöne Blumen! Treten Sie ein.«

Henry trat über die Türschwelle. Er war sich Petersens kritischen Blicks bewusst und rechnete damit, dass sich sein Sichtfeld eintrübte, doch nichts dergleichen geschah. Ihm fiel auf, dass es ungewöhnlich still im Haus war.

»Sind Ihre Kinder schon im Bett?«, fragte er. »Ein Teil der Pralinen ist übrigens kindgerecht.«

»Da werden sie sich morgen sehr freuen«, erklärte Petersen. »Jetzt liegen sie zum Glück schon oben in ihren Zimmern. Ich habe das extra so arrangiert, falls …«

Henry nickte. Seine Gabe hätte den Kindern Angst einjagen können. Nun schaute Hannah ihn kritisch an.

»Bislang spüre ich nichts.«

»Habe ich ja gesagt«, erklärte Petersen. »Wir kennen die Geschichte der Vorbesitzer, die dieses Haus gebaut haben.«

»Trotzdem weiß man ja nie«, fügte Hannah hinzu.

Ihr Mann nickte. »Curland sitzt in der Küche. Gehen wir zu ihm. Danke, Liebling.«

»Wenn ihr etwas braucht, ruft mich.« Hannah schenkte

Henry ein weiteres Lächeln, bevor sie sich abwandte und in einem Zimmer verschwand, dessen Tür sie hinter sich schloss.

Petersen führte ihn in die Küche, wo Curland am geräumigen Tisch saß und einen Schluck aus einer Bierflasche trank. »Hallo, Baker«, begrüßte er ihn.

»Curland.«

Auf dem Tisch standen Knabbereien.

Curland erhob sich kurz vom Stuhl, und die beiden Männer reichten sich die Hand.

»Nehmen Sie Platz. Was wollen Sie trinken?«, fragte Petersen.

»Hab nichts gegen ein Bier einzuwenden.« Henry setzte sich. »Warum treffen wir uns hier bei Ihnen?«

»Ich dachte, Sie wären vielleicht neugierig auf meine Frau und mein Haus«, erwiderte Petersen.

»Das war ich. Zu beidem kann ich Sie nur beglückwünschen. Trotzdem ist das vermutlich nicht der einzige Grund.«

Mit zwei Bierflaschen setzte sich auch Petersen an den Tisch. Er drehte die Schraubverschlüsse ab und reichte Henry dessen Flasche.

»Sie ahnen den wahren Grund«, vermutete Curland. »Zumindest teilweise.«

»Sie wollten nicht, dass wir uns bei mir treffen«, spekulierte Henry.

»Nehmen Sie's nicht persönlich.«

»Wie denn sonst?«

Curland verzog die Lippen zu einem schiefen Grinsen. »Ich mag an Ihnen, dass Sie nie um den heißen Brei herumreden. Tja, es gefällt mir einfach nicht, wenn Sie zu Mordfällen hinzugezogen werden. Trotz aller Erfolge, die

Sie vorweisen können. Und ich habe nicht vergessen, wie Sie uns letztes Jahr geholfen haben. Leider haben Sie zugleich meinen Partner in Schwierigkeiten gebracht. Das mag ich noch viel weniger.«

»Das stimmt so nicht«, widersprach Petersen.

»Mach dir nichts vor. Weller hat mit dir eine Rechnung offen. Niemand weiß, wie er im Hintergrund agiert.«

»Davor habe ich keine Angst.«

»Solltest du aber.«

»Gibt's Gerüchte, dass er gegen Sie intrigiert?«, fragte Henry.

»Nein«, antwortete Petersen.

Auch Curland schüttelte den Kopf. »Ich mache mir einfach Sorgen um ihn.«

»Manchmal bist du schlimmer als meine Frau.« Petersen trank einen Schluck. »Genug palavert. Es gibt einen Grund, warum wir Sie inoffiziell sehen wollten, ohne befürchten zu müssen, beobachtet zu werden.«

»Habe ich mir schon gedacht. Und vermutlich geht es um Delora Carrol, die ermordete Kollegin.«

»Clever kombiniert«, lobte Petersen. »Wegen ihr treffen wir uns heute hier.« Er stand auf, ging zur Küchentür und lauschte kurz, bevor er sie leise schloss. Gab es etwas zu besprechen, was nicht einmal für die Ohren seiner Frau bestimmt war? Henry sagte nichts, sondern wartete.

»Es gibt einen Punkt in Carrols Biografie, über den ich Sie bislang im Unklaren gelassen habe«, erklärte Petersen, während er sich wieder setzte. »Sie hatte ein Faible für verheiratete Kollegen.«

»Bei manchen von ihnen wurde sie wie eine Trophäe herumgereicht«, fügte Curland hinzu.

»Das war also bekannt«, folgerte Henry.

»Ja«, antwortete Petersen. »Deshalb sind wir damals auch der Frage nachgegangen, ob ein verheirateter Kollege ihr Mörder sein könnte.«

»Im Prinzip war das sogar unser Hauptverdacht.«

»Haben Sie gerade eben die Tür geschlossen, weil Carrol auch Ihnen ein Angebot gemacht hat?«, fragte Henry.

»Sie ist bei mir auf Granit gestoßen.« Er senkte die Stimme. »Trotzdem muss meine Frau das nicht erfahren. Hannah ist manchmal grundlos eifersüchtig.«

Für Henry hatte dieses Detail keine Relevanz. Petersen war garantiert nicht der maskierte Mann gewesen. Sein Körperbau passte nicht zu der Person in seiner Vision. »Welcher Theorie sind Sie nachgegangen?«

»Ob Carrol vielleicht genug von all den Affären hatte und etwas Festes mit einem Kollegen wollte, der davon nicht begeistert war«, antwortete Curland.

»Wir haben uns gefragt, ob Erpressung oder zumindest Drohungen im Spiel waren«, fügte Petersen hinzu.

»Sie sind vermutlich nicht fündig geworden.«

»Nein«, erwiderte Curland. »Was nichts bedeuten muss.«

»Und jetzt fragen wir uns, ob Ihre Beteiligung an den Ermittlungen diesen Polizisten aufgeschreckt hat. Ihre Gabe ist im NYPD kein Geheimnis. Wenn der Täter also mitbekommt, dass wir Sie hinzugezogen haben …«

»… könnte ihn das in Panik versetzen.«

Petersen nickte, Curland trank erneut einen Schluck Bier. Henry dachte in aller Ruhe über diese Theorie nach. »Hätte sich ein Polizist maskiert?«, murmelte er.

»Das haben wir uns auch schon gefragt«, sagte Curland.

»Er hatte ihren Mord geplant, die Maskerade wäre überflüssig gewesen«, vermutete Henry. »Gibt es jemanden aus Ihrem Kreis, der Thomas heißt?«

»Zwei Detectives und ein Lieutenant heißen so mit Vornamen. Keiner mit Nachnamen«, sagte Petersen.

»Sind alle drei Männer verheiratet?«

»Zwei davon«, antwortete Curland. »Sie stehen nicht auf der Liste der Leute, die eine Affäre mit Carrol hatten.«

»Was nicht unbedingt etwas heißen muss«, meinte Henry. »Wenn sie es geheim gehalten haben.«

Die Detectives stimmten ihm zu. Trotzdem überzeugte die Theorie Henry nicht. »Das würde bedeuten, Jodi Manzer wäre rein zufällig in derselben Wohnung getötet worden. Denn ein Cop wäre dieses Risiko ganz bestimmt nicht eingegangen. Außerdem hat kein Polizist die Botschaft an mich hinterlassen.«

»So schätzen wir es auch ein«, sagte Petersen. »Trotzdem wollten wir Sie darüber nicht im Unklaren lassen. Carrols Promiskuität ist vielleicht ein wichtiger Punkt.«

Henry grinste.

»Was ist los?«, fragte Petersen verunsichert.

»Es ist erstaunlich. Würden Sie auch von *Promiskuität* sprechen, wenn ein Mann das Opfer gewesen wäre? Eher nicht, oder? Bei Frauen bekommt es gleich einen Beigeschmack, wenn sie viele Sexpartner haben. Ich hätte Sie für fortschrittlicher gehalten.«

Curland grinste. »Treffer, versenkt. Ich seh's genauso, Scott. Ein Typ mit viel Erfolg bei Frauen ist ein geiler Hengst. Eine Frau sofort eine Schlampe.«

»Ja, schon gut. Ich verstehe, worauf ihr hinauswollt«, brummte Petersen. »Sorry, so war's nicht gemeint.«

»Was ist mit dem Fall, an dem Carrol und ich beteiligt waren?«, fragte Henry. »Haben Sie dazu Neuigkeiten?«

»Wir haben uns noch einmal die Akte gezogen«, sagte Curland. »Der Täter sitzt in Haft. Er hat lebenslänglich bekommen, eine vorzeitige Begnadigung ist frühestens nach fünfzehn bis zwanzig Jahren denkbar. Ein Wiederaufnahmeverfahren wurde bisher nicht beantragt.«

»Wenn ich mich recht entsinne, stammte er aus einer Chicagoer Familie mit gewissen Kontakten«, erinnerte sich Henry.

Petersen nickte. »Der Mann war bei der Tat erst 22. Er hat aus Eifersucht getötet. Seine Familie, nun ja, ihre Verbindung zur Mafia von Chicago ist wohl unbestritten. Das hat schon gezeigt, welcher Anwalt den Täter vor Gericht vertreten hat. Der Mord selbst hatte keinen Mafiabezug. Das war eine reine Beziehungstat.«

»Und es war einer der Fälle, bei denen ich das Gesicht des Mörders in der Vision sah«, fuhr Henry fort.

»Wir hatten ihn zuvor zweimal befragt, aber sein Alibi erschien stichfest«, fügte Curland hinzu. »Wir haben es allein Ihnen zu verdanken, dass wir ihn noch mal unter die Lupe genommen haben. War eine ganz schön mühselige Angelegenheit, sein Alibi zu widerlegen.«

»Und genau in diese Arbeit war auch Carrol eingebunden. Sie hat sogar ein ziemlich wichtiges Detail bei ihren Befragungen aufgedeckt«, sagte Petersen. »Das wurde uns erst so richtig klar, als wir uns damit erneut beschäftigt haben.«

»Über meine Beteiligung ist vor Gericht nie gesprochen worden?«, vergewisserte sich Henry.

»Nein«, erwiderte Petersen. »Der Anwalt hätte sich ansonsten wie eine Hyäne darauf gestürzt. Sie waren es, der uns von der Täterschaft des Mannes überzeugt hat. Das sollte keiner erfahren.«

»Könnte jemand die Information ein paar Jahre später an die Familie verkauft haben?«, fragte Henry.

»Das können wir nicht ausschließen«, erwiderte Curland.

Henry fügte die Teile zusammen. Wenn die Fälle in Zusammenhang standen, ergab es Sinn, dass der Täter Carrol als erstes Opfer ausgewählt hatte. Sie wurde für ihren Ermittlungserfolg bestraft. Aber wieso Jodi Manzer? Wenn jemand Henry bluten lassen wollte, wäre es viel einfacher, ihn auf direktem Weg zu bestrafen. Er teilte den beiden Detectives seine Zweifel mit.

»Darüber haben wir auch schon spekuliert«, sagte Curland. »Uns fällt nur ein logischer Grund ein: ein Wiederaufnahmeverfahren wegen Ihrer Beteiligung. Von der das Gericht erst einmal erfahren müsste.«

»Daran habe ich noch gar nicht gedacht«, gab Henry zu. Tatsächlich schien das eine plausible Möglichkeit zu sein. Wollte jemand alle Fälle ans Licht zerren, an denen Henry beteiligt war, nur um ein neues Gerichtsverfahren zu beantragen? Es wäre zumindest ein Motiv. Was passierte als Nächstes? Manzer zu ermorden wäre in diesem Szenario sicher nicht der letzte Schritt.

25

Sharon Stewart legte den Kopf in den Nacken. Sie lächelte und genoss die Wärme auf ihrem Gesicht. Der Glücksmoment verflog jedoch rasch, als ein Jogger an ihr vorbeilief.

Sport treiben könntest du auch mal wieder regelmäßiger, dachte sie mit schlechtem Gewissen. *Vielleicht lernst du so jemanden kennen.*

Sie seufzte leise und setzte ihren Spaziergang auf dem Riverwalk fort. Sie versuchte, sich die angenehme Stimmung nicht von Gedanken an ihr Singledasein trüben zu lassen. Leider war das hoffnungslos. Seit einigen Wochen wachte sie regelmäßig morgens auf und sehnte sich nach einem festen Partner, mit dem sie gemeinsam frühstücken könnte. Und abends war es fast noch schlimmer. Wann war sie das letzte Mal in Löffelchenstellung mit einem Mann eingeschlafen?

Ein Mittdreißiger, der zwei Hunde ausführte, kam ihr in der Häuserschlucht entgegen. Er warf ihr einen kurzen Blick zu und schenkte ihr nicht die leiseste Andeutung eines Lächelns. Offenbar niemand, der auf der Suche war.

Inzwischen war Sharon so verzweifelt, dass sie am Abend zuvor eine Dating-App heruntergeladen hatte. Noch hatte sie sich nicht auf der Plattform angemeldet, denn eigentlich hielt sie nichts von dieser Art des Kennenlernens. Sie war überzeugt davon, dass die meisten Männer, mit denen man über eine App Kontakt aufnahm, kein echtes Interesse an einer festen Beziehung hatten. Sie suchte lieber im Alltag nach potenziellen Kandidaten. Zum Beispiel, während sie in der Bahn saß und zum Riverwalk fuhr. Oder wenn sie im Supermarkt einkaufte. Auch bei ihren regelmäßigen Spaziergängen hier oder im Millennium Park hielt sie die Augen offen. Sie verstand nicht, warum das nicht klappte. War sie mittlerweile zu altmodisch geworden?

Sharon hatte sich gestern eine Frist gesetzt. Drei Tage lang würde sie noch warten. Diese Chance wollte sie dem Liebesgott Amor einräumen, um ihr einen vernünftigen Kandidaten zu präsentieren. Falls er sich nicht dazu herabließe, würde sie die App nutzen und sich digital auf die Suche begeben – trotz aller Bedenken.

»Drei Tage«, flüsterte sie. »Streng dich also gefälligst an. Sonst schreibe ich dir eine miese Bewertung.«

Sie schlenderte den asphaltierten Weg entlang und kam an einer Jacht vorbei, die am Steg angelegt hatte. Mehrere Männer und Frauen hielten sich darauf auf, die Frauen trugen an diesem warmen Spätsommertag bloß knappe Bikinis, die meisten Kerle nur Badehose.

Innerlich schüttelte Sharon den Kopf, gleichzeitig war sie neidisch auf die perfekten Körper der Frauen. Und wieder landeten ihre Gedanken bei dem Vorsatz, endlich regelmäßig Sport zu treiben. Doch sie ging nun mal lieber in gemütlichem Tempo spazieren, statt schwitzend zu laufen. Außerdem war es viel befriedigender, ein gutes Buch zu lesen, statt Hanteln zu stemmen.

Ihr Telefon klingelte in der Handtasche. Sharon zog es heraus. Der Name ihrer Freundin Adriana stand im Display.

»Hey«, begrüßte Sharon sie.

»Hallo, Sharon. Wo treibst du dich gerade rum?«

»Am Riverwalk.«

Adriana lachte. »Mal wieder an deinem Lieblingsort! Es gibt in Chicago noch mehr schöne Stellen, weißt du?«

Sharon näherte sich den bunten Stühlen kurz vor der Lake Street am Ende des Riverwalks. Sie setzte sich auf einen roten Holzstuhl. An dieser Stelle machte sie oft eine Pause und ließ ihre Gedanken treiben. »Ich schätze, hier bin ich nun mal am liebsten – das wird sich niemals ändern. Wie läuft euer Umzug?«

»Du bist eine der Ersten, die ich von der neuen Wohnung aus anrufe.«

»Ihr wohnt schon drin? Krass!«

Adriana und ihr Freund hatten monatelang nach einem passenden neuen Apartment gesucht, und dann war wie aus heiterem Himmel ein Handzettel in ihrem Briefkasten gelandet. Eine freie Wohnung nur zwei Blocks von ihrer alten entfernt, nicht zu teure Miete und auch sonst keine Nachteile. Adriana und Eric hatten noch am selben Tag zugeschlagen.

»Der Umzug hat wie am Schnürchen geklappt. Hier wohnen nette Leute im Haus, die haben gestern spontan mit angepackt. Mein Glaube an die Menschheit kehrt langsam wieder zurück.«

Sharon schmunzelte. »Das soll bei dir schon was heißen.«

Adriana lachte. »Oh ja. Aber sei ehrlich, wenn du jeden Tag … na ja, lassen wir das. Ich habe beschlossen, zum Menschenfreund zu werden. Keine negativen Gedanken mehr. Om …«

»Ach, das freut mich so. Endlich mal gute Nachrichten. Das habt ihr euch wirklich verdient. Fühlt sich Eric auch so wohl wie du?«

»Ihm gefällt's sogar noch besser. Kaum zu glauben. Mein Freund, der sonst über jeden Mist meckert, hat rein gar nichts auszusetzen.«

»Dann war das wirklich ein Geschenk des Himmels.«

»Und für so etwas sollte man immer dankbar sein, weshalb wir unser neues Glück bei uns begießen wollen. Wir feiern eine Party!«

»Klingt cool.«

»Wie sieht's bei dir Freitag in einer Woche aus?«

»Abends?«

»Wann sonst?«

Für Sharons Hauptjob stellte der vorgeschlagene Tag kein Problem dar. In Gedanken ging sie den Dienstplan ihres Zweitjobs durch. »Wenn ich mich nicht total irre, habe ich da frei.«

»Arbeitest du noch in der Tankstelle?«

»Zwei Abende die Woche. Aber nicht mehr lange. Ich habe sogar schon gekündigt. Einer meiner Studienkredite ist abbezahlt, jetzt komme ich finanziell einigermaßen hin. Auf Dauer ist es einfach zu stressig, zwei Jobs zu haben. Am Tag vor eurer Party ist voraussichtlich meine letzte Schicht.«

»Also dürfen wir mit dir rechnen?«, vergewisserte sich Adriana. »Ich will eine feste Zusage! Jetzt sofort!«

Sharon lächelte. »Die kriegst du hiermit. Nächste Woche Freitag bei euch. Schickst du mir vorsichtshalber noch einmal die Adresse zu? Und wenn ich etwas mitbringen soll …«

»Bloß keine Deko!«, schnitt ihr Adriana das Wort ab. »Sonst machst du dich sofort bei Eric unbeliebt.«

»Gut zu wissen. Ich hatte sowieso mehr an Kuchen oder Salat gedacht. Hast du dich etwa auf eine sterile Wohnung eingelassen?«

»Natürlich nicht! Kennst mich doch. Eric hat mir das Versprechen abgerungen, nur Dinge aufzubauen und hinzustellen, die uns beiden gefallen. In der Beziehung ist er sehr speziell.«

»Den perfekten Mann gibt's einfach nicht.«

Die Frauen lachten. Sharon verzichtete darauf, Adriana vorzuschlagen, gegen die Vereinbarung zu rebellieren. Sie wollte keine Zwietracht zwischen den beiden säen. Sie waren ein gutes Paar.

»Apropos«, sagte Adriana. »Wie sieht's eigentlich gerade bei dir aus?«

»Hör mir bloß auf.«

»Also noch immer kein Mister Right in Sicht?«

»Er kam mir nie so weit entfernt vor wie im Moment.«

»Ach, du Ärmste.«

»Ob du's glaubst oder nicht, gerade gestern habe ich mir eine Dating-App runtergeladen. Und du weißt, was ich darüber denke.«

»Dann musst du ja wirklich verzweifelt sein. Hast du schon ein Match?«

»Ich habe nur die App runtergeladen, aber noch nichts eingegeben. Irgendwas hält mich noch davon ab.«

»Vielleicht deine Intuition.«

»Das heißt?«

»Wie gefällt dir der Vorname Thomas bei Männern?«

»Von wem redest du?«

Adriana kicherte. »Einer der neuen Nachbarn. Single. Ich schätze ihn auf Anfang dreißig. Groß, sportlich, die Frisur könnte modischer sein. Er trägt sie ziemlich kurz geschoren.«

»Das gefällt mir.«

»Umso besser. Er ist auf jeden Fall superhilfsbereit. Hat beim Umzug von allen Nachbarn am meisten angepackt. Als wir nach getaner Arbeit bei einer Pizza zusammengesessen haben, war er mir sympathisch. Er arbeitet viel von zu Hause aus. Ganz genau habe ich nicht nachgehakt. Irgendwas mit Computern. Er ist so eine Art Programmierer. Bei ihm stehen auf einem Schreibtisch zwei große Monitore.«

»Du warst schon in seiner Wohnung?«

»Nur kurz.«

»Wie ist er eingerichtet?«

»Minimalistisch. Der Schreibtisch mit den Monitoren dominiert den Raum. Zumindest hatte er zwei Zimmerpflanzen.«

»Wenigstens etwas.«

»Er hat keinen einzigen anzüglichen Spruch gemacht. Mir scheint er ziemlich normal zu sein. Und vor den Monitoren stand auch keine Taschentuchpackung.«

Sharon würgte. »Du bist eklig.«

»Soll ich ein Foto von ihm schießen?«

Sharon war versucht, die Frage zu bejahen. Doch sie wollte keine Auswahl anhand eines Bildes treffen. Das war einer der Gründe, warum sie mit den Dating-Apps so wenig anfangen konnte.

»Oder willst du dir deinen eigenen Eindruck verschaffen?«, fuhr Adriana fort.

»Er kommt also auch zu der Einweihungsparty?«

»Na klar! Der hat es am meisten von den neuen Nachbarn verdient.«

»Nein! Kein Foto.«

»Ich könnte ihm ja schon mal ein bisschen von meiner besten Freundin vorschwärmen, wenn ich ihn sehe.«

»Lieber nicht. Sonst kann ich seine Erwartungen nicht erfüllen.«

»Ach, Süße. Du bist für jeden Mann ein Hauptgewinn. Glaub mehr an dich.«

»Fällt mir manchmal schwer.«

»Daran sollten wir arbeiten. Gutes Stichwort. Ich muss langsam Schluss machen. Unsere Verabredung steht. Zieh dir am besten einen kurzen Rock an. Du hast beneidenswerte Beine. Die musst du einsetzen. Wenn ihr nebeneinandersitzt, kann er gar nicht anders, als darauf zu starren.«

Sharon freute sich über das Kompliment. Noch viel mehr freute sie sich über die Chance, die so unerwartet auftauchte. Die Freundinnen beendeten das Gespräch. Mit dem Handy in der Hand blieb sie auf dem Stuhl sitzen. War das gerade eben der Wink des Schicksals gewesen, um den sie nur Minuten zuvor gebeten hatte? Nicht ausgeschlossen.

Auf dem Smartphone wählte sie die Dating-App aus und deinstallierte das Programm. Die Party würde sie abwarten. Danach wäre es noch immer früh genug, auf digitalem Weg nach einem Mann zu suchen. Voller Hoffnung auf eine bessere Zukunft stand sie auf und machte sich auf den Rückweg.

26

Endlich tat sich etwas. Sie hatte lange genug auf dem roten Stuhl gesessen, vertieft in ein Telefonat. Hoffentlich war er in der Zwischenzeit niemandem aufgefallen – es war immer riskant, minutenlang an einer Stelle auszuharren. Er brauchte noch ein paar Informationen über sie. Mit dem richtigen Hintergrundwissen war es leicht, bei der ersten persönlichen Begegnung zu glänzen. Man musste nur gewisse Stichworte einwerfen und sammelte ohne große Anstrengung Bonuspunkte.

Sie erhob sich und steckte das Telefon in ihre Handtasche. Dann kam sie ihm entgegen. Sollte er nun ebenfalls den Rückweg antreten, indem er vor ihr herging? Oder wäre es besser, ihr entgegenzugehen? Allerdings durfte sie keinen zu genauen Blick auf ihn werfen können. Das müsste noch eine Weile warten.

Er beschloss, auf sie zuzugehen und den Riverwalk über die Lake Street zu verlassen. Als sie noch ungefähr einhundert Meter voneinander trennten, zog er sein iPhone aus der Hosentasche. Es war nicht funktionsfähig, da er keine digitalen Spuren hinterlassen wollte, doch das würde sie nicht bemerken. Während die Distanz zwischen ihnen immer kleiner wurde, konzentrierte er sich aufs Display, wischte sogar mit den Fingern darüber.

Es fiel ihm schwer, der Versuchung zu widerstehen, ihr zumindest einen Blick zuzuwerfen. Würde sie ihm ein Lächeln schenken oder ihn einen Sekundenbruchteil länger ansehen als normal? Er ging das Risiko nicht ein. In den nächsten Tagen würden sie sich zweimal begegnen, und erst bei der zweiten Gelegenheit sollte sie ihn richtig wahrnehmen.

Sie liefen aneinander vorbei, und obwohl sie fast einen Meter Abstand zueinander hatten, sog er tief die Luft ein. Leider nahm er keine besondere Duftnote an ihr wahr; falls sie parfümiert war, dann eher dezent. Er war gespannt darauf, wie sie roch – am Abend ihrer offiziell ersten Begegnung genauso wie nach dem ersten Sex. Er liebte die unterschiedlichen Gerüche, die Frauen absonderten. Vor allem in besonderen Situationen. Nach dem Akt oder während sie um ihr Leben flehten.

»Süße Sharon Stewart«, flüsterte er in sicherer Entfernung und kicherte. Das war fast ein Zungenbrecher.

27

Henry rieb sich die Stirn. Körperliche Arbeit war er nicht unbedingt gewohnt. Und seit er nicht mehr in dem Hotel lebte, fielen auch die regelmäßigen Schwimmstunden im Pool weg. Das kleine Fitnessstudio im Haus hatte er in den letzten Wochen ebenfalls zu selten aufgesucht. Seit er so viele Stunden mit Tilda verbrachte, schien immer etwas anderes wichtiger zu sein. Das musste er endlich wieder ändern.

»Das war der vorletzte Bücherstapel«, sagte Eddie. »Wir haben's fast geschafft.«

Henry nickte. Er empfand eine Mischung aus Wehmut und Aufbruchsstimmung. Die ehemalige Bibliothek würde er nicht mehr betreten. Sie hatten gemeinsam überlegt, wohin sie die Bücher umlagern sollten. Es gab nur zwei Möglichkeiten: entweder in den Keller oder in das frühere Handarbeitszimmer seiner Großmutter. Henry hatte zunächst dazu tendiert, die Bücher und die Regalschränke in den Keller zu bringen. Dort wäre er seiner Schwester nahe, ohne dass sie es mitbekäme. Und genau deshalb hatte er sich dagegen entschieden. Er wollte nicht bloß durch eine Wand von ihr getrennt sein, das würde seine Konzentration in ruhigen Lesestunden beeinträchtigen. Also hatten Eddie und er zunächst das Handarbeitszimmer neu gestrichen und dann den Umzug vorgenommen. Insgesamt vier Tage hatten sie dafür benötigt.

»Sie können den ehemaligen Bibliotheksraum ganz nach Ihrem Belieben einrichten«, sagte Henry.

»Danke. Aber das ist wirklich nicht notwendig.« Eddie lehnte das Angebot nicht zum ersten Mal ab.

»Ich mein's ernst. Den Raum kann ich nicht mehr betreten. Wieso sollte er leer stehen? Toben Sie sich aus.«

Eddie lächelte. »Ich überleg's mir.«

»Ich habe mich da immer sehr wohl gefühlt. Der Lichteinfall nachmittags ist einfach perfekt. Schöner als hier. Vielleicht sollten Sie sich selbst eine kleine Bibliothek nach Ihren Wünschen einrichten. Na ja. Ich überlasse das Ihnen.«

»Haben Sie für heute noch Pläne?«

Henry schaute auf die Armbanduhr. »Um fünf Uhr treffe ich mich mit Petersen im Central Park. Vorher will ich im Hotel vorbeisehen, einfach Hallo sagen. Jetzt gleich gehe ich erst mal zu meiner Schwester. Die Gespräche zwischen uns sind durch die Umbauarbeiten zu kurz gekommen.«

»Ich kümmere mich um den Rest. Das ist nicht mehr viel Arbeit.«

»Danke, Eddie. Ich ziehe mich um und mache mich frisch.«

»Tilda soll wahrscheinlich nach wie vor nichts von dem erfahren, was hier passiert ist?«, vergewisserte sich der Butler.

»Nein. Das würde sie nur beunruhigen. Ich glaube, die Vorstellung, uns beiden könnte etwas zustoßen, bereitet ihr noch größeres Unbehagen, als sie zugegeben hat. Sie soll sich nicht zu viel damit beschäftigen. Wenn der unwahrscheinliche Fall eintritt, dass wir uns beide nicht mehr

um sie kümmern können, wird sich jemand ihrer anneh-
men. Und Sie wissen ja selbst, was Sie zu tun hätten, wenn
ich …«

»Ja, Ihre Anweisungen sind gut durchdacht.«

»Und Sie müssten sich aus Selbstschutz daran halten.
Niemand hätte für das hier Verständnis. Auch nicht für
Ihre Rolle dabei. Sie kämen ins Gefängnis oder Schlim-
meres, falls Weller zuerst Wind davon bekäme.«

»Dessen bin ich mir bewusst.«

»Und ich bin Ihnen unendlich dankbar, dass Sie sich
trotz aller Risiken darauf eingelassen haben. Das vergesse
ich Ihnen nie.« Henry lächelte seinem Butler zu und
wandte sich ab. Den Gedanken daran, eines Tages Eddie
aus dem Dienst entlassen zu müssen, schob er beiseite. Darum wollte er sich kümmern, wenn ihm nicht mehr so
viele andere Sachen durch den Kopf schwirren würden.

28

Tilda hatte es sich im Sessel bequem gemacht und war in die Zeichnungen vertieft, die Henry ihr überlassen hatte. Anfangs hatte sie versucht, Desinteresse zu heucheln. Doch in Wahrheit war sie von den Bildern fasziniert. Sie zogen sie magisch an. Hier hatte ein Mörder viel Zeit gehabt und das Opfer lange im Voraus studiert. Fast wie eine Spinne, die sehr sorgfältig ihr Netz spann und genau wusste, welches Insekt sie genüsslich vertilgen würde.

Es war aufregend, an den Gedanken einer verwandten Seele teilhaben zu dürfen. Manche der Zeichnungen waren feiner als andere. Meistens diejenigen, die die Frau zeigten. Der Mörder hatte sich bei ihrer Darstellung wirklich Mühe gegeben.

In den letzten Tagen hatte Tilda immer wieder mit Henry über den Fall spekuliert. Auch das bereitete ihr mehr Spaß, als sie ihm gegenüber zugeben mochte. Sie würde es mit keinem Wort erwähnen, das wäre zu auffällig. Denn egal, wie sehr es sie faszinierte, in die Gedankenwelt eines Mörders einzutauchen – es war nichts weiter als ein Mittel zum Zweck. Sie wollte Henry und Eddie um den Finger wickeln. Die beiden Männer sollten im Laufe der Monate Vertrauen fassen, den Argwohn ihr gegenüber ablegen. Im richtigen Moment würde sie zuschlagen, sich befreien und ihre Gefängniswärter bestrafen. Bis dahin wären Gespräche über die Fantasien von Mördern eine schöne Ablenkung.

Sie hörte das Knirschen, das immer erklang, kurz bevor die Geheimtür geöffnet wurde. Sofort vertiefte sie sich in die Zeichnungen, schaute nicht einmal auf, um zu sehen, wer sie besuchte. Henry war an der Reihe, da ihr Eddie bereits das Frühstück gebracht und das Geschirr schon wieder abgeholt hatte.

»Guten Morgen, Tilda«, begrüßte ihr Bruder sie.

Erst jetzt blickte sie zu ihm. »Für einen Morgengruß bist du spät dran.«

»Eddie und ich hatten zu tun.«

»Zum Glück ist er bei der Essensversorgung nicht so nachlässig wie du.«

Henry schloss den Zugang und setzte sich, ohne ihre Kritik zu kommentieren.

»Gibt es Neuigkeiten?«, fragte sie ehrlich interessiert und hielt den Stapel Blätter hoch.

»Ich treffe mich am Nachmittag mit dem zuständigen Detective. Verhaftet ist der Täter nicht.«

»Je mehr ich darüber nachdenke, desto überzeugter bin ich, des Rätsels Lösung ist in der Phase verborgen, in der der Täter das erste Opfer kennengelernt hat.«

»Hast du Einzelheiten für mich?«

Sie zögerte. Am liebsten hätte sie sich ausgezogen und ihm eines ihrer Tattoos gezeigt. Aber das wäre ein zu großer Schritt, der sein Misstrauen wecken könnte. Sie musste es langsam angehen.

»Erinnerst du dich an mein Tattoo von der Hand, die sich aus dem Wasser reckt?«

»Ja«, antwortete er sofort.

»Ich habe den Mann, der im Meer gestorben ist, in einer Frankfurter Disco kennengelernt. Er hat mich fasziniert angestarrt. Irgendetwas schien ihm an mir zu gefallen.« Sie lachte. »Mir hingegen gefiel sein Blick. Ich habe das Animalische darin gesehen.«

Henry beugte sich fast unmerklich vor und hörte gespannt zu.

»Anfangs hielt ich ihn bloß für ein perfektes Opfer. Aber es steckte so viel mehr in ihm. Ich habe ihn zum Mörder ausgebildet. Leider überwogen irgendwann seine Reuegefühle. Ab da konnte ich ihn nicht mehr gebrauchen.«

»Wo siehst du die Parallelen zu diesem Fall?«

»Im Moment des Kennenlernens. Hier sogar ein zweifaches Kennenlernen. Der Mörder und sein erstes Opfer müssen sich schon vor der Tat begegnet sein. Ich bin überzeugt, er hat sich im Vorfeld gründlich über beide Frauen informiert. Er und die Polizistin hatten Spaß miteinander. Eine Menge Spaß. Zur gleichen Zeit hat er sich auch mit Jodi Manzer befasst. Ihr Ende stand von Anfang an fest. Habt ihr herausgefunden, wie sie an die Wohnung gekommen ist?«

»Dazu gibt's nichts Neues. Zumindest nichts, was mir der Detective mitgeteilt hätte.«

»Der Mörder hat im Hintergrund die Fäden gezogen.«

»Ja, davon gehen wir aus.«

»Er hat es arrangiert. Wenn man sich so eine Wohnung sichern will, kann schnell etwas schiefgehen. Es sei denn, er hat den Vermieter in der Hand gehabt.«

»Der behauptet, es gab keine Vermittler. Jodi Manzer hat sich auf eine Anzeige bei ihm gemeldet.«

»Ist das auch glaubwürdig? Ich wäre das Risiko nicht eingegangen. Jodi *musste* in der Wohnung landen. Das schränkt die Handlungsspielräume ein.«

»Woher weißt du das?«

»Das weiß ich aus eigener Erfahrung. Meine Festnahme in Deutschland war ein kalkuliertes Risiko. Der Mann, den ich als Opfer auserkoren hatte, sollte die Chance haben, Hilfe zu rufen. Deswegen habe ich ihn ins Badezimmer entkommen lassen. Dort war ein Telefon. Wie erhofft, hat er panisch die Rezeption angerufen. So kam alles in Gang. Dass ich das genauso vorher geplant hatte, hat niemand begriffen. Die Cops glaubten, ich hätte einen Fehler gemacht. Dabei hatte ich es von Anfang an darauf angelegt, endlich wieder *ihm* entgegentreten zu können. Hauptkommissar Lukas Sommer. Der Mann, der im Vermisstenfall jener Person ermittelt hat, die ich in dem Frankfurter Club kennengelernt habe. Den ich zum Mörder machte. Verstehst du, was ich dir sagen will? Gute Planung ist das A und O.« Sie zwinkerte ihm zu. Im nächsten Moment ärgerte sie sich über ihre Arroganz. Hatte sie ihm zu viel verraten? Er durfte nicht glauben, das Ganze wäre für sie bloß ein Spiel.

29

Henry wusste einiges über die von Tilda begangenen Morde. Auch über die Umstände ihrer Verhaftung in dem Frankfurter Messehotel. Sie hatte als vermeintliche Masseurin einem Geschäftsmann ein sexuelles Angebot gemacht und ihn im Badezimmer des Hotelzimmers getötet. Darüber, ob ihre Ergreifung einkalkuliert war, hatte er immer spekuliert. Nun bestätigte sie ihm diesen Verdacht.

Ihm gefiel, dass Tilda mittlerweile von sich aus über den Fall und ihre Vergangenheit sprach. Das war ein gutes Zeichen. Auch sein Plan, für den er alle Risiken eingegangen war, schien aufzugehen. Wenn ihre Bemühungen in der Verhaftung eines gefährlichen Täters gipfelten, hätte er alles richtig gemacht.

»Ich habe erst neulich erfahren, dass die Polizistin diverse Affären mit verheirateten Kollegen hatte«, informierte er sie.

Tilda zog die Augenbrauen hoch. »Sympathisch«, sagte sie. »Seitensprünge machen so viel Spaß. Man kann das schlechte Gewissen der Männer zum eigenen Vorteil ausnutzen.«

»Der Detective fragt sich, ob ein Kollege der Täter ist.«

Tilda ließ sich die Idee durch den Kopf gehen. »Nein«, sagte sie schließlich. »Der zweite Mord und alles, was du mir bislang erzählt hast, passt nicht dazu. Wenn nur der Officer gestorben wäre, wüsstet ihr, wo ihr suchen müsst.

Aber warum sollte ein Cop Jodi Manzer umbringen? Allerdings …« Sie hielt inne. »Ich bin sicher, der Mörder wusste von Carrols Vorliebe für verheiratete Männer. Das ist bei manchen Frauen wie ein Zwang. Die wollen gar keine ernste Beziehung, sondern flüchten sich in die vermeintliche Sicherheit einer Affäre, aus der sie jederzeit ausbrechen können.«

»Hat der Täter vielleicht sogar vorgegeben, verheiratet zu sein?«

»Nicht ausgeschlossen. Es gibt Internetportale, wo man nach verheirateten Männern suchen kann. Keiner überprüft, ob sie wirklich vergeben sind. Manche Bars sind auch dafür berüchtigt, eine gewisse Klientel anzuziehen. Zumindest ist das in Deutschland so.«

Petersen hatte in dieser Hinsicht keine Andeutungen gemacht. Ob das bei den Ermittlungen bedacht worden war? Henry würde das mit ihm besprechen.

Tilda legte die Seiten auf den Boden und gähnte. »Bittest du Eddie, mir einen Latte macchiato zu bringen? Ich bin müde.«

Henry wollte widersprechen und sie auffordern, ihn weiter an ihren Gedanken teilhaben zu lassen. Andererseits hatten sie an diesem Tag echte Fortschritte gemacht. »Ich sag's ihm. Vielleicht sehen wir uns später.« Er stand auf und verließ den Raum.

30

Sharon betrat die Tankstelle durch den Personaleingang.

»Bist du das, Sharon?«, erklang die Stimme ihres Kollegen Arthur.

»Wer soll es sonst sein?« Sie hängte ihre dünne Jacke auf einen der Kleiderhaken im Pausenraum, zog ihr Telefon aus der Handtasche und schloss sie im kleinen Spind ein. Sharon lächelte, bevor sie in den Verkaufsraum trat.

»Was bist du so gut gelaunt?«, fragte Arthur.

»Vorletzte Schicht.« Sie sah sich um. Momentan hielt sich kein Kunde im Raum auf, auch an den Zapfsäulen stand kein Wagen.

»Ich habe von deiner Kündigung gehört. Glückwunsch.« Arthur nahm sie in den Arm. »Hast es bald geschafft.«

»Endlich«, erwiderte sie.

»Ich beneide dich.« Arthur seufzte.

»Was ist los?«, fragte sie. »Alles in Ordnung?«

»Linda hat ihren Job verloren.«

Sofort streichelte Sharon ihrem Kollegen mitfühlend den Oberarm. »Wieso denn das?«

»Sie kann nichts dafür. Der Betrieb schließt seine Filiale, alle Mitarbeiter werden entlassen.«

»Kann deine Frau nicht aushilfsweise meinen Job übernehmen, bis sie etwas anderes gefunden hat?«

»Darüber haben wir auch schon nachgedacht. Ist es

wirklich klug, wenn wir beide hier angestellt sind? Ich weiß es nicht.«

»Sie sollte sich schnell entscheiden. Nicht, dass ihr jemand anders den Job wegschnappt.«

»Wir reden am Wochenende darüber.«

»Ist hier heute etwas passiert, was ich wissen müsste? Ein unangenehmer Kunde?« Jedes Mal trat sie ihre Nachtschichten mit einem unguten Gefühl an, daran änderte die bevorstehende Kündigung nichts.

»Nein, es war angenehm ruhig. Bestimmt bleibt es den ganzen Abend so.«

»Hoffentlich. In meiner vorletzten Schicht habe ich keine Lust mehr auf Ärger.«

»Wann ist dein letzter Tag?«

»Donnerstag.«

»Schön. Also sehen wir uns noch. Okay, dann lass uns mal die Kasse abrechnen.«

31

Er konzentrierte sich aufs Zeichnen. Diesmal porträtierte er sich selbst, in dem Outfit, in dem Sharon ihn heute Nacht kennenlernen würde. Sein Gesicht war auf dem Bild unter einer schwarzen Maske verborgen, dazu trug er schwarze Kleidung. Besonders viel Mühe hatte er sich mit der Pistole gegeben. Man konnte genügend Details erkennen, um das Modell zu identifizieren. Ob die Cops den Zusammenhang erkannten? Er ging davon aus. Die nächste Runde des Spiels war eröffnet.

Als er mit seinem Werk zufrieden war, signierte er das Bild und löste das Blatt vorsichtig vom Block. Er würde es morgen der Öffentlichkeit präsentieren. Die nächste Zeichnung wäre zunächst nur für ihn.

Er begann mit den Umrissen der Tankstelle. Später würde er eine Frau hinzufügen, die hinter der Kasse saß, allerdings würde er bei ihrer Ausarbeitung mit Einzelheiten geizen. Sharon wäre darauf nicht zu erkennen.

Ob sie nach Angst riechen würde? Schade, dass er die Maske tragen müsste, denn sie beeinträchtigte sein Riechvermögen. Heute Nacht gab es keine Alternative. Die Tankstelle war mit Videokameras ausgestattet. Es wäre dumm, sich nicht zu maskieren. Zu einfach würde er es ihnen nicht machen. Die Cops und Henry Baker bekamen ihre Chance. Er zweifelte jedoch daran, dass sie ihn aufhalten könnten. Sharon würde schon bald sterben. Aber nicht nur sie.

32

Sharon legte das Telefon beiseite. Die Hälfte ihrer Schicht hatte sie bereits geschafft, und bislang war es angenehm ruhig geblieben. Sie griff zu der halb gefüllten Kaffeetasse und trank einen Schluck. Wie so oft in den letzten Tagen machte sie sich Gedanken über die bevorstehende Einweihungsparty. Schon am Freitag wäre es so weit. Sharon war neugierig auf Adrianas neue Wohnung. Noch viel neugieriger war sie auf den Nachbarn. Thomas. Sie wollte sich nicht zu sehr auf ihr Kennenlernen freuen. Vielleicht stimmte die Chemie zwischen ihnen einfach nicht. Oder Adriana hatte ihren Männergeschmack falsch eingeschätzt. Außerdem könnte Thomas jederzeit etwas dazwischenkommen, das ihn daran hinderte, auf der Party aufzutauchen. Und ob Adriana mit ihrer Einschätzung, dass er Single war, richtig lag, musste sich erst noch zeigen. Wie war sie zu dem Schluss gekommen? Hatte sie ihn gefragt oder es bloß angenommen, weil er allein lebte?

Sharon griff zum Handy. Im Chatprogramm wählte sie Adrianas Kontakt aus. Zuletzt hatten sie sich gestern geschrieben.

Hey A,
eine Sache noch wegen deiner Party. Bist du dir eigentlich sicher,
was

Mitten im Tippen hielt sie inne. Kurzentschlossen löschte

sie den Text wieder. Sie wollte sich nicht verrückt machen. Entweder hätte sie einen schönen Abend oder nicht, völlig unabhängig von einem Mann, den sie vielleicht kennenlernen würde. Es ergab keinen Sinn, sich darüber tagelang den Kopf zu zerbrechen. Sie trank die Kaffeetasse leer. Ihr Magen knurrte, doch sie ignorierte das Hungergefühl. Bis Freitag hatte sie sich eine strenge Diät verordnet, weil sie noch mindestens drei Kilo abnehmen wollte und erst die Hälfte des Ziels erreicht hatte.

Sharons Blick fiel nach draußen. Die Schicht war ruhig, bislang hatten keine zehn Fahrzeuge an den Zapfsäulen getankt. So konnte es gern weitergehen. Um vier Uhr würde sie abgelöst werden. Wenn sie dann um halb fünf zu Hause wäre, könnte sie sich noch für zwei Stunden hinlegen, ehe der Wecker klingelte. Sie freute sich schon auf nächste Woche. Nie wieder nachts arbeiten zu müssen, würde ihr Leben erleichtern.

Sharon gähnte. Im selben Moment öffnete sich die Automatiktür. Erschrocken schaute sie zum Eingang. Ein maskierter, bewaffneter Mann stürmte herein.

»Mach keine Dummheiten. Ich will deine Hände sehen.«

Sie hatte den richtigen Augenblick verpasst, den Alarmknopf zu drücken. Also befolgte sie widerstandslos den Befehl und streckte die Hände hoch.

»Hab ich was von Hochstrecken gesagt?«

Der Maskierte verstellte seine Stimme. Sie klang viel zu dunkel und knarzig.

»Auf den Tresen«, fuhr er fort, während er näher kam.

»Okay«, sagte sie. Sie atmete kontrolliert, um die aufkommende Panik zu unterdrücken. Das durfte einfach nicht wahr sein. Monatelang war in ihren Schichten nichts passiert. Warum hatte sie nicht eine Woche früher gekündigt? »Tun Sie mir bitte nichts.«

»Das hängt von dir ab.«

Er stand ihr nun genau gegenüber und drückte ihr die Pistolenmündung auf die Stirn.

Sharon zuckte zusammen. »Was wollen Sie?«

»Kannst du dir das nicht denken?« Er stieß ein künstliches Lachen aus. »Wehe, du drückst den Alarmknopf. Das wäre dein Todesurteil.«

»Mach ich nicht.«

Ihre Gedanken rasten. Wegen der Maske könnte sie ihn unmöglich identifizieren. Außerdem verstellte er sogar seine Stimme, und es waren keine Zeugen im Raum. Wenn sie das schnell hinter sich brachten, würde sie heil aus der Sache herauskommen. An diese Hoffnung klammerte sie sich.

»Sie wollen Geld?«

»Ich will alles, was du mir geben kannst.« Wieder lachte er höhnisch.

Sein unheilvoller Unterton verängstigte sie. Als er mit der freien Hand in die Kängurutasche seines Hoodies griff, stieß sie einen erschrockenen Schrei aus.

33

Ihr Schrei war zu köstlich. Sie erschrak, nur weil er in seine Tasche griff. Ihre Angst war unübersehbar. So herrlich! Wieder einmal war er Herrscher über Leben und Tod. Das hier machte richtig Spaß. Er zog einen Plastikbeutel heraus, den er ihr hinhielt.

»Geld rein! Nur Scheine.«

Sie nahm den Beutel entgegen. Um sie zu terrorisieren, strich er kurz über ihren Handrücken. Diesmal hatte sie ihre Reaktion besser unter Kontrolle. Sie stieß keinen Schrei aus und zuckte bloß leicht zusammen.

Sharon öffnete die Kasse. Ob es sie schockieren würde, dass er ihren Namen kannte? Und nicht nur das. Er hätte ihr so viel aus ihrem Leben erzählen und ihre Lieblingsplätze in Chicago sowie ihre favorisierten Musiker nennen können. Wie sie darauf reagieren würde? Wahrscheinlich nicht amüsiert. Er könnte ihr eine Zeichnung zeigen, auf der sie im Millennium Park vor der Bohne stand und ein Selfie machte. Auf dieses Werk war er besonders stolz.

Während sie das Geld in den Beutel schaufelte, schaute er nach draußen. Bislang lief alles wie am Schnürchen. Es durfte bloß keine Polizeistreife vorbeikommen und einen Blick in die Tankstelle werfen.

»Tut mir leid, mehr ist es nicht«, sagte sie schließlich, als sie den letzten Schein eingepackt hatte. Sie gab ihm die Tüte zurück.

Woher sollte sie wissen, dass ihn das Geld überhaupt nicht interessierte? Die Macht, die er ausübte, reizte ihn viel mehr. Mit einem einzigen Schuss könnte er sie hinrichten, allerdings würde ihm dabei der Spaß fehlen. Es gab viel intimere Möglichkeiten, einem Menschen das Leben zu rauben.

Er stopfte den Beutel in die Pullovertasche.

»Knie dich hin«, befahl er. »Nimm die Hände hinter den Rücken.«

Sharon schluchzte.

»Beeil dich!«, schrie er.

»Tun Sie mir nichts.«

Umständlich machte sie einen Schritt zurück, schob ihren Stuhl nach hinten und kniete sich hin. Ihren Blick hielt sie gesenkt. Er könnte ihr jetzt einfach von oben in den Kopf schießen. Sie würde umkippen, und ihr Leben wäre vorbei. Er dachte an Carrol. Auch sie hatte er gezwungen, sich hinzuknien. Im Vergleich zu Sharon hatte sie geahnt, was folgen würde. Sharon hoffte noch, alles unbeschadet zu überleben. Delora war klüger gewesen.

»Gehen Sie einfach«, bat sie ihn.

»Sag mir nicht, was ich zu tun habe«, zischte er.

In ihm kämpften zwei Bedürfnisse gegeneinander an. Er wollte abdrücken, gleichzeitig sollte das hier erst der Auftakt für ihn und Sharon sein. Trotzdem war der Wunsch groß, seinen Blutdurst zu stillen.

34

Sharon wollte ihn nicht provozieren, indem sie unkontrolliert weinte. Trotzdem war es unmöglich, nicht zu schluchzen. Sie kniete auf dem Boden und hielt die Hände hinter den Rücken. Ihre Schultern bebten. Obwohl sie nicht zu ihm hochsah, bildete sie sich ein, die auf ihren Kopf gerichtete Pistole zu sehen. Würde sein Finger mit leichtem Druck den Abzug betätigen und ihr Leben auslöschen? Stumm flüsterte sie ein Gebet zu Gott. Sie flehte darum, verschont zu bleiben, und versprach, nie wieder mit ihrem Schicksal unzufrieden zu sein. Hauptsache, sie überlebte das hier.

Sie hörte, wie sich die Automatiktür erneut öffnete. War er gegangen oder ein neuer Kunde eingetreten? Nichts passierte. Der Maskierte stieß keinen Schrei aus und warnte niemanden, sich nicht zu bewegen.

Sharon schluckte und traute sich aufzublicken. Erleichtert schluchzte sie. Der Maskierte war fort, sie hatte überlebt. Mit zittrigen Fingern drückte sie den Alarmknopf. In wenigen Minuten wäre die Polizei vor Ort. Um sich bis dahin zu schützen, deaktivierte sie die Automatiktür. Falls er zurückkehren wollte, um sein Werk zu vollenden, käme er nicht mehr in den Verkaufsraum.

»Danke, Gott«, flüsterte sie zwischen zwei Schluchzern. »Oh mein Gott, vielen Dank. Ich lebe!«

35

Henry Baker saß in der neuen Bibliothek und war un-glücklich. Das Tageslicht fiel ungünstiger in dieses Zimmer als im alten Raum. Außerdem roch es anders. Eddie ver-suchte ihn damit zu trösten, dass sich der Geruch nach fri-scher Farbe im Laufe der Tage verziehen würde. Bis sich der charakteristische Duft der Bücher bemerkbar machte, würden Henrys Meinung nach vermutlich Monate oder sogar Jahre vergehen.

Er klappte das Buch zu, das er wahllos herausgezogen und aufgeschlagen hatte. Missmutig stellte er es zurück in den Schrank. Dann ließ er sich wieder in den Sessel sin-ken. Die Lust aufs Lesen war ihm gehörig vergangen. Nicht nur wegen der Eindringlinge, die einen Raum seines Hauses für immer unbenutzbar gemacht hatten. Auch das Gespräch mit Petersen am Vormittag hatte seine Laune nicht verbessert. Der Detective hatte ihm lediglich berich-ten können, dass es keine neuen Ermittlungsergebnisse gab. Jede Spur, der sein Partner Curland und er nachgin-gen, erwies sich als Sackgasse. Selbst Tilda hatte nicht mehr viel beizutragen. Inzwischen wiederholte sie Details, die sie bereits besprochen hatten. Und draußen lief der Mörder zweier Frauen noch immer unbehelligt herum. Wahrscheinlich bereitete er schon seine nächsten Taten vor.

Henry dachte über die naheliegendste Theorie nach.

Würde der Mörder, den er dank seiner Fähigkeit überführt hatte, ein Wiederaufnahmeverfahren anstreben? Dafür müsste er grundlegend neue Beweise vorbringen, die im vorherigen Prozess nicht zur Sprache gekommen waren. Henrys Beteiligung an dem Fall wäre ein solch heikler Punkt.

Was würde das für die anderen Ermittlungen bedeuten, an denen er mitgewirkt hatte? Bekämen im schlimmsten Fall alle Verurteilten eine neue Chance vor Gericht? Ein Horrorszenario, das er sich nicht näher ausmalen wollte.

Auf dem Beistelltisch signalisierte ihm sein Smartphone den Eingang einer E-Mail. Ob ihm Petersen neue Fakten schickte? Henry griff nach dem Gerät.

»Was ist das?«, murmelte er überrascht.

Die E-Mail stammte von einem Absender, der sich *lastfourpages* nannte. Letzte vier Seiten. Der E-Mail war eine Datei angehängt.

Henry erhob sich. In seinem Arbeitszimmer stand ein Laptop, mit dem er kritische E-Mails öffnete. Er war mit einer umfangreichen Schutzsoftware ausgestattet und nicht ins Hausnetzwerk eingebunden, sondern verfügte über einen eigenen Internetzugang.

Im Arbeitszimmer startete er den Rechner und wartete ungeduldig darauf, die Nachricht abzurufen. Als das E-Mail-Programm endlich startklar war, synchronisierte er manuell das Postfach.

Die Nachricht traf ein. Ihr Betreff lautete *Zeichnungen*. Im Textfeld stand lediglich ein einziger Satz.

Wie gefällt Ihnen mein neues Werk?

Henry ahnte Fürchterliches. Sollte er Petersen sofort verständigen? Der Detective würde sicher nach Details zur Nachricht fragen. Also öffnete Henry den Anhang.

Das erste Bild verschlug ihm den Atem.

»Chicago«, flüsterte er.

Auf der Zeichnung war die sogenannte Bohne zu sehen. Ein Kunstwerk im Millennium Park, das offiziell Cloud Gate hieß, aber wegen seiner bohnenartigen Form im Volksmund den Namen Bohne erhalten hatte. Henry hatte die Sehenswürdigkeit vor einigen Jahren selbst bestaunt, als er mit seiner damals noch lebenden Großmutter Chicago besucht hatte. Die Edelstahlplatten waren so gewölbt, dass man sich verzerrt darin spiegelte. Nicht zuletzt deshalb war die Attraktion so beliebt, vor allem für Selfies.

Er konzentrierte sich auf die dargestellten Menschen auf der Zeichnung, von denen er siebzehn zählte. In der Mitte stand eine Frau. War sie diejenige, auf die der Künstler das Augenmerk lenken wollte? Sie hielt ein Smartphone in der Hand und fotografierte sich selbst. Oder hatte der Mörder die Person, die ihn in Wahrheit interessierte, absichtlich irgendwo am Rand platziert?

Henry scrollte zur zweiten Seite der E-Mail.

»Scheiße!«

Diesmal hatte sich der Mörder selbst gezeichnet. Maskiert und mit einer Waffe in der Hand. Das Bild passte zu der Vision, die Henry von dem Polizistenmord gehabt hatte.

Henry rief Petersen an, der sich prompt meldete.

»Passt es Ihnen gerade?«, fragte Henry.

»Was ist los?«

»Ich habe eine E-Mail von einem Absender erhalten, der sich *lastfourpages* nennt.«

»Mit welchem Inhalt?«

»Zwei Zeichnungen. Zum einen die Bohne in Chicago, Sie wissen schon …«

»Kenne ich. Und das zweite Bild?«

»Ein maskierter Mann, der eine Pistole in der Hand hält.«

»Shit!«

»Soll ich Ihnen die Zeichnungen zuschicken? Die Dateien sind virenfrei, das habe ich überprüft.«

»Nein. Ich komme zu Ihnen. Sie sind zu Hause?«

»Ja. Bringen Sie Curland mit?«

»Betrifft ihn ja genauso. Rechnen Sie in einer Dreiviertelstunde mit uns.«

* * *

Fast zehn Minuten vor der angekündigten Uhrzeit hielt Petersen vor dem Haus. Henry stand an der Tür und erwartete ihn bereits. Petersen saß allein im Auto. Curland hatte also wieder einmal darauf verzichtet, Henry zu Hause aufzusuchen.

»Wo ist Ihr Partner?«, fragte er.

»Gerade als wir aufbrechen wollten, hat unser Chef um ein Gespräch gebeten. Ich konnte mich noch aus dem Büro schleichen. Curland darf sich jetzt mit den Launen des Bosses herumärgern.«

»Haben Sie gegenüber Ihrem Boss die E-Mail erwähnt?«

»Das erschien mir unklug. Er wäre nicht begeistert, wenn er hiervon erfährt. Dass Sie eine Nachricht von dem Mörder erhalten, ist mies. Richtig mies.«

»Mir gefällt's auch nicht. Vor allem wegen der beigefügten Botschaft.«

Petersen sah ihn irritiert an. »Davon haben Sie am Telefon nichts gesagt. Was hat er geschrieben?«

»Gehen wir ins Arbeitszimmer. Ich zeig's Ihnen.«

Henry schritt voran. Eddie tauchte kurz in der Küchentür auf, begrüßte Petersen und fragte ihn, ob er etwas wünsche. Der Detective verneinte, wirkte dabei jedoch bedauernd.

Im Arbeitszimmer überließ Henry Petersen den Bürosessel und gab ihm ein paar Minuten Zeit, die Zeichnungen zu studieren.

»Also liegen wir mit unserer Chicago-Vermutung richtig«, murmelte Petersen, während er beide Bilder musterte.

»Und so ungern ich es feststelle, auch unsere Spekulation über die Beweggründe des Mannes trifft ziemlich sicher zu. Warum sonst sollte er jetzt in Chicago unterwegs sein? Können Sie etwas zu der Pistole sagen? Sie kennen sich damit viel besser aus als ich.«

»Das Modell stimmt. Mit so einer Waffe wurde Officer Carrol erschossen. Ob es dieselbe ist, würden erst ballistische Tests zeigen.«

»Warum hat er mir die Mail geschickt? Weiß er von meiner Beteiligung?« Henry tippte auf die Zeichnungen. »Ansonsten könnte ich hiermit überhaupt nichts anfangen.«

»Wenn er davon weiß, gibt's bei uns ein Leck. Dann muss ihn jemand darüber informiert haben.«

»Oder er beobachtet einen von uns beiden.«

Petersen sah überrascht auf, der Gedanke schien ihm noch nicht gekommen zu sein. »Von Chicago aus wird das schwierig.«

»Reicht ja, falls er uns beobachtet *hat*.«

Petersen nickte nachdenklich. »So unangenehm das wäre, mir wäre das lieber als ein Leck bei uns.«

»Ich glaube, es geht um sie hier.« Henry zeigte auf die Frau, die sich vor der Bohne selbst fotografierte. »Man richtet automatisch den Blick auf sie, außerdem sind die meisten anderen Menschen auf den Bildern Männer, Kinder oder ältere Frauen.«

Erneut vertiefte sich Petersen in die Zeichnung. »Sie könnten recht haben.«

»Ob sie schon tot ist?«

»Unwahrscheinlich. Sonst hätte er Ihnen die ganze Mordgeschichte gemailt. Warum sollte er sich mit zwei Zeichnungen zufriedengeben, wenn die Arbeit erledigt ist?«

»Dann schwebt sie in größter Gefahr. Wie retten wir sie?«

Petersen fuhr sich mit seiner großen Hand übers Gesicht. »Ich habe eine gute Kontaktperson in Chicago. Ein alter Freund namens Michael Sladen. Wir haben zusammen in der Army gedient. Er ist FBI-Agent geworden und weiß über diesen Fall Bescheid.«

»Inwiefern?«

»Ich hatte ihn nach dem Mord an Manzer kontaktiert. Wollte von ihm wissen, ob das FBI von anderen Morden Kenntnis hat, bei denen der Täter Zeichnungen hinterlässt. Fehlanzeige!«

»Wenn in den letzten Tagen in Chicago eine junge Frau ermordet worden ist, könnte er das herausfinden.«

Petersen nickte.

»Na dann, nur zu!«, fuhr Henry fort.

Zögerlich nahm Petersen sein Mobiltelefon aus der Tasche. »Geben Sie bitte während des Gesprächs keinen Laut von sich.«

Henry legte sich den Zeigefinger an die Lippe. Der Detective quittierte das mit einem genervten Kopfschütteln. Er suchte in der Kontaktliste nach der Nummer seines alten Kameraden, baute die Verbindung auf und aktivierte den Lautsprecher.

»Scott!«, meldete sich eine dunkle Stimme. »Schon wieder so überraschend.«

»Michael! Wenn ich nicht regelmäßig von dir höre, fehlt mir was.«

Der Mann lachte auf eine sympathische Art. »Also ist es eine dienstliche Sache. Und ich hatte kurz gehofft, du hättest tatsächlich Sehnsucht. Was ist los?«

»Könntest du für mich herausfinden, ob in deiner schönen Stadt in den letzten, sagen wir, sieben Tagen, eine junge Frau ermordet worden ist?« Petersen beschrieb die Person, die Henry für das nächste Opfer hielt – soweit die Zeichnung eine Beschreibung hergab. »Falls eine Frau umgebracht wurde, die völlig anders aussieht, würde uns das auch interessieren.«

»Verrätst du mir den Grund deiner Frage?«

»Wir haben eine E-Mail bekommen, die ziemlich sicher vom Täter stammt. Zwei Zeichnungen.« Petersen beschrieb sie und erwähnte auch den kurzen Text der Nachricht.

»Das klingt nicht gut«, sagte Sladen. »Okay, ich kenne ein paar Detectives vom PD. Mal gucken, wen von denen ich zuerst erreiche. Du hörst innerhalb einer Stunde von mir.«

Die Männer verabschiedeten sich, Petersen trennte die Verbindung und legte das Telefon auf den Tisch.

»Was ist der Sinn der E-Mail?«, fragte er.

»Der Täter will mich nach Chicago locken. Ich soll mich verpflichtet fühlen, die Frau zu retten.«

»Ist auch meine Vermutung. Wie gehen wir damit um?«

»Was bleibt mir anderes übrig?«

»Ich kann Sie nicht begleiten. In Chicago habe ich keine Befugnisse, und mein Boss gibt mir bestimmt nicht frei.«

»Das habe ich befürchtet.«

»Ich könnte Sladen bitten, Sie zu unterstützen.«

»Wie wollen Sie ihm meine Beteiligung am Fall erklären?«

»Na ja, der Täter hat Ihre Initialen in einer Zeichnung versteckt, außerdem müsste ich kein Geheimnis daraus machen, dass die E-Mail an Sie ging.«

»Und was ist mit meiner Gabe? Würden Sie die ebenfalls erwähnen? Sie wissen, wie skeptisch die meisten darauf reagieren.«

Petersen schnaubte. »Keine Ahnung, was Michael darüber denken würde. Er ist ziemlich aufgeschlossen, aber …« Der Detective zuckte die Achseln.

»Müssen wir ihn nicht vollständig aufklären, falls er uns helfen soll? Auch über unsere Theorie, was das Motiv des Täters betrifft?«

»Ja«, sagte Petersen. »Wäre wohl besser. Ich hoffe, er hält mich nicht für einen Spinner.«

»Ist das Ihre einzige Sorge?«

Petersen verfiel in Schweigen. Ob er eine Gesprächsstrategie ersann, wie er Henrys Rolle in der Ermittlung erklären könnte?

Es dauerte keine halbe Stunde, bis das Telefon klingelte.

»Michael!«, begrüßte Petersen ihn. »Das ging schnell.«

»Waren ruhige Tage in Chicago. Es gab ein Opfer, das in dein Auswahlkriterium passt. Das war eine Beziehungstat. Wir haben den Ex-Verlobten verhaftet. Er ist geständig.«

Petersen und Henry sahen sich an. Henry nickte dem Detective zu.

»Hast du eine Viertelstunde Zeit für mich?«, fragte Petersen.

»Meine Neugierde wird immer größer. Was liegt dir auf dem Herzen?«

36

Henry trat durch die Geheimtür. Petersen war bereits vor einer Stunde gegangen und würde wohl mittlerweile mit Curland die nächsten Schritte besprechen. Henry hatte ihm die beiden Ausdrucke der Zeichnungen überlassen und zwei weitere Kopien für seinen Gast angefertigt.

»Was ist passiert?«, fragte Tilda.

Offenbar stand ihm die Besorgnis ins Gesicht geschrieben. Er hielt die Kopien in der Hand.

»Hat der Mörder wieder zugeschlagen?«

Er verschloss die Tür, trat an den Glaskasten und legte die Blätter in die Klappe. Tilda nahm sie heraus und studierte sie in der richtigen Reihenfolge.

»Wo ist das? Im Central Park?«, fragte sie und hielt dabei das Bild mit der Bohne hoch.

»Nein. Das ist in Chicago. Und das zweite Bild passt zu meiner Vision von dem Mörder, der den Officer erschossen hat.«

»Lagen die Zeichnungen neben einer Leiche?«

»Ich habe sie vor ein paar Stunden als E-Mail-Anhang bekommen. In Chicago gab es in den letzten Tagen keine ungeklärten Mordfälle an jungen Frauen.«

Tilda lachte kurz auf.

»Was amüsiert dich?«

»Das war pure Verzweiflung. Eine Übersprungshandlung. Ich lache oft zu unpassenden Gelegenheiten«, antwortete sie. »Du weißt, was das bedeutet. Der Täter versucht, dich nach Chicago zu locken. Eigentlich müsste ich das witzig finden, ist es aber nicht.« Mit der flachen Hand schlug sie so fest gegen die Glasscheibe, dass Henry zusammenzuckte. »Deswegen nicht. Bruder, du schwebst in Lebensgefahr.«

Henry starrte sie bloß an.

»Hast du Vorkehrungen getroffen, falls du stirbst?«

»Ja.«

»Welche?«

Er erwiderte nichts. Warum auch? Wenn ihm etwas zustoßen sollte, wusste Eddie, was er zu tun hatte. Das reichte vorläufig, denn Henry zweifelte nicht an der Loyalität seines Butlers.

»Na toll«, brummte sie.

Ihr Blick änderte sich. Sie schaute ihn auf eine Art an, die er von ihr nicht kannte.

»Was ist los?«, fragte er.

»Ich kann's selbst nicht glauben. Ich mache mir Sorgen um dich.«

Henry lachte spöttisch. »Das nehme ich dir nicht so ganz ab. Du machst dir eher Sorgen um *dich*.«

»Streite ich nicht ab. Trotzdem. Da habe ich nach all den Jahren einen Bruder gefunden, und jetzt verliere ich ihn schon wieder. Irgendwie ärgerlich.«

»So weit ist es noch lange nicht. Ich habe mich nicht mal entschieden, ob ich dem Lockruf folgen soll.«

»Dir bleibt gar nichts anderes übrig.«

»Wieso nicht?«

»Weil du sonst den Tod der Frau auf dem Gewissen hast. In diesem Spiel kannst du nur reagieren, nicht agieren. Kurz vor meiner Verhaftung habe ich einen deutschen Kommissar dazu gezwungen, sich tätowieren zu lassen.« Sie lächelte.

»Wie das?«, fragte er.

»Es war für ihn die einzige Chance, das Leben eines jungen Mannes zu retten.« Sie schaute sich um und klopfte an die Glasscheibe. »Weißt du, was ich Ironie des Schicksals nenne? Ich habe ihn in einem ähnlichen Käfig gefangen gehalten. Als hätte ich in meine eigene Zukunft vorhergesehen.«

Henry kannte nicht alle Details des Falls, von dem Tilda sprach. Er wusste von dem Mann, der erst im letzten Moment von der deutschen Polizei gerettet worden war. Die Information über die erzwungene Tätowierung war ihm neu. Beim Gerichtsprozess war das nicht zur Sprache gekommen. Sagte seine Schwester die Wahrheit?

»Du musst dich an die Spielregeln halten, obwohl sie dir nicht gefallen. Was bleibt dir anderes übrig?«

Henry brummte bloß. Sie hatte recht, die gleichen Gedanken gingen auch ihm durch den Kopf. So deutlich wollte er ihr das jedoch nicht zeigen. »Danke für dein Ohr. Ich will darüber zumindest eine Nacht schlafen.«

Tilda lächelte mitleidig. »Sagst du mir Bescheid, bevor du nach Chicago fährst?«

»Wieso?«

»Weil ich von dir wissen will, ob wir uns eine Zeit lang nicht sehen. Vielleicht sogar nie wieder.«

»Mach dir nicht zu viel Hoffnung. So schnell wirst du mich nicht los.«

»Versprich mir, dass du dich verabschiedest.«

»Versprochen«, sagte er. »Gute Nacht, Schwester.«

»Gute Nacht, Bruder.«

37

Tilda schaute ihrem Bruder hinterher und blieb stehen, bis sich die Tür wieder geschlossen hatte. Dann wandte sie sich ab und setzte sich auf den Sessel. Die Entwicklung gefiel ihr überhaupt nicht.

Ein Täter, der schon mindestens zwei Menschen getötet hatte, spielte mit Henry ein undurchsichtiges Spiel. Ihr war klar, wie sich ihr Bruder entscheiden würde. Er würde nach Chicago fahren, vielleicht schon morgen. Was blieb ihm anderes übrig? Falls er den Tod der Frau nicht verhindern konnte, würden die Schuldgefühle an ihm nagen.

Der Mörder lockte ihn in eine Stadt, in der Henry sich vermutlich nicht sonderlich gut auskannte. Und das war nur der Anfang. Wäre sie Henrys Kontrahent, würde sie ihm nach seiner Ankunft Aufgaben stellen, ihn von einem Ort zum anderen hetzen, ihm keine Ruhe lassen. Bis zur finalen Konfrontation.

»Scheiße.«

Das würde für ihren Bruder kein gutes Ende nehmen. Der Gedanke an seinen Tod ließ in ihr kein Verlustgefühl aufkommen. Im Gegenteil. Sie wäre höchstens traurig, weil dann nicht *sie* diejenige wäre, die ihn getötet hätte. Aber was bedeutete sein Ableben für ihre Zukunft?

Er hatte von Vorkehrungen gesprochen. Ihre Freilassung hatte er kaum arrangiert. Eddie müsste sich um alles Weitere kümmern. Der in die Jahre kommende Butler.

Was hatten er und ihr Bruder vereinbart? Würde Eddie sie jahrelang versorgen, bis sie einen Großteil der Strafe abgesessen hatte? Unwahrscheinlich! Sie befürchtete eher, die Vorkehrungen bestanden in ihrer Rückverlegung in den deutschen Strafvollzug. Eine Vorstellung, die ihr nicht zusagte. Zwar wollte sie unbedingt zurück nach Deutschland, aber zu ihren Bedingungen.

Ihre Gedanken konzentrierten sich auf den Butler. Manchmal fragte sie sich, ob der alte Mann väterliche oder vielleicht sogar großväterliche Gefühle für sie hegte. Gelegentlich reagierte er herzlicher als nötig auf sie. Blieb ein paar Minuten länger und redete mit ihr. Schenkte ihr ein warmherziges Lächeln. Schmunzelte über ihre Scherze. Sobald Henry nach Chicago aufgebrochen wäre, hätte sie die Gelegenheit, Zeit mit Eddie zu verbringen. Würde sich ihr eine Möglichkeit bieten, ihn zu überwältigen und freizukommen? Sie müsste ihn bloß dazu bringen, die Glaskäfigtür zu öffnen, der Rest wäre ein Kinderspiel. Sie hätte nicht mal Gewissensbisse, ihn zu töten. Das wäre die gerechte Strafe dafür, dass auch er ihr das Tageslicht vorenthielt.

Ein Gefühl der Unruhe stieg in ihr auf. Was würden die nächsten Tage bringen? Sie war gespannt darauf.

38

Henry saß vor dem Schreibtisch, die Zeichnungen lagen ausgebreitet vor ihm. Er hatte den Lautsprecher des Telefons eingeschaltet und lauschte Petersen, der ihm vom Gespräch mit Special Agent Sladen berichtete.

»Michael kann Ihnen in Chicago zur Verfügung stehen, in gewissem Rahmen, versteht sich.«

»Wie haben Sie das geschafft?«

»Ich habe ihm zuerst von den Fällen erzählt, bei denen Sie erfolgreich als externer Berater fungiert haben. Er wollte wissen, wieso ich einen Zivilisten zu Polizeiermittlungen hinzuziehe. Also habe ich ihm von Ihrem ganz besonderen Talent erzählt und wie das mit dem aktuellen Fall zusammenhängt.«

»Wie hat er reagiert?«

»Überhaupt nicht ablehnend. Eigentlich sogar besser als erwartet. Er war neugierig. Zum Glück habe ich ihn richtig eingeschätzt. Er war während unserer Army-Zeit immer sehr aufgeschlossen.«

»Seine Hilfe wäre mir recht. Auf mich allein gestellt zu sein, würde das Risiko erhöhen.«

»Sie haben sich also entschieden, nach Chicago zu fliegen?«

»Nein«, antwortete Henry.

»Nein? Bleiben Sie in New York?«

»Ich werde nach Chicago *fahren*, nicht fliegen. Mit meinem eigenen Auto, in dem noch nie jemand gestorben ist.«

»Verrückt. Das ist eine Zwölf-Stunden-Fahrt.«

»Welche Wahl bleibt mir denn? Stellen Sie sich vor, ich besteige ein Flugzeug, in dem schon mal jemand gestorben ist. Wie würde der Air Marshal wohl auf mich reagieren?«

»Dann nehmen Sie wenigstens den Zug.«

»Ähnliches Problem. Ich fahre mit dem Auto, wahrscheinlich werde ich die Fahrt auf zwei Tage aufteilen, um nicht völlig übermüdet in Chicago anzukommen.«

»Und in einem Motelzimmer können Sie einfach so absteigen?«

»Wenn mich dort eine Vision überfällt, laufe ich rückwärts wieder aus dem Zimmer und bitte um ein anderes.«

»Manchmal sind Sie nicht zu beneiden.«

»Muss wohl damit leben.«

»Wann fahren Sie los?«

»Morgen oder übermorgen. Ich sage Ihnen Bescheid, sobald ich aufbreche.«

»Gut, dann verständige ich Michael. Brauchen Sie noch etwas von mir?«

»Können Sie mir eine kurze schriftliche Zusammenfassung geben? Als Erklärung, wieso ich fürs NYPD tätig und in diesen Fall involviert bin.«

»Irgendwie wird das gehen. Ich bespreche das mit Curland.«

Fünf Minuten später saß Henry bereits mit Eddie in der Küche, um ihn über die Reise zu informieren.

»Ich habe keine Ahnung, wie lange ich fort bin. Da ich für Hin- und Rückweg vier Tage benötige, sollten Sie sich auf mindestens eine Woche Abwesenheit einstellen. Das heißt, Sie sind ziemlich lange allein für meine Schwester verantwortlich.«

»Das macht mir nichts aus.«

»Trotzdem bürde ich Ihnen das nur ungern auf. Sie ist inzwischen meine täglichen Besuche gewohnt. Wahrscheinlich wird Sie versuchen, Ihnen Gespräche aufzuzwingen.«

»Ist ja vielleicht auch für mich eine schöne Abwechslung.«

»Sie dürfen bloß nie vergessen, welches Raubtier in ihr schlummert.«

»Machen Sie sich keine Sorgen um mich. Ich weiß, wie sie zu handhaben ist.«

Henry nickte. Er wollte seinem Butler keine Vorträge halten, mit denen er vermutlich das Gegenteil erreichen würde. »Auch wenn Sie das jetzt nur ungern hören: Wir müssen darüber reden, was passiert, falls mir in Chicago etwas zustößt.«

»Ihnen geschieht nichts!«

»Trotzdem will ich das geklärt haben. Wenn der Fall eintritt, würde ich Sie bitten, an meinen Computer zu gehen und eine vorbereitete Nachricht an Petersen abzusenden. Sie können den Rechner mit Ihrem Fingerabdruck entsperren. Die Mail würde zeitverzögert zugestellt, sie würde erst 24 Stunden später in Petersens Postfach eintrudeln. Ich habe darin den Sachverhalt ausführlich erklärt. Das wird den Detective nicht davon abhalten, Sie wegen Freiheitsberaubung, Verschwörung oder was auch immer zu verfolgen. Sie haben also einen Tag Zeit unterzutauchen. Tun Sie das mir zuliebe. Sie haben es nicht verdient, meinetwegen im Gefängnis zu landen. Sie kennen die Konten, von denen Sie Geld für Ihr Verschwinden ziehen können. Ein Transfer vom Konto auf den Bahamas kann nicht zu Ihnen zurückverfolgt werden. Machen Sie sich ein schönes Leben an einem sonnigen Ort. Versprechen Sie mir das!«

»Was soll ich auf den Bahamas?«

»Das wäre nur eine der ersten Stationen, mit denen Sie Ihre Spuren verwischen. Falls Sie es da nicht aushalten, ist Europa eine wunderschöne Alternative, vor allem im Sommer. Fahren Sie nach Frankreich oder Italien. Meiden Sie bloß Deutschland, denn dorthin kehrt Tilda zurück. Versprechen Sie mir, sich nicht aus falschem Pflichtgefühl verhaften zu lassen.«

»Versprochen«, sagte Eddie.

Erleichtert atmete Henry durch. »Und Sie werden die Nachricht an Petersen versenden, sobald Sie so weit sind unterzutauchen?«

Eddie nickte.

39

Die Tür öffnete sich, und auf Adrianas Gesicht breitete sich sofort ein Lächeln aus.

»Sharon!«, rief sie.

Adriana umarmte sie stürmisch, und Sharon musste aufpassen, dass sie den Blumenstrauß nicht zerdrückte.

»Wie geht's dir?«, fragte Adriana, als sie sich voneinander lösten.

»Na ja. Das alles steckt mir noch in den Knochen.«

Adriana streichelte ihr mitfühlend die Wange. »Dafür siehst du fantastisch aus.« Sie trat einen Schritt zurück und musterte Sharons Outfit. Sie hatte sich für einen kurzen, pinkfarbenen Rock und ein weißes T-Shirt entschieden, die Kleidung kombinierte sie mit schwarzen Boots. Adriana zwinkerte ihr zu. »Das wird ihm gefallen«, flüsterte sie.

Sharons Wangen röteten sich. »Ist er schon da?«, wisperte sie.

»Noch nicht«, erwiderte Adriana. »Aber er kommt hundertprozentig. Hat er mir vor zwei Stunden versprochen. Gehen wir zu den anderen.«

Adriana nahm sie an die Hand und zog sie über die Türschwelle. Neugierig schaute sich Sharon um. Die Möbelstücke waren dieselben wie in der vorigen Wohnung ihrer Freundin, allerdings standen sie hier nicht so gedrängt. Sie betraten das Wohnzimmer.

»Hi, Sharon«, begrüßte Adrianas Freund Eric sie. Er kam zu ihr und umarmte sie ebenfalls. »Boah, ich hab von Adriana gehört, was dir zugestoßen ist. Davon musst du uns gleich erzählen.«

Sharon nickte und reichte ihrer Freundin den Blumenstrauß.

»Was ist denn passiert?«, fragte eine junge Frau, die Sharon nicht kannte.

»Später«, sagte Adriana. »Erst mal will ich euch alle vorstellen. Das ist Sharon, meine langjährigste Freundin. Wir lieben uns seit dem Kindergarten. Sharon, das da vorn ist Annette, und hinten am Fenster steht Natalie. Die anderen kennst du ja.«

Insgesamt hatten sich zehn Leute in dem Raum verteilt.

»Hi«, sagte Sharon. »Schön, euch kennenzulernen oder endlich mal wiederzusehen.«

Drei Sitzgelegenheiten waren noch frei. Sharon steuerte einen der beiden Sitzsäcke an, die nebeneinanderstanden.

»Was ist los?«, fragte Leon, den sie zuletzt vor gut einem Jahr getroffen hatte.

Adriana reichte ihr eine Flasche Bier. Sharon nahm sie mit einem Lächeln entgegen und trank einen Schluck.

»Ich bin bei der Arbeit von einem Bewaffneten überfallen worden. Das waren die schrecklichsten Minuten meines Lebens. Ich hatte so krasse Todesangst!«

Alle Augen richteten sich auf sie.

»Erzähl!«, bat Annette.

Sharon trank noch einen Schluck Bier. Sie erzählte von ihrem Zweitjob in der Tankstelle und dass sie dort in ihren

Spät- oder Nachtschichten bisher nie Probleme gehabt hatte. Und ausgerechnet bei ihrer vorletzten Schicht kam es zu dem Überfall.

Die anderen hörten ihr gebannt zu. Da sie das Erlebnis noch nicht vollständig verarbeitet hatte, fasste sie den eigentlichen Überfall bloß zusammen und konzentrierte sich auf die Gespräche mit den Cops. Während sie redete, klingelte es erneut. Adriana sprang auf und verließ den Raum. Sharon lauschte mit einem Ohr in ihre Richtung.

»Thomas!«, rief Adriana. »Toll, dass du es geschafft hast.«

Sharon richtete ihren Blick zur Zimmertür. Abgelenkt berichtete sie von den Albträumen, die sie seitdem plagten, was die anderen mit Verständnis quittierten. Dann kehrte Adriana endlich zurück, mit einem großen Mann im Schlepptau. Er hatte kurz geschorenes Haar, trug Bluejeans und ein kurzärmeliges Hemd, unter dem sich seine Brustmuskeln abzeichneten. Der erste Eindruck war schon mal gut.

»Leute, die meisten von euch kennen ihn noch nicht, und da habt ihr eindeutig was verpasst. Das ist unser neuer Nachbar Thomas.«

Der Neuankömmling hob die Hand, während Adriana die Namen der Anwesenden aufsagte. Sharon sparte sie sich bis zum Schluss auf.

Thomas schenkte ihr ein warmherziges Lächeln. »Schön, euch alle kennenzulernen.« Er steuerte den Sitzsack neben Sharon an. »Ist der noch frei?«

»Ja, klar.« Sharons Stimme brach, und sie räusperte sich.

Er nahm Platz, und Eric brachte ihm eine Bierflasche.

»Cheers«, sagte er.

Alle anderen wiederholten den Trinkspruch.

»Sharon war gerade dabei, eine spannende Geschichte zu erzählen«, erklärte Adriana.

Wieder lief sie rot an.

»Gefasst haben sie den Täter nicht, oder?«, erkundigte sich Natalie.

»Nicht, dass ich wüsste.«

»Täter?«, fragte Thomas. »Was ist passiert?«

Sharon beugte sich zu ihm. »Ich bin letzte Woche bei der Arbeit überfallen worden.«

Thomas riss die Augen auf. »Wie schrecklich! Bist du okay?«

Seine Reaktion gefiel ihr. Er wollte keine Einzelheiten wissen, sondern fragte, wie sie sich fühlte.

»Langsam wird's besser. Nachts träume ich noch davon.«

»Shit«, flüsterte er. »Du Ärmste!« Er lächelte ihr aufmunternd zu.

Ein wohliges Gefühl erfasste Sharon. Adrianas neuer Nachbar war ausgesprochen attraktiv. Ihre Freundin hatte nicht zu viel versprochen.

40

Der Rezeptionist hatte Henry Zimmer 9 zugewiesen. Unsicher stand Henry vor der Tür im Erdgeschoss. Ob dort schon jemand gestorben war? Falls ihn eine Vision überfiele, würde er sofort rausgehen und um einen anderen Raum bitten. Aber was, wenn er auch beim zweiten Mal Pech hätte?

Er hielt die Zugangskarte vor das Schloss, das daraufhin summend aufsprang. Henry legte die Hand auf den Messingknauf und stieß die Tür weit auf. Vor ihm lag ein typisches Motelzimmer. Ein Bett, ein Stuhl vor einer kleinen, an die Wand geschraubten Holzplatte, die als Tisch diente, außerdem ein Fernseher. Henry trat ein. Er ließ die Tür offen stehen und wartete. Nichts passierte. Erleichtert atmete er durch. Das Badezimmer stand offen. Er ging hinein und hatte wieder Glück.

»Perfekt«, murmelte er leise. Endlich gestattete er sich ein Gähnen. Zwei Drittel der Strecke hatte er bereits hinter sich gebracht, die letzten fünfzig Meilen waren ein Kampf gegen die immer größer werdende Müdigkeit gewesen. Er nahm die kleine Tasche, die er auf dem Gang gelassen hatte, und legte sie aufs Bett. Dann schloss er leise die Tür. Probeweise breitete er sich auf der Matratze aus. Für seinen Geschmack war sie zu durchgelegen, eine Nacht ließe sich jedoch ohne Probleme aushalten.

Wen sollte er zuerst anrufen? Petersen oder Eddie? Er

entschied sich für den Detective und wählte seine Nummer.

»Sie sind unterwegs?«, fragte Petersen anstelle einer Begrüßung.

»Der Großteil der Strecke ist geschafft. Ich bin in einem sauberen Motelzimmer.«

»Also keine Visionen?«

»Zum Glück nicht. Gibt's bei Ihnen Neuigkeiten?«

»Hier in New York tut sich nichts mehr. Wir stecken in einer Sackgasse. Ich hoffe, Ihr Trip lohnt sich. Sonst weiß ich nicht weiter. Wir sind schon so verzweifelt, dass wir uns noch einmal auf den alten Prozess stürzen. Es gab da ja einen Mann, der dem Mörder ein falsches Alibi verschafft hat. Curland und ich überlegen, ihn aufzusuchen. Immerhin war es Officer Carrol, die damals die Lüge aufgedeckt hat. Ob's was bringt?«

»Drücken wir uns gegenseitig die Daumen.«

Kurz darauf verabschiedeten sich die Männer. Henry dachte über das Gespräch nach. Er war froh, den Weg auf sich genommen zu haben, trotz aller Risiken, die er damit einging. Der Mörder hatte zwei Frauen auf dem Gewissen und war offenbar clever genug, bislang ungestraft davonzukommen. Es war Henrys Pflicht, das zu ändern.

Als Nächstes stand ein Anruf zu Hause auf dem Programm. Er rief sich ins Gedächtnis, dass Weller ihn vermutlich abhören ließ. Also durfte er nichts Verräterisches sagen.

Eddie meldete sich schon nach wenigen Sekunden. »Mr. Baker! Wie läuft die Fahrt?«

»Ich bin gerade in einem Motel angekommen. Bislang ist alles in Ordnung. Und bei Ihnen?«

»So wie es sein soll. Nur ein bisschen einsam ohne Sie. Fast wie früher, als Sie noch im Hotel gewohnt haben.«

»Haben Sie sich gut ablenken können?«

»Irgendwas ist immer zu tun. Wenn Sie zurückkehren, werden Sie alles so vorfinden, wie es Ihnen gefällt.«

Henry verstand die Botschaft. Tilda hatte bislang keine Schwierigkeiten gemacht. Trotzdem machte er sich Sorgen. Seine Schwester war manipulativ, und er befürchtete, Eddie könnte zu vertrauensselig sein.

»Wenn Sie wollen, können Sie sich ganz viel Zeit nehmen. Fahren Sie in die Stadt. Holen Sie Dinge nach, zu denen Sie sonst nicht kommen. Gönnen Sie sich ein bisschen Freizeit!«

»Danke«, sagte Eddie. »Das ist nicht nötig. Ich fühle mich hier wohl und genieße es, allein zu sein. Trotzdem freue ich mich auf Ihre Rückkehr.«

Henry unterdrückte ein Seufzen. Mutete er dem Butler zu viel zu? Zweifelsohne würde er sich für Tilda verantwortlich fühlen. Es war unmöglich, ihm das auszureden, schon gar nicht, ohne ihren Namen zu nennen.

Die beiden plauderten eine Weile, Henry erzählte von der bisherigen Fahrt. Dann verabschiedeten sie sich. Als er das Telefon beiseitelegte, fiel es ihm schwer, die ungute Vorahnung zu verdrängen. Er musste Eddie einfach vertrauen. Der lebenserfahrene Mann würde sich von Tilda hoffentlich nicht hinters Licht führen lassen.

41

Sharon und Thomas stießen miteinander an. Inzwischen trank sie das vierte Bier und merkte, dass es besser wäre, auf einen Softdrink umzusteigen. Doch wie hätte sie ablehnen sollen, als er ihnen beiden neue Flaschen geholt hatte?

»Irgendwie muss ich immer wieder daran denken, was du von dem Überfall erzählt hast«, sagte er. Thomas hatte sich zu ihr gebeugt und sprach leise.

»Ich auch«, erwiderte sie und schmunzelte.

»Du steckst das bemerkenswert weg. Respekt!«

»Ach, sei froh, dass du nicht erlebst, wie ich nachts aus dem Schlaf hochschrecke.«

»Das würde ich gern erleben«, murmelte er. »Ich glaub's dir nämlich nicht. Du bist richtig tough.« Erneut hielt er ihr die Flasche hin, und sie stießen miteinander an.

Konnte sie ernst nehmen, was er sagte? Oder war er schon zu betrunken? Die beiden waren sich so nah, dass sie seinen Geruch wahrnahm. Er hatte ein dezentes Aftershave aufgelegt. Ihr gefiel die männlich-herbe Note. Hoffentlich hatte sie nicht zu viel Parfum aufgesprüht.

»Ich würde dich gern in einer ruhigeren Umgebung treffen«, sagte er.

Zum ersten Mal an diesem Abend wirkte er schüchtern und blickte zu Boden. Bislang war er sehr selbstbewusst gewesen.

»Dann sollten wir meinen Urlaub ausnutzen.«

Er schaute sie an. »Du hast Urlaub?«

»Bis Ende nächster Woche. Total spontan, um mich von dem Überfall zu erholen.«

»Perfekt. Sag, wann du Zeit hast, meistens kann ich es einrichten. Allerdings nicht bis Montag. Morgen fahre ich zu meinen Eltern. Die wohnen außerhalb. Ich bleibe bis Montag. Sie sind in die Jahre gekommen, wir sehen uns gar nicht mehr so oft, aber wenn, dann nehme ich mir Zeit für sie. Manchmal geht's ihnen gesundheitlich ziemlich mies, dann sind sie froh, wenn ich früher aufbreche. Keine Ahnung, wie das morgen wird.«

»Total nett von dir. Ich hab leider kein gutes Verhältnis zu meinen Eltern.«

»Schade. Willst du darüber sprechen?«

Wie zufällig schien er ihren Handrücken zu berühren. Es fühlte sich wie ein elektrischer Schlag an. Sie musterte ihn unauffällig und sah am gespannten Stoff seiner Hose, dass er eine Erektion hatte.

»Heute nicht. Wir brauchen ja auch noch Gesprächsthemen für unsere nächste Verabredung.«

»Die gehen uns nicht aus. Da bin ich mir sicher.«

Die beiden schauten sich innig an. Das Klingeln an der Wohnungstür und Adrianas begeisterter Aufruf zerstörten den Moment.

»Endlich Pizzanachschub«, rief sie aufgedreht.

Scheu lächelte Sharon Thomas an. Wie aufs Stichwort knurrte ihr Magen. Bei der ersten Runde hatte sie noch verzichtet, nun müsste sie dringend etwas essen und vorher aufs Klo.

»Sitzen bleiben«, sagte sie zu ihm. »Bin gleich wieder da.«

»Zu Befehl.«

Als sie aufstand, berührte er ihren Oberschenkel, knapp unterhalb des Rocks. Ein wohliger Schauer fuhr ihr über den Rücken. Hatte sie endlich mal wieder Glück bei einem Mann? Nach den Pleiten der letzten Zeit hätte sie das wahrlich verdient.

42

Tilda schenkte dem Butler ein warmherziges Lächeln. »Danke, Eddie.«

Er hatte ihr zur gewohnten Zeit das Frühstück gebracht. Kaffee, Orangensaft, ein Omelett, außerdem zwei Scheiben gebutterten Toast und Marmelade. Das war mittlerweile ihr Standardfrühstück, doch er verstand es jeden Morgen, Variationen zu servieren.

»Kann ich sonst noch etwas für Sie tun?«, fragte er.

»Sie könnten mir Gesellschaft leisten«, schlug sie vor.

Der Butler schaute sie an und zog die buschigen Augenbrauen ein wenig hoch.

»Ich weiß, das ist eine ungewöhnliche Bitte. Aber verstehen Sie mich. Mir fehlt ja nicht nur Tageslicht. Wäre ich im deutschen Gefängnis, wäre das Essen eindeutig schlechter.« Um ihm zu demonstrieren, wie gut es ihr schmeckte, aß sie einen Bissen vom Omelett. Sie kaute, schluckte hinunter und lächelte. »Herrlich. Es wäre so viel schlechter. Dafür bin ich dankbar. Trotzdem würde ich menschliche Kontakte dem exzellenten Essen vorziehen.«

Wirkte er wegen ihres Spruchs zerknirscht, oder bildete sie sich das bloß ein?

»Ich würde mit Justizvollzugsbeamten reden, den Mitgefangenen, gelegentlich mit meinem Anwalt. Hier habe ich nur Henry und Sie. Und Henry ist auf unbestimmte Zeit nicht erreichbar. Verstehen Sie meinen Wunsch?«

»Absolut.«

»In den nächsten Tagen haben Sie bestimmt weniger zu tun, oder? Könnten Sie die gewonnene Zeit nicht mir widmen, wenigstens ein bisschen davon? Bitte! Vielleicht wäre es ja für Sie auch eine Abwechslung. Ich bin keine schlechte Gesprächspartnerin.«

»Das habe ich nie angenommen.«

»Haben Sie schon gefrühstückt? Sonst holen Sie sich eine Portion, und wir essen zusammen.«

»Ich frühstücke immer um sechs Uhr morgens.«

»Dann setzen Sie sich und leisten mir Gesellschaft. Ich fände es schön, mit jemand anderem als meinem Bruder zu reden. Aber verraten Sie ihm das bloß nicht.«

Eddie schaute sie an.

»Bitte.«

Er gab sich einen Ruck und setzte das Tablett auf dem Boden ab. »Ein paar Minuten kann ich erübrigen.«

Tilda klatschte in die Hände. »Ich danke Ihnen. Da schmeckt mir das Essen gleich doppelt so gut. Wo haben Sie das Kochen gelernt? Ihre Gerichte schmecken immer sehr gut. Waren Sie früher Koch in einem Sternerestaurant?«

Er lächelte. »Meine Mutter hat mir alles beigebracht, was ich wissen musste.«

»Das glaube ich Ihnen nicht.«

Eddie breitete die Arme auseinander. »Ich werde nicht versuchen, Sie zu überzeugen.«

»Wow! Trotzdem *müssen* Sie irgendwann als Koch gearbeitet haben.«

»Die Anstellung bei Mr. Bakers Großmutter war die erste und einzige in meinem Leben. Alles, was ich wissen musste, habe ich mir von meinem Vorgänger Viktor beibringen lassen. Wir haben drei Jahre lang zusammen in diesem Haushalt gearbeitet.«

»Viktor. Den Namen höre ich zum ersten Mal.«

»Ihr Bruder kannte ihn nicht. Wahrscheinlich hat er ihn deswegen nie erwähnt.«

»Also kennen Sie meinen Bruder seit dem Tag seiner Geburt.«

»Sozusagen.«

»Das erklärt so einiges. Henry hat Ihnen ja praktisch sein Leben anvertraut. Bei allem Respekt, Eddie, und ich will Sie nicht verärgern, aber dass Sie mich hier festhalten, ist Freiheitsberaubung. Dafür müssen Sie sich vielleicht irgendwann vor Gericht verantworten.«

»Dessen bin ich mir bewusst«, sagte Eddie.

Tilda verzog keine Miene. Er sollte nicht mitbekommen, wie gut ihr die Entwicklung des Gesprächs gefiel.

»Wie hat er Sie davon überzeugt? Ich frage bloß aus Neugier.«

»Ich wusste von Ihnen. Als Mr. Bakers Mutter mit Ihnen schwanger war, habe ich schon viele Jahre für seine Großmutter, Mrs. Dorothea Baker, gearbeitet. Sie hat bei mir ihren Kummer darüber abgeladen, dass ihr Sohn und seine Frau ihr Enkelkind fortgeben wollten.«

»Sie meinen die Adoption. Nein, falsch, die *Leihmutterschaft*. Ich konnte das anfangs nicht glauben, als Henry mir davon erzählt hat.«

»Ich weiß nicht, was er Ihnen im Detail gesagt hat, aber es entspricht garantiert der Wahrheit. Ihre leiblichen Eltern Peter und Melanie Baker haben diese Entscheidung getroffen und ließen sich nicht von Ihrer Großmutter beirren.«

»Also war sie dagegen? *Das* hat mir Henry verschwiegen.«

»Sie dürfen nicht vergessen, er war ein kleiner Junge. Er hätte sich über eine Schwester sehr gefreut. In die Entscheidung war er nicht eingebunden.«

»Und so kam ich dann nach dem Unfall zu meinen Zieheltern nach Deutschland. Zu den Schmitts. Es ist so verrückt. Ich hatte bis vor Kurzem keine Ahnung. Und Sie können mir glauben, meine Kindheit war nicht schön. Ich habe mich oft gefragt, wieso meine Mutter mich nie bedingungslos geliebt hat. Die Antwort ist so einfach: Weil sie gar nicht meine richtige Mutter war. Warum hat sich Melanie darauf eingelassen? Wie konnte sie mit dem Gedanken klarkommen, ihre Tochter nach der Geburt für immer in eine andere Familie zu geben?«

Henry hatte ihr diesen Teil der Familiengeschichte nicht sonderlich gründlich geschildert. Angeblich hatten ihre Eltern durch den Deal mit den Schmitts wirtschaftliche Freiheit von der Großmutter erlangen wollen. Warum sie das als nötig erachtet hatten, konnte ihr Bruder nicht erklären. Sich deswegen auf ein Leihmuttergeschäft mit Deutschen einzulassen, wirkte auf Tilda wie eine krasse Lebensentscheidung, die sie noch ergründen wollte. Unter der Oberfläche mussten Geheimnisse schlummern.

»Das Verhältnis zwischen Mr. Peter Baker und seiner Mutter Dorothea war schwierig. Er war ein aufsässiger Jugendlicher. Mehr möchte ich dazu nicht sagen, verstehen Sie mich bitte.«

»Was für eine Frau war meine Mutter Melanie?«

Nun lächelte er wehmütig. »Herzensgut. Es tat mir in der Seele weh, dass Henry sie verloren hat. Sie war ein warmer, gutherziger Mensch. Geduldig. Fürsorglich. Sie hat mich immer gut behandelt, fast schon als vollständiges Familienmitglied angesehen.«

»Oh Gott«, stöhnte Tilda. »Ich wollte, der Unfall wäre nie passiert und sie hätten sich vor meiner Geburt noch anders entschieden. Das, was Sie beschreiben, hat mir als Kind gefehlt.«

»Das tut mir leid.«

»Nicht Ihre Schuld.«

»Sie sehen ihr übrigens sehr ähnlich. Vor allem Ihre Mund- und Nasenpartie.«

Tilda lächelte. »Das gefällt mir. Wie war meine Großmutter Dorothea?«

Eddie schaute zu Boden. »Sie hat sich im Laufe der Jahre verändert. Was vor allem an Ihrem Bruder lag. In meinen ersten Jahren hat sie mich spüren lassen, dass sie mich nicht besonders schätzte. Mein Vorgänger Viktor war der Mann ihres Vertrauens. Nein, falsch. Ich sollte noch weiter ausholen.«

»Bitte! Meinetwegen gerne.« Tilda legte sich ein wenig Omelett aufs Toastbrot und biss ab.

»Ich kam zwei Jahre nach Mr. Karl Bakers Tod in den Haushalt.«

»So hieß mein Großvater?«

»Genau. Er ist früh an einem Herzinfarkt gestorben. Peter war damals sieben. Mrs. Dorothea …«

»Können Sie nicht einfach ›Dorothea‹ sagen und die ganzen Anreden weglassen?«

Eddie seufzte. »Das ist ungewohnt, aber ich will's versuchen. Dorothea musste sich von da an ums Geschäft kümmern und ihren Sohn großziehen. Viktor war zu dem

Zeitpunkt schon angestellt, seine Rolle bekam jedoch eine ganz andere Bedeutung. Ich stieß hinzu, als Viktor auf die 70 zuging und es klar war, dass er nicht ewig bleiben würde. Dorothea begegnete mir mit Ablehnung. Ich leistete harte, zuverlässige Arbeit, bis sie mich akzeptierte und schließlich sogar ins Herz schloss. Peter wurde erwachsen, verließ das Haus. Er lernte Melanie kennen, stellte sie seiner Mutter vor. Die Reaktion war nicht überschwänglich, denn Melanie stammte nicht aus einer wohlhabenden Familie. Trotzdem bestand Ihr Vater auf die Ehe und setzte sich gegen seine Mutter durch. Knapp zwei Jahre nach der Trauung wurde Ihr Bruder Henry geboren. Ich weiß nicht wieso, doch von diesem Tag an wurde Dorothea weicher, zugänglicher. Henry sah ihrem Mann ähnlich, das ist auf Fotos unverkennbar. Vielleicht hat Ihre Großmutter das vom ersten Moment an wahrgenommen. Trotz der Liebe zu ihrem Enkel, nahmen die Spannungen zwischen ihr und ihrem Sohn leider eher zu. Er traf wirtschaftliche Entscheidungen, die nicht immer klug waren. Schließlich gründete er eine eigene Firma, deren Erfolg nicht groß war. Dorothea hatte auf ein zweites Enkelkind gehofft, aber Peter und Melanie hatten finanzielle Bedenken. Eines führte zum anderen, und am Ende stand der Deal mit den Schmitts. Dann kam es zu dem tödlichen Autounfall. Sie wurden mit einem Kaiserschnitt gerettet, ansonsten überlebte nur Henry. Dorothea haderte mit sich, ob sie im Namen ihres Sohns die Vereinbarung aufrechthalten sollte. Die Schmitts drängten sie dazu. So landeten Sie bei Ihren neuen Eltern, die drei Wochen später für immer die Vereinigten Staaten verließen. Unterdessen musste Dorothea mit den Unfallfolgen bei ihrem Enkelsohn klarkommen.

Es war nicht leicht. Es gibt so viele Orte, an denen Menschen gestorben sind. Hielt sich Henry in solchen Räumen auf, durchlitt er Qualen. Dorothea hat ihn zu unzähligen Ärzten geschleppt, keiner konnte ihm helfen. Also arrangierten wir uns alle mit der Situation. Henry wurde erwachsen, Dorothea verkaufte die Firma, weil Henry kein Interesse daran hatte, sie zu übernehmen. Und den letzten Gefallen erwies sie ihm im Tod.«

»Was heißt das?«

»Sie war im Wohnzimmer, als sie den Herzinfarkt erlitt. Mehr tot als lebendig schleppte sie sich nach draußen vor die Tür, um nicht im Haus zu sterben. Sie hatte es noch geschafft, eine Ambulanz zu rufen, doch ihr Tod wurde schon auf dem Weg ins Krankenhaus festgestellt. Sie hat Henry ermöglicht, hier im Haus leben zu können.«

»Wow. Das ist … beeindruckend.«

»Ich würde mir wünschen, Mrs. Baker hätte damals eine andere Entscheidung treffen können und die Vereinbarung mit den Schmitts für nichtig erklärt. Es tut mir leid.«

»Dann würde ich nicht auf dieser Seite des Glaskastens sitzen. Mein *Vater* und ich … es war schwierig. Ich habe mich immer gefragt, wie er das seiner Tochter antun konnte. Mittlerweile ist mir einiges klarer. Frisch verwitwet sah er irgendwann in mir keine Tochter mehr, sondern einen attraktiven Teenager. Tja, mein Pech.« Sie senkte den Blick, fuhr sich durch die Haare und legte schließlich beide Arme um den Oberkörper. »Scheiße«, flüsterte sie. Tilda schaffte es, ein paar Tränen herauszupressen, die sie sich sofort wieder wegwischte. »Haben Sie Familie?«, fragte sie leise.

187

»Keine eigene.«

»Hatten Sie nie das Bedürfnis?«

»Ich stand nie vor der Entscheidung.«

»Auch nicht schön. Ich danke Ihnen für Ihre Offenheit. Das hilft mir weiter. Jetzt habe ich etwas, mit dem ich meinen Verstand beschäftigen kann, während mein Bruder auf Verbrecherjagd ist. Verraten Sie mir nur noch eine Sache. Die Frage ist vorhin offengeblieben. Wie hat er es geschafft, Sie hiervon zu überzeugen? Das passt überhaupt nicht zu Ihnen. Sie sind ein herzensguter Mensch, kein Gefängniswärter.«

»Mr. Baker und ich hoffen, dass Sie eines Tages einsehen, was er Ihnen ermöglicht. Das hier ist Teil Ihrer Wiedergutmachung. Sie haben sich an der Gesellschaft versündigt. Menschen getötet. Ihnen geht es hier besser als in einem deutschen Gefängnis. Er wollte sich um seine Schwester kümmern, *ich* will mich um Dorotheas Enkel kümmern. Deshalb habe ich zugesagt, aus Verbundenheit zu meiner alten Dienstherrin. Und zu Mr. Baker.«

»Wann habe ich das letzte Mal Tageslicht gesehen?«

»Wir sind uns dessen bewusst, und es tut uns sehr leid. Wenn uns eine bessere Lösung eingefallen wäre, hätten wir sie realisiert.« Eddie stand auf. »Es ist Zeit für mich, wieder nach oben zurückzukehren.«

»Eddie, Sie müssen mir eine Sache versprechen. Für die Zukunft. Sie dürfen niemals in Rente gehen. Es fällt mir schwer, Sie darum zu bitten, aber Henry kann nach Ihnen niemanden hinzuziehen. Das ist ausgeschlossen. Und ich will nicht mit meinem Bruder allein sein. Genauso wenig, wie ich mit meinem Va… mit Schmitt allein sein wollte.«

»Keine Sorge, ich habe nicht vor, in Rente zu gehen«, sagte Eddie. Er hob das Tablett auf. »Haben Sie fürs Mittagessen einen besonderen Wunsch?«

»Kochen Sie, was Sie möchten. Mir schmeckt es immer.«

»Dann sehen wir uns später.«

»Bis bald.«

Eddie trat an die Wand und drückte den Knopf. Die Tür ging auf. Ohne ihr einen letzten Blick zuzuwerfen, verließ er den Keller und verschloss den Zugang. Tilda konzentrierte sich auf den Rest des Frühstücks und biss vom Toast ab, um ihre Gesichtszüge besser unter Kontrolle zu behalten. Sie hatte ihr erstes Zwischenziel erreicht. In den nächsten Tagen müsste sie ihn weiter behutsam manipulieren. Er sollte in ihr ein Wesen sehen, dessen Gesundheit und Wohlergehen ihm am Herzen lag.

43

Henry erreichte das Fünfsternehotel, das er sich für seinen Aufenthalt ausgesucht hatte. Die Fahrt war ohne Zwischenfälle verlaufen, auch die Nacht im Motel war erholsam gewesen. Er hielt vor dem Eingang des Hotels und schaltete den Motor aus. Ein Doorman trat an die Fahrertür und öffnete sie.

»Herzlich willkommen in Chicago.«

»Vielen Dank«, antwortete Henry. »Baker mein Name, ich habe ein Zimmer reserviert.«

Der Doorman winkte einer Mitarbeiterin zu. »Haben Sie Gepäck?«, fragte er.

»Einen Koffer im Kofferraum.«

»Wir kümmern uns darum und übernehmen das Parken.«

Henry steckte dem Mann ein Trinkgeld zu, was der Mitarbeiter mit einem Lächeln quittierte. Unterdessen war die Mitarbeiterin zu ihnen gestoßen.

»Mr. Baker?«, erkundigte sie sich. »Ich bin Julia. Schön, Sie bei uns begrüßen zu dürfen. Wie war die Anreise?«

»Angenehm. Ein- oder zweimal im Jahr macht es mir Spaß, New York mit dem Auto zu verlassen und durch unser Land zu reisen. Wenn man auf Chicago zufährt, ist der Ausblick sensationell, sobald die Skyscraper auftauchen.«

»Das stimmt. Wie lange waren Sie unterwegs?«

»Bloß zwei Tage.« Er gab sich Mühe, einen völlig normalen Eindruck zu hinterlassen. Hoffentlich würde ihm in den nächsten Minuten keine Vision einen Strich durch die Rechnung machen. »Mal gucken, wohin es mich nach Chicago verschlägt. Ich bin unschlüssig.«

»Bleiben Sie einfach ein bisschen länger hier. Chicago hat so viel zu bieten. Ihr Zimmer ist garantiert schon bezugsfertig.«

»Wunderbar.«

Julia deutete auf eine Drehtür. Henry ging voran, sie folgte ihm. Jetzt würde sich zeigen, ob er sich das falsche Hotel ausgesucht hatte. Er betrat das Gebäude mit angehaltenem Atem. Sein Puls raste. Wenn er nun rückwärts raushechten würde, hätte Julia zukünftig eine Geschichte mehr auf Lager über ganz besondere Gäste des Hauses.

Nichts passierte. Erleichtert folgte er der Mitarbeiterin zunächst nach links, an einer Frauenkopfskulptur und verschiedenen Sitzmöbeln vorbei, dann nach rechts zu den Aufzügen. Das Hotel verfügte über insgesamt acht Fahrstuhlkabinen.

»Die Rezeption ist in der zweiten Etage.«

Auch diesmal ließ ihm Julia wieder den Vortritt in einen bereitstehenden Aufzug, der mit der Nummer 2 versehen war. Mit unguter Vorahnung trat er ein. Zu seiner Erleichterung geschah nichts. Nach der kurzen Fahrt vom Erdgeschoss zur Rezeption stiegen sie aus. Julia schritt voran. Henry schaute nach oben. An der Decke hingen bunte, flache Steine, alle mindestens handtellergroß, die dem riesigen Raum eine besondere Atmosphäre verliehen.

»Das ist meine Kollegin Alex, die mit Ihnen alles Weitere bespricht. Genießen Sie den Aufenthalt.«

Julia schenkte ihm noch ein Lächeln, bevor sie sich abwandte und zu den Fahrstühlen zurückging.

»Herzlich willkommen, Mr. Baker«, sagte die asiatische Mitarbeiterin. »Hatten Sie eine gute Anreise?«

»Sehr angenehm. Vielen Dank.«

»Sie haben bei der Onlinereservierung Ihre Daten und eine Kreditkarte angegeben. Deshalb benötige ich nur die entsprechende Karte und eine Unterschrift.«

Henry reichte ihr die Kreditkarte. Kurz darauf signierte er mit einem Stift auf einem Touchscreen.

»Ihr Zimmer liegt in der obersten Etage, auf derselben Ebene, wo Sie auch den Langham Club finden. Dort servieren wir jeden Morgen Frühstück ab sechs Uhr dreißig. Auf diesem Zettel stehen weitere Informationen.« Sie schob ihm ein Blatt Papier zu, das Henry bloß überflog. Danach griff die Frau zu einer bereitgelegten Plastikkarte. »Reicht Ihnen eine Schlüsselkarte?«

»Definitiv.«

»Ihre Buchung umfasst ein tägliches Frühstück im Club. Ebenso zur Mittagszeit leichte Snacks, nachmittags servieren wir dort Tee und abends Canapés und Cocktails. Auf Ihrem Zimmer finden Sie am Schreibtisch einen QR-Code. Wenn Sie den einscannen, können Sie jederzeit mit dem Concierge chatten. Unser Hotel verfügt natürlich auch über ein Spa, das Sie in der vierten Etage vorfinden.«

»Besteht die Möglichkeit, im Hotelzimmer zu frühstücken? Ich bin morgens lieber für mich.«

»Überhaupt kein Problem. Sie können sich jeden Morgen umentscheiden. Sie haben die Zimmernummer CL115. CL steht für Clublounge; Sie erreichen das Zimmer, wenn Sie im Fahrstuhl die Taste 12C drücken. Mit der Zugangskarte gelangen Sie auch zu den Öffnungszeiten in den Club.«

Henry nahm die Karte entgegen. Vielleicht würde er in den nächsten Tagen den Clubraum aufsuchen. Das würde er spontan entscheiden.

»Haben Sie sonst noch Fragen?«

»Das Gepäck wird mir bald gebracht?«

»Bestimmt ist es schon auf dem Weg.«

»Vielen Dank.« Er verabschiedete sich mit einem Nicken und ging zu den Aufzügen. Als sich eine der Kabinentüren öffnete, trat er ein und drückte den Knopf mit der 12C. Ihm wurde bewusst, dass es sich dabei eigentlich um die dreizehnte Etage handelte. Er musste an seine Großmutter denken. Die hatte sich immer über den Aberglauben der Amerikaner lustig gemacht, was die Zahl 13 anbelangte. Die Tür schloss sich, der Lift fuhr nach oben. Die ganze Zeit über blieb Henry allein. In der obersten Etage angekommen, orientierte er sich. Die 115 lag im letzten Drittel eines lang gestreckten Gangs auf der rechten Seite. Auch auf dem Weg dorthin überfiel ihn keine Vision.

»Lass mich weiter Glück haben«, murmelte er, als er sein Zimmer erreichte. Er hielt die Zugangskarte vors Schloss. Die Tür sprang auf. Ohne Zögern trat er ein. Um einen anderen Raum zu bitten, wäre beim hiesigen Service vermutlich nur eine Kleinigkeit. Er ging zwei Schritte ins Zimmer und blieb stehen. Die Sekunden verstrichen. Kein Todesecho fiel über ihn her. Links von der Eingangstür lag das Badezimmer mit einer separaten, abschließbaren Toilette. Vor ihm im Raum standen ein Bett, ein Schreibtisch und zwei Sessel. Nacheinander betrat er das

Bad und die Toilette, ohne dass etwas passierte. Erleichtert atmete er durch. Er hatte zufällig die richtige Wahl getroffen. Noch während er im Bad war, klopfte es an der Zimmertür. Bestimmt war das schon sein Gepäck.

Zehn Minuten später hatte er ausgepackt und stand am Fenster. Aus seiner Hotelzeit in New York war er einen spektakulären Anblick gewohnt. Damit konnte dieses Hotel nicht mithalten, denn er blickte nur auf andere Hochhäuser. Genau gegenüber war die Rückseite des Trump Tower Hotels, in dem die Zimmer allerdings seiner Schätzung nach ungefähr in der zehnten Etage anfingen. Die Ebenen darunter wurden als Parkhaus benutzt. Eine bauliche Konstruktion, die ihm ungewohnt vorkam. Schöner war der Anblick des Tribune Towers, auf dessen Dach eine amerikanische Fahne im Wind wehte. Von draußen drangen Sirenen zu ihm hoch. Zumindest das war vergleichbar zu New York. Dieser städtische Lärm hatte ihm immer gefallen und nie gestört. Ganz im Gegenteil. Manchmal war es ihm in seinem neuen Zuhause viel zu leise. Nach einer Weile löste sich Henry von dem Anblick. Er würde sich einen Eindruck von der Stadt verschaffen, allerdings noch nicht zum Millennium Park aufbrechen. Stattdessen wollte er lieber den nahe gelegenen Riverwalk entlangschlendern. Und danach den Special Agent anrufen. Vielleicht würde er auch irgendwo im Freien eine Kleinigkeit essen. Er verließ den Raum und steuerte die Fahrstühle an. Nach einer kurzen Wartezeit öffnete sich eine der äußeren Kabinen, die mit der 4 nummeriert war. Henry trat ein und drückte die Taste fürs Erdgeschoss. In diesem Moment geschah es. Ohne dass ein purpurfarbener Schatten auftauchte, sah er einen Mann, der sich ans Herz griff und einen schmerzerfüllten Schrei ausstieß.

Instinktiv trat Henry den Rückzug an und bekam in letzter Sekunde den Arm in die sich schließende Tür. Sie glitt wieder auf. Die Vision setzte sich fort. Der Mann brach zusammen, dann verschwamm alles vor Henrys Augen. Heftig atmend verließ er die Kabine, lehnte sich an die Wand und hyperventilierte beinahe.

»Sir, ist alles in Ordnung?«, fragte ein Hotelangestellter.

Henry hob beruhigend die Hand. »Ja, eine kurze Panikattacke. Sorry. Folgen meines Militärdienstes.« Er hatte mit der Zeit gelernt, dass diese vermeintliche Erklärung keine weiteren Fragen nach sich zog.

»Das tut mir leid. Brauchen Sie einen Arzt?«

Seine Atmung beruhigte sich wieder. »Nein. Ich gehe nur eben ins Zimmer zurück und nehme eine Tablette. Danke für Ihr Mitgefühl.«

Henry eilte zu seinem Raum, betrat ihn und warf die Tür hinter sich zu.

In der Fahrstuhlkabine war offenbar ein Mann an einem Herzinfarkt gestorben. Da die Vision nicht von einem purpurnen Schatten begleitet wurde, handelte es sich um keinen gewaltsamen Tod, sondern eine natürliche Ursache. Trotzdem war es für Henry nicht weniger schrecklich, das mitanzusehen. Er würde Kabine 4 für den Rest des Aufenthalts meiden.

Seinen Spaziergang am Riverwalk verschob er. Dazu wäre später noch Gelegenheit, zumal ihm auch vorläufig der Appetit vergangen war. Henry setzte sich auf die Bettkante und beruhigte sich. Hoffentlich blieb die Fahrstuhl-

kabine der einzige Ort im Hotel, der für ihn eine unangenehme Überraschung bereithielt. Den Gedanken, irgendwann den Club aufzusuchen, der ihm dank seiner Zim-
merkategorie zur Verfügung stand, verwarf er. Ein solches
Risiko ging er lieber nicht ein.

44

Das Telefon klingelte und übertrug keine Rufnummer. Thomas wartete. Das Klingeln erstarb. Er blickte auf seine Uhr. Genau eine Minute später erklang der Rufton erneut.

»Hallo«, meldete er sich.

»Es läuft alles nach Plan«, sagte eine elektrisch verzerrte Stimme.

»Der New Yorker ist eingetroffen?«

»So, wie es uns mitgeteilt wurde.«

»Hat jemand das Hotel im Visier?«

»Ja, wir beobachten es unauffällig. Wechselnde Belegschaft.«

»Zimmernummer?«

»CL115.«

»Dreizehnte Etage. Beziehungsweise 12C, so heißt sie offiziell«, sagte er und bewies damit Detailwissen, das seinen Gesprächspartner hoffentlich beeindruckte. »Da kann er den Ausblick auf den Tribune Tower genießen.«

Das Telefongespräch brach ohne Vorankündigung ab. Er legte das Gerät beiseite und überprüfte erneut die Uhrzeit. Diesmal würde er zehn Minuten warten.

Die alten Seilschaften funktionierten tadellos. Der New Yorker war heute erst eingetroffen und wurde bereits lückenlos überwacht. Er zappelte schon wie ein Käfer im Spinnennetz, wusste es bloß noch nicht. Wenn er verstand, in welcher Gefahr er schwebte, war es für ihn zu spät. Be-

wusst oder unbewusst hatte er sich mit der Familie angelegt und dadurch sein Todesurteil unterschrieben.

Die Zeit verstrich. Schließlich griff der Mörder zum
Telefon und wählte die Nummer. Das Gespräch wurde angenommen und direkt weitergeleitet. Die Leitung schien
tot zu sein. Würde er jetzt ›Hallo‹ oder etwas ähnlich
Dummes von sich geben, bräche die Verbindung sofort ab.

Weitere sechzig Sekunden später klickte es.

»Was haben Sie mir mitzuteilen?«, fragte eine Stimme,
die er von anderen Telefonaten wiedererkannte. Persönlich
getroffen hatte er den Gesprächspartner noch nie.

»Die Zielperson ist im Hotel eingetroffen und wird
lückenlos überwacht.«

»Sehr gut.«

»Geben Sie grünes Licht für die Operation? Ich brauche Ihr finales Go! Danach gibt es kein Zurück mehr, und
wir werden nicht mehr miteinander kommunizieren.«

»Mir wäre es recht, wenn die Zielperson vor ihrem Tod
winseln würde.«

»Das kann ich Ihnen nicht versprechen.«

»Macht nichts. Falls Sie das schaffen und mich mit einem Video daran teilhaben lassen, gibt's einen großzügi-
gen Bonus. Unabhängig davon darf er Chicago niemals
lebend verlassen. Wenn es sein muss, gönnen Sie ihm einen schnellen Tod. Ich vertraue auf eine erfolgreiche Aus-
führung.«

»Dafür sorge ich.«

Wieder brach das Gespräch ohne Vorankündigung ab.
Alles Wichtige war geklärt. Der Rest würde sich je nach
den Umständen entwickeln.

Er ging in die Küche und füllte sich am Wasserhahn

ein Glas, das er hinunterkippte. In Gedanken war er bereits bei den nächsten Schritten. Die Vorbereitungen waren fast abgeschlossen. Sein Auftraggeber kannte den Zeitrahmen, in dem er alles abwickeln würde.

Das Klingeln an der Wohnungstür riss ihn aus seinen Gedanken. Wer mochte das sein? Hatten die Bullen die Spur aufgenommen und ihn abgehört? Das würde ihnen nichts bringen, sie könnten ihm nichts Illegales nachweisen.

Er öffnete die Tür. Davor standen zum Glück keine Officers.

»Hallo, Adriana«, begrüßte er die Nachbarin, die zwei Klappstühle an die Wand gelehnt hatte.

»Hey, Thomas. Hier hast du deine Stühle zurück. War das nicht eine tolle Feier?«

Er lächelte. »Oh ja. Danke für die Einladung. Sharon ist der Hammer. Ich bin froh, sie kennengelernt zu haben.«

Adriana grinste breit. »War nicht zu übersehen, wie gut ihr euch verstanden habt. Wann seht ihr euch wieder?«

»Leider erst nächste Woche. Ich fahre gleich los zu meinen Eltern. Aber den Rausch von gestern musste ich ausschlafen.«

Die beiden lachten. Adriana reichte ihm die Stühle.

»Dann will ich dich nicht länger aufhalten. Bis bald.«

Er nahm sie entgegen, verabschiedete sich und schloss die Tür. Es wurde Zeit, dem Apartment den Rücken zu kehren, um nicht die Glaubwürdigkeit seiner Hintergrundgeschichte zu vermasseln. Allerdings würde er Chicago gar nicht verlassen, sondern jemandem eine hübsche Überraschung bereiten.

45

FBI-Agent Sladen hatte als Treffpunkt das Cloud Gate im Millenium Park vorgeschlagen. Außerdem hatte er Henry erklärt, dass Petersen ihm ein Foto geschickt habe, anhand dessen er Henry erkennen würde.

Um ein Gefühl für die Stadt zu bekommen, würde sich Henry nicht ins Auto setzen, sondern den Weg zu Fuß gehen. Mit seinem iPhone ermittelte er die kürzeste Strecke, die nur 0,6 Meilen betrug.

Er verließ das Hotel, ohne dass es in der Fahrstuhlkabine zu unangenehmen Zwischenfällen kam. Dann ging er los. Der Weg zum Millennium Park führte ihn über den Wacker Drive, wo er in die Michigan Avenue abbog. Danach musste er nur noch geradeaus gehen. Obwohl auch Chicago eine riesige Metropole war, erschien ihm der Verkehr im Vergleich zu New York harmlos. Weniger Fahrzeuge, weniger Gehupe. Die Fußgänger bewegten sich deutlich entspannter fort als in seiner Heimatstadt. Fast alle blieben an den Ampeln tatsächlich stehen, wenn die rote Hand angezeigt wurde. Er ging an ein paar Souvenirgeschäften, einer Bankfiliale und verschiedenen Restaurants vorbei. Dann wechselte er die Straßenseite und hatte die Ausläufer des Millennium Parks schon nach zehn Minuten erreicht.

Rasch stellte sich für ihn ein anderes Gefühl als im Central Park ein, ohne dass er es näher hätte beschreiben können. Der Millennium Park war moderner, nicht mit so viel Bäumen bewachsen. Lag es nur daran?

Er erinnerte sich an seinen ersten und einzigen Besuch hier. 2011 hatte er seine Großmutter auf ihren Wunsch hin zu einem Treffen in der Stadt begleitet. Die Vorbereitungen für die Reise waren schwierig gewesen, denn Henry hatte von vornherein ausgeschlossen, einen Zug oder das Flugzeug zu nehmen. Eddie hatte ihnen schließlich eine Reiseroute ausgearbeitet, die es Dorothea ermöglicht hatte, auf zwei Stationen langjährige Bekannte zu besuchen. Henry hatte die fast zweiwöchige Reise mit seiner Großmutter und dem Butler in guter Erinnerung, nicht zuletzt deshalb, weil es zu keinen Zwischenfällen gekommen war.

Da er zu früh dran war, schlenderte er vom Wrigley Square Millennium Monument durch den Park und ließ die Bohne zunächst einmal rechts liegen. Der Himmel war bewölkt, die Temperatur angenehm. Er umrundete den Jay Pritzker Pavillon und überquerte eine sechsspurige Straße über der BP Bridge. Der Millennium Park ging nahtlos in den Maggie Delay Park über. An einem Schild orientierte er sich. Der Buckingham-Brunnen konnte nicht weit entfernt sein. Henry schaute auf seine Uhr. Er hatte noch immer genügend Zeit, also ging er weiter, bis er an dem beeindruckenden Brunnen ankam. Der war im Vorspann einer Sitcom zu sehen, die er manchmal zusammen mit seiner Großmutter gesehen hatte. Obwohl sie nicht viel für Fernsehsendungen übriggehabt hatte, konnten einige wenige Sitcoms ihr Interesse wecken. Henry hatte nie gewusst, ob sie tatsächlich selbst Spaß daran gehabt oder sich die Sendungen bloß ihm zuliebe angesehen hatte. Er starrte eine Weile auf das in die Höhe schießende Wasser und erinnerte sich dabei sogar an die Titelmelodie. »Love and marriage«, sang er leise. Der kurze Blick in die Vergangenheit löste in ihm Wohlbehagen aus. Gleichzeitig wurde ihm klar, wie sehr er seine Großmutter vermisste. Was sie wohl zu seinem Vorhaben gesagt hätte, Tilda zu sich nach Hause zu holen? Er konnte sich vorstellen, dass sie es gutgeheißen hätte.

Schließlich drehte er sich um und ging denselben Weg zurück. Zwei Minuten vor der vereinbarten Zeit erreichte er die Skulptur, die die Einwohner ›Bohne‹ nannten. Dutzende Menschen hielten sich rundherum auf. Viele von ihnen fotografierten ihr verzerrtes Spiegelbild, andere liefen durch die Konstruktion hindurch. Hatte der Mörder sein nächstes Opfer hierhin verfolgt oder es zufällig getroffen?

Henry suchte nach einem Mann, der die Umstehenden musterte. Tatsächlich entdeckte er jemanden, der einen dunkelblauen Anzug trug, breitschultrig war und sich umsah. Ihre Blicke trafen sich, und der Mann deutete ein Lächeln an. Sie gingen aufeinander zu.

»Scott hat mir ein gutes Bild von Ihnen geschickt. Michael Sladen.« Er lüftete sein Jackett, sodass Henry die an der Hose steckende FBI-Marke sehen konnte.

Die Männer gaben sich die Hand.

»Henry Baker, freut mich.«

»Ich muss gestehen, ich bin noch neugieriger als vorher. Nicht nur auf den Fall, sondern vor allem auf Ihre Verwicklung darin. Gehen wir ein Stück spazieren.« Sladen zeigte in die Richtung, aus der Henry zuvor gekommen war.

»Sie sind ohne Partner hier«, stellte Henry fest. »Jedenfalls sehe ich niemanden, der uns beide im Auge behält.«

»Wenn Ihnen jemand auffällt, sagen Sie Bescheid. Das wäre dann keiner meiner Männer. Frank und ich haben beschlossen, dass ich mich allein mit Ihnen treffe.«

»Was hat Petersen von meinem besonderen Talent erzählt?«

»Sie haben in geschlossenen Räumen Visionen, falls jemand zuvor dort gestorben ist.«

»Das trifft es ziemlich genau. Ich sehe die letzten fünf Sekunden, bevor der Tod eintritt.«

»Eine medizinische Erklärung für dieses Phänomen gibt's nicht? Vielleicht so etwas wie ein Tumor, der auf eine bestimmte Stelle des Gehirns drückt?«

»Nein. Dann würde ich ihn einfach entfernen lassen. Ich war als Junge in einen Autounfall verwickelt, bei dem ich meine Eltern verloren habe.«

»Schrecklich.«

»Seitdem habe ich diese *Gabe*.« Henry spuckte das Wort verächtlich aus.

»Stelle ich mir anstrengend vor.«

»Ist es ganz oft.«

»Scott behauptet, Sie hätten Ihre Fähigkeit mehrfach erfolgreich bei Polizeiermittlungen eingesetzt.«

Henry erzählte ihm ein paar Details über seine Kooperation mit den Ermittlungsbehörden. Dass er dafür meistens ein beträchtliches Beraterhonorar eingestrichen hatte und manchmal von Verdächtigen engagiert wurde, verschwieg er. Petersen schien das nicht erwähnt zu haben.

»Faszinierend«, sagte Sladen. »Ich weiß nicht, was ich davon halten soll, nehmen Sie's mir nicht krumm. Scott hat Sie empfohlen, also glaube ich erst mal, dass Sie kein Scharlatan sind. Wenn Sie das Gesicht eines Täters in Ihren Visionen sehen würden, wäre das sehr hilfreich. Fast wie eine DNA-Übereinstimmung.«

Henry brummte zustimmend.

»Und jetzt lockt Sie jemand nach Chicago«, fuhr Sladen fort.

»Wir fragen uns, ob das mit einem älteren Fall zu tun hat. Damals wurde ein Mann aus dieser Stadt wegen Mordes verhaftet.«

»Für mich ergibt Scotts Theorie Sinn. Wenn bei einem Gerichtsprozess nicht zur Sprache kommt, dass Sie den Ermittlern geholfen haben, wäre das ein Grund für ein Wiederaufnahmeverfahren, sobald die Information öffentlich gemacht wird.«

»Das befürchten wir auch.«

»Kennen Sie sich ein bisschen mit der Mafia-Geschichte unserer Stadt aus?«

»Ich habe *Die Unbestechlichen* mit Kevin Costner und Sean Connery gesehen«, antwortete Henry.

Sladen lachte. »Damit sind Sie vollständig im Bilde. Sehr gut! Also muss ich nicht zu weit ausholen. Auch wenn die Hochzeit der hiesigen Mafia schon lange zurückliegt, existiert sie nach wie vor. Bei manchen Ermittlungen führen die Spuren zur *ehrenwerten Familie*. Scott hat mir Hintergrundinformationen über den damaligen Täter geschickt. Vater und Mutter sind sauber, bei den Großeltern und dem Onkel des Mannes sieht es anders aus. Der Staranwalt, der den Mörder vor Gericht vertreten hat, ist sehr tief verstrickt in die dunklen Seiten dieser schönen Stadt.«

»Trotzdem hat er es nicht geschafft, ihn herauszuhauen.«

»Was an seinem Ego nagen dürfte.«

»Also halten Sie unsere Theorie nicht für zu weit hergeholt?«

»Überhaupt nicht. Scott und ich haben in den letzten Tagen viel telefoniert – es war sehr angenehm, wieder so viel Kontakt zu ihm zu haben. In der Army waren wir wie Brüder. Und damit meine ich nicht so etwas wie Waffenbrüder. Nein, wir waren uns sehr nah. Er hat mir in einem Gefecht in Afghanistan das Leben gerettet. Wussten Sie das?«

»Ich wusste nicht mal, dass er in Afghanistan war.«

»Ohne Scott wäre ich nicht hier. In doppelter Hinsicht. Hier bei Ihnen und am Leben.«

»Mir hat er auch schon einmal die Haut gerettet«, sagte Henry. »Nicht unbedingt in einem Feuergefecht, aber er hat mich aus den Fängen eines sehr mächtigen Mannes befreit. Ich weiß bis heute nicht, ob ich das ohne Petersen heil überstanden hätte.«

»Muss ich Einzelheiten wissen?«

»Vorläufig nicht.«

»Ist mir recht. Immerhin treffen wir uns bloß inoffiziell. Reden wir Klartext. Wenn es jemand auf Sie abgesehen hat, war es dann klug, nach Chicago zu kommen? Vielleicht richtet diese Person gerade ein Zielfernrohr auf Sie.«

Sie erreichten erneut die geschwungene BP Bridge. Unwillkürlich schaute Henry zu den Hochhäusern, die man von hier aus sehen konnte. Gefahr konnte von dort nicht drohen, niemand wusste, wohin er heute gehen würde. »Was blieb mir anderes übrig? Der Täter hat offenbar ein neues Opfer ausgesucht. Wer soll es retten, wenn ich in New York geblieben wäre?«

»Wir vom FBI. Oder das PD.«

»Was könnten Sie tun, solange hier in Chicago nichts passiert ist?«

Sladen öffnete den Mund und schloss ihn wieder. Schweigsam setzten sie ihren Spaziergang über die Brücke fort.

»Mir gefällt das nicht«, bekannte Sladen.

»Mir noch viel weniger.«

»Was haben Sie jetzt vor?«

»Ich glaube, der Täter beobachtet mich wirklich. Und mittlerweile ist mir ein Mann aufgefallen, der uns verfolgt. Scheint mir allerdings Ihr Partner zu sein. Blonde Haare, gekleidet wie Sie?«

Sladen lachte. »Sie haben gute Augen. Das ist Frank. Er gibt mir Rückendeckung.«

»Und wenn ihm jemand aufgefallen wäre, der uns ebenfalls verfolgt …«

»… würde er sich darum kümmern.«

»Falls uns der Täter oder einer seiner Lakaien folgt, wird er wissen, dass ich in Chicago angekommen bin. Dann muss er zwangsläufig irgendwann den nächsten Schritt unternehmen.«

»Können Sie sich verteidigen?«

»Ich habe die Erlaubnis, eine Waffe zu tragen. Derzeit liegt die Pistole im Safe des Hotels.«

»Wo sie Ihnen nicht viel nützt.«

»Ich wollte nicht bewaffnet zu einem Treffen mit einem FBI-Agenten erscheinen.«

»In welchem Hotel sind Sie untergekommen?«

»Im Langham.«

Sladen nickte anerkennend. »Nobel. Zimmernummer?«

»CL115. Liegt in der obersten Etage. Es wäre die dreizehnte, wenn nicht …«

Sladen nickte wissend. »Okay, von meiner Seite war's das für heute. Seien Sie vorsichtig, aber genießen Sie trotzdem unsere schöne Stadt. Unter der Telefonnummer erreichen Sie mich rund um die Uhr.«

Sladen streckte ihm die Hand hin, Henry schlug ein, dann drehte sich der FBI-Agent um und steuerte seinen Partner an. Henry schaute zu ihnen hinüber, doch sie schienen keine Notiz mehr von ihm zu nehmen, als sie ihre Köpfe zusammensteckten. Nachdem sie in der Menge verschwunden waren, trat Henry den Rückweg an. Er wollte in seinem Zimmer über alles nachdenken. Außerdem musste er mit Eddie reden, um zu erfahren, wie Tilda sich verhielt.

Als er zum vierten Mal die Brücke betrat, angelte Henry das Telefon aus dem Jackett und wählte die Nummer des Butlers.

»Hallo, Mr. Baker«, begrüßte der ihn. »Sind Sie gut angekommen?«

»Ja, ich habe mich gerade mit der Kontaktperson getroffen, die mir Petersen empfohlen hat. Scheint mir ein fähiger Mann zu sein.«

»Wie nicht anders zu erwarten war bei der Empfehlung.«

»Und bei Ihnen?«

»Ich war im Central Park und habe dort meine Nichte getroffen.«

Henry horchte auf. Zwar hatte Eddie tatsächlich zwei Nichten, allerdings lebten die beiden in Florida.

»Sie arbeitet an einem Schulprojekt und hat mich ausgehorcht. Über meine Anstellung bei Ihrer Großmutter. Ich habe viel von mir erzählt, auch ein bisschen über Ihre Familiengeschichte. Ich hoffe, das ist Ihnen recht. Meine Nichte hat das wie ein Schwamm aufgesogen.«

»Ich habe nichts dagegen«, sagte Henry. »Aber Sie hätten sich nicht verpflichtet fühlen müssen.«

»Ach, Sie wissen ja, wie es ist. Familie.«

»Ich weiß genau, was Sie meinen. Und nach dem Gespräch?«

»Bin ich wieder zurück in die Küche. Alles normal.«

»Okay, Eddie, ich bin auf dem Rückweg ins Hotel. Wenn es Neuigkeiten gibt, melde ich mich. Genießen Sie Ihre Freizeit.«

»Ihnen viel Glück.«

Henry steckte das Telefon ein. Tilda hatte Eddie also über ihre Familie ausgefragt. Damit war früher oder später zu rechnen gewesen, und nun war es geschehen. Anhand der Formulierungen, die sein Butler benutzt hatte, wusste er, dass das Gespräch harmlos verlaufen war. Sonst hätte er nicht von einem Treffen mit seiner Nichte, sondern von einem Treffen mit seinem Bruder berichtet. Auf diesen Code hatten sie sich zuvor geeinigt.

Am liebsten hätte Henry einen Blick in Tildas Zelle geworfen. Doch er hatte sich aus Sicherheitsgründen entschieden, keine Überwachungssoftware auf seinem Smartphone zu installieren. Für den Fall, dass Weller Leute losschicken würde, um Henrys Telefon in seinen Besitz zu bekommen – ein Zug, den er dem Ex-Senator jederzeit zutraute.

Als er nur noch wenige Schritte vom Hoteleingang entfernt war, knurrte sein Magen. Da er seit dem Frühstück nichts mehr gegessen hatte, kehrte Henry noch einmal um. Er wollte unter freiem Himmel eine Kleinigkeit zu sich nehmen und die nächsten Stunden im Zimmer verbringen. Der Riverwalk schien ihm dafür eine gute Anlaufstelle zu sein. Zwar erwarteten ihn dort keine exquisiten kulinarischen Genüsse, aber manchmal reichte ihm auch einfaches Essen. Die anspruchsvollen Sachen kochte Eddie oft genug.

46

Petersen und Curland fuhren nach Murray Hill, um Kevin Arriaga zu befragen, der bei den Ermittlungen gegen den Mörder Godfrey eine wichtige Rolle gespielt hatte. Er hatte ihm ein Alibi gegeben, sogar einen Meineid geschworen und war deswegen später verurteilt worden. Inzwischen war die Strafe abgesessen, und Arriaga lebte in Midtown, das für viele New Yorker ein unerreichbares Juwel war. Arriaga schien mit den hohen Immobilienpreisen kein Problem zu haben.

Sie kamen in der East 38th Street an. Arriaga besaß ein Apartment in einem fünfstöckigen Stadthaus, das durch seine grüne Fassade auffiel. Nicht weit vom Gebäude entfernt fand Petersen einen Parkplatz. Sie stiegen aus und gingen auf die Treppe zu, die zum Hauseingang führte. Arriagas Name stand ganz oben auf dem Klingeltableau.

»Na toll«, brummte Curland. »Falls es einen Aufzug gibt, nehme ich ihn.«

Petersen erwiderte nichts. Meistens nahm er ganz gern die Treppe. Er drückte die Klingel und wartete. Keine Reaktion.

»Hoffentlich sind wir nicht umsonst rausgefahren«, brummte Curland.

»Was hätten wir machen sollen? Uns telefonisch ankündigen?«

»Na ja. Es ist Samstag. Eigentlich sollten wir jetzt bei unseren Familien sein. Wir hätten einen Officer vorbeischicken können.«

»Du weißt, warum wir das nicht gemacht haben. Das hier sollte unter uns bleiben. Zumindest vorläufig.« Petersen drückte erneut die Klingel. In einem Punkt hatte sein Partner recht. Petersen hätte den Samstag lieber mit Hannah und den Kindern verbracht. Trotzdem war es wichtig, die Befragung unterhalb des Radars ihres Bosses durchzuführen. Er drehte sich vom Hauseingang weg und musterte die Straße. Dabei entdeckte er einen Mann, der fünf Häuser weiter an einem Fahrzeug stand und zu ihnen herübersah. Petersen wandte den Blick von ihm ab und wendete sich wieder der Haustür zu.

»Schau jetzt nicht hin, wir werden beobachtet.«

»Von wem?«

»Falls es Arriaga ist, hat er mittlerweile sein Haar auffallend blondiert. Alles andere passt.«

»Was willst du tun?«

»Gehen wir zurück zum Auto, um die Distanz zu ihm zu verringern. Dann rennen wir los und schnappen ihn.«

Die Detectives stiegen die zehn Stufen wieder hinab und unterhielten sich über ein Baseballmatch, das heute Abend stattfinden würde. Curland steuerte die Beifahrerseite an, Petersen trat auf die Straße. Der blondierte Mann duckte sich hinter dem Fahrzeug. Da er nicht sonderlich groß war, verschwand er beinahe dahinter.

Plötzlich rannte Petersen los, gefolgt von Curland. Der Beobachter reagierte zu langsam. Er verlor wertvolle Zeit, ehe er flüchtete.

Rasch holte Petersen auf, während Curland immer weiter zurückfiel. Arriaga schaute im Laufen über die Schulter. Über die Hälfte seines Vorsprungs war bereits aufgebraucht. Ein Auto kam die Straße entlang und hupte. Arriaga wechselte vom Bürgersteig auf die Fahrbahn.

»Stopp!«, schrie Petersen. »Seien Sie nicht dumm.«

Das Fahrzeug war nicht mehr weit von Arriaga entfernt. Der Mann machte Anstalten, die Seite zu wechseln. Das würde niemals gut gehen. Das Auto würde ihn erfassen, zumal der Fahrer keinen Anlass sah, abzubremsen oder wenigstens die Geschwindigkeit zu reduzieren.

»Stopp!«, wiederholte Petersen.

Endlich blieb Arriaga stehen. Er zeigte dem Fahrer den Mittelfinger. Dann drehte er sich um. »Schreiben Sie dem gefälligst einen Strafzettel. Gemeingefährlich, wie der hier fährt. Das ist ein Wohngebiet, kein Highway!«

Petersen packte ihn an der Schulter. »Wieso sind Sie vor uns davongelaufen?«

»Bin ich nicht. Ich trainiere gerade Starts für einen Leichtathletikwettbewerb.« Der Mann verzog bei der Lüge keine Miene.

Nun schloss auch Curland schwer atmend zu ihnen auf. »Schicke Frisur.«

»Danke, Detective Petersen. Sie sehen, ich erinnere mich. Hallo, Detective Curland. Kann es sein, dass Sie in den letzten Jahren ein paar Kilo zugelegt haben?«

»Schnauze!«, stieß Curland zwischen zwei Atemzügen hervor.

»Wir wollen uns mit Ihnen unterhalten«, sagte Petersen. »Passt es?«

»Wenn ich verneine, ist Ihnen das vermutlich egal.«

»Da haben Sie recht.«

Arriaga verzog missmutig das Gesicht. »Reden wir in meiner Wohnung. Muss mich ja nicht jeder mit Ihnen sehen.«

Arriaga führte Petersen und Curland in die Küche, wo er aus einem Schrank ein Trinkglas nahm und sich Wasser einschenkte, das er gierig trank.

»Sportliche Übungen machen mich immer so durstig«, sagte er und lächelte. Seinen Gästen bot er nichts an. »Was wollen Sie hier? Meine Strafe für den Meineid ist abgesessen, ich muss keine Bewährungsauflagen einhalten.«

»War es Zufall, dass Sie bei Ihrem eigenen Prozess vom selben Anwalt wie Godfrey vertreten worden sind?«, fragte Petersen.

»Was heißt schon Zufall? Mir hat seine Art imponiert.«

»Obwohl er den Prozess verloren hat?«, hakte Curland nach.

»Das hat kaum an ihm gelegen. Weshalb sind Sie hier? Geht's um die alte Sache?«

»Warum haben Sie Godfrey damals ein falsches Alibi gegeben? Wieso sind Sie bei Ihrer Aussage geblieben, obwohl es klar war, was das für Sie bedeutet?« Petersen sah ihn streng an.

Arriaga lächelte ihm arrogant zu. »Vielleicht war das keine Falschaussage. Nur weil ich wegen Meineids verklagt worden bin, muss ich nicht gelogen haben.«

»Officer Delora Carrol hat Sie der Falschaussage überführt. Daran gibt's keinen Zweifel«, erwiderte Petersen. »Wissen Sie, was Carrol zugestoßen ist? Sie wurde vor einigen Monaten erschossen.«

Arriaga rückte ein Stück von ihnen ab. Die Nachricht war ihm offenbar neu. »Wollen Sie mir das jetzt unterstellen?«

»Nein. Sie entsprechen nicht der Täterbeschreibung«, antwortete Curland.

Tatsächlich war Arriaga ein kleiner Mann, der nicht zu dem passte, was Baker in der Vision gesehen hatte.

»Und warum erzählen Sie mir das dann?«

»Weil Sie sich mit gefährlichen Menschen eingelassen haben, die nicht davor zurückschrecken, sogar einen Cop kaltblütig hinzurichten. Was passiert wohl mit Ihnen, wenn wir verlauten lassen, mit Ihnen zusammenzuarbeiten?« Petersen lächelte kalt.

»Das dürfen Sie nicht!«

»Wer soll uns daran hindern? Und da es vermutlich ein Leck im NYPD gibt, weiß keiner, was dieses Gerücht bewirken wird.«

»Warum tun Sie mir das an?«

»Weil wir endlich die Wahrheit erfahren wollen«, sagte Petersen. »Wir sind an unserem freien Wochenende hier, mit einem zivilen Fahrzeug. Noch weiß niemand unserer Kollegen von dem Besuch. Das lässt sich leicht unter den Teppich kehren. Vorausgesetzt, Sie spielen mit. Bieten Sie uns als Zeichen Ihres guten Willens endlich Wasser an, dann unterhalten wir uns streng vertraulich.«

Ohne Protest stand Arriaga auf. Er holte zwei weitere Gläser aus dem Schrank und drehte den Wasserhahn auf. Als die Gläser voll waren, stellte er sie vor ihnen ab. Curland griff direkt danach und trank gierig.

»Ich verlass mich auf Ihre Diskretion«, sagte Arriaga, als er sich setzte.

»Das können Sie, wenn wir endlich von Ihnen die Wahrheit erfahren.«

»Meinetwegen«, brummte Arriaga. Er strich sich mit der Hand durch das blondierte Haar. »Es war eine Frage des Geldes. Was auch sonst?«

»Das heißt?«, fragte Petersen.

»Mir hat jemand eine halbe Million geboten. Ich erhielt das Geld auf eine Weise, die für Cops oder die Steuerbehörde nicht nachvollziehbar war. Und geben Sie sich keine Mühe. Nach all den Jahren wird es Ihnen noch weniger gelingen, mir daraus einen Strick zu drehen. Das Geld ist längst ausgegeben.« Er schaute sich um.

»Eine halbe Million für eine kleine Lüge?«

»Na ja, am Ende war es mehr eine halbe Million für meine Zeit hinter Gittern.«

Ob man Arriaga eine Transaktion in Kryptowährung angeboten hatte? Das erschien Petersen nicht unwahrscheinlich. Es war ihm egal, wie der Mann von seiner Falschaussage finanziell profitiert hatte. Er wollte die Morde aufklären und nicht einer Nebenfigur wegen Steuerhinterziehung Probleme bereiten.

»Wieso hat man Sie gewählt?«, fragte Curland.

Arriaga lächelte arrogant. »Das wissen Sie! Boris und ich waren ein Paar.«

Wütend schlug Petersen mit der flachen Hand auf den Tisch. »Hören Sie auf! Genau wegen dieser Lüge wurden Sie bestraft. Ich will die Wahrheit!«

Arriaga lächelte selbstbewusst. »Sie irren sich! Ja, der Staatsanwalt hat behauptet, mein Alibi wäre von vorne bis hinten gelogen gewesen. Und ich habe beim Prozess nicht widersprochen. Was hätte es gebracht? Boris war verurteilt, und der Anwalt hat mir den Rat gegeben, alles als Lüge darzustellen, weil Boris und ich eng befreundet seien. Die Wahrheit ist viel komplexer. Boris und ich hatten tatsächlich eine Affäre.«

»Schwachsinn!«, sagte Curland.

»Ganz im Gegenteil.«

»Godfrey hat seine Partnerin aus Eifersucht getötet. Wieso hätte er das tun sollen, wenn er mit Ihnen eine Beziehung hatte?«

Arriaga lachte. »Herrje! Sie kapieren gar nichts. Boris ist bisexuell und polyamor. Ein Partner reicht ihm nicht. Nicht mal zwei Partner desselben Geschlechts. Er braucht Abwechslung. Die Zeit im Knast muss der Horror für ihn sein. Wo soll die Abwechslung herkommen? Wir hatten eine Affäre, und die Frau, die er angeblich aus Eifersucht getötet hat, wollte ihn erpressen. Deshalb ist sie gestorben. Der Anwalt hielt es für die beste Verteidigungsstrategie, auf eine Affekttat zu plädieren.«

Petersen starrte den Zeugen fassungslos an. Leider ergab seine Aussage Sinn. Während der Ermittlungen waren Fragen offengeblieben, die nicht zu einer Tat aus Eifersucht gepasst hatten. Sie waren zugunsten einer reibungslosen Verurteilung unter den Teppich gekehrt worden. Und Godfrey hatte ein gnädigeres Urteil bekommen, als für den Mord grundsätzlich verhängt worden wäre.

»Kommen Sie sich gerade dumm vor?«, fragte Arriaga.

»Sparen Sie sich das«, murmelte Petersen. Ihm gingen verschiedene Szenarien durch den Kopf. Sollte der Verteidiger jemals ein Wiederaufnahmeverfahren wegen Bakers Beteiligung anstreben, hätten sie jetzt eine geladene Waffe in der Hand, mit der sie einen Freispruch verhindern könnten.

»Ich sehe Ihnen an, was Sie denken«, sagte Arriaga.
»Vergessen Sie's. Das würde ich niemals vor Gericht aussagen. Und Sie können's nicht beweisen.«

Was sich erst zeigen würde, dachte Petersen. »Wer hat Ihnen den finanziellen Deal vorgeschlagen?«

»Boris' Anwalt. Wer sonst?«

»Und wer war der Drahtzieher dahinter?«

»Da kann ich nur spekulieren. Boris kannte einen Mann, der ihm wichtig war. Er hat ihn André genannt. Mich hat's wenig interessiert, für mich war Boris eine interessante Affäre zur richtigen Zeit. Ich war damals Single, beruflich eingespannt und froh über gelegentliche Treffen.«

»Wie heißt dieser André mit Nachnamen?«, fragte Curland.

»Keine Ahnung. Wirklich nicht. Ich bin überzeugt, die beiden waren zusammen, und dieser André hat Boris' Bedürfnisse akzeptiert oder sogar geteilt.«

Petersen schaute Arriaga an, der dem Blick standhielt. Arriaga hatte vor Gericht überzeugend gelogen. Es war Officer Carrol gewesen, die ihn der Lüge überführt hatte. Log er schon wieder, oder sagte er diesmal die Wahrheit?

»Hat Ihnen Boris wenigstens mal ein Foto von diesem André gezeigt?«, fragte er.

»Warum hätte er das tun sollen?«

»Das ist keine Antwort auf meine Frage.«

Arriaga verdrehte die Augen. »Nein! Hat er nicht.«

»Womit ist Godfrey erpresst worden? Wissen Sie wenigstens das?«

»Dann wäre ich jetzt vermutlich selbst tot«, erwiderte Arriaga. »Ich weiß es also nicht. War's das? Ich wäre gern allein. Ihre Fragen haben alte Wunden aufgerissen. Ich vermisse Boris.«

Im Auto unterhielten sich Petersen und Curland über Arriagas Aussage.

»Ob wir ihm das wirklich abnehmen können?«, fragte Curland. »Du weißt, er ist ein verdammt überzeugender Lügner.«

»Trotzdem würde es Sinn ergeben. Erinnere dich an die offenen Fragen damals, die nicht zu einer Eifersuchtstat gepasst haben. Falls es jemals zu einem Wiederaufnahmeverfahren kommt, müssen wir herausfinden, womit Patti Smith Godfrey erpresst haben könnte.«

»Dieser André ist jetzt also unser Hauptverdächtiger.«

»Zumindest als Drahtzieher. Ich lasse über die Gefängnisverwaltung prüfen, von wem Godfrey regelmäßig Besuch bekommt. Vielleicht kristallisiert sich so ein Mann heraus, bei dem es sich um diesen André handeln könnte. Außerdem will ich Baker Bescheid geben. Er sollte das alles wissen.«

47

Henry steuerte die Aufzüge an, vor denen bereits fünf andere Hotelgäste warteten. Er nickte einer etwa vierzigjährigen Frau zu, die ihn interessiert musterte und ihm ein Lächeln schenkte. Henry reihte sich hinter ihr ein und starrte auf die Displays der einzelnen Kabinen. Es kam, wie es wohl kommen musste. Der Aufzug Nummer 4, in dem ein Mann an einem Herzinfarkt gestorben war, erreichte das Erdgeschoss. Die Tür glitt auf, und zwei Frauen traten heraus, die in ein Gespräch vertieft waren. Als sie die Kabine verlassen hatten, stiegen die wartenden Gäste ein. Henry hingegen blieb stehen.

Die Frau, die ihm zugelächelt hatte, sah ihn an. »Wollen Sie nicht mitfahren?«, fragte sie. Mit einem Arm verhinderte sie, dass die Tür zuglitt.

»Nein«, antwortete Henry. »Ich warte auf den Nächsten.«

In den Gesichtszügen der Frau sah er, wie ihr Interesse an ihm schlagartig abkühlte. Ob sie seine Ablehnung persönlich nahm? Sie zog den Arm zurück, die Tür schloss sich. Kaum war der Aufzug losgefahren, drückte Henry den Knopf, um einen anderen anzufordern. Er musste nicht lange warten, und diesmal war er der Einzige, der die Fahrt antrat. Oben angekommen, lief er auf sein Zimmer zu. In Gedanken war er beim Gespräch mit Sladen. Hatte der FBI-Agent recht? War es dumm, dem Lockruf nach Chicago gefolgt zu sein? Aber was wäre die Alternative? Eine Frau zu opfern und das Spiel von vorn beginnen zu lassen?

Er hielt die Zugangskarte vor das Schloss und betrat den Raum. Als er das Bett erreichte, sah er den Briefumschlag, der auf der Decke lag.

Was ist das?, dachte er alarmiert.

Auf dem Umschlag stand sein Name, geschrieben in schwarzen Druckbuchstaben. Statt ihn an sich zu nehmen und ihn zu öffnen, ging Henry ins Badezimmer. Aus der Kulturtasche holte er Einmalhandschuhe aus der Zehnerpackung, die er vor der Abreise eingesteckt hatte. Er zog sie über, kehrte ins Schlafzimmer zurück und machte zunächst ein Foto von dem Umschlag. Dann öffnete er ihn und schüttete den Inhalt heraus. Auf der Matratze landeten eine Zeichnung und eine Eintrittskarte. Henry konzentrierte sich auf die Zeichnung. Sie zeigte im Mittelpunkt eine junge Frau, die auf einem Ausflugsschiff saß, das den Fluss entlangfuhr. An Bord hielten sich weitere Menschen auf, die meisten von ihnen waren jedoch bloß mit groben Bleistiftstrichen skizziert. Ein Mann mit breiten Schultern war ebenfalls abgebildet. Er trug einen schwarzen Hoodie und hatte die Kapuze aufgesetzt. Da er mit dem Rücken zum Betrachter stand, war er nicht zu identifizieren.

Henry sah sich die Eintrittskarte an. Sie galt für eine neunzigminütige Fluss- und Seeufer-Kreuzfahrt bei Dunkelheit, bot einen priorisierten Zugang auf das Schiff und war auf Montag terminiert. Startpunkt der Tour war Viertel nach acht.

»Übermorgen«, flüsterte Henry.

Er fotografierte beides. Dann verließ er mit dem leeren Briefumschlag das Zimmer. Die Einweghandschuhe zog er nicht aus. Vielleicht machten sie an der Rezeption die Wichtigkeit seines Anliegens klar. Diesmal hatte Henry sofort Glück mit einem passenden Fahrstuhl und fuhr nach unten. An der Rezeption waren zwei männliche Mitarbeiter frei.

»Hallo«, sagte Henry, der sich an die Mitte des Tresens gestellt hatte, damit sie beide auf ihn aufmerksam wurden.

»Wie können wir helfen?«, fragte ein Mann, der ein Namensschild mit der Aufschrift *Phil* trug.

»Dieser Briefumschlag lag auf meinem Bett.«

»Ist damit alles in Ordnung?« Phil runzelte die Stirn.

»Können Sie nachvollziehen, wer ihn auf mein Zimmer gebracht hat?«

Phil schaute zu seinem Kollegen. »Ich habe vorhin erst meinen Dienst angetreten. Keith, weißt du etwas darüber?«

»Ich glaube, der ist vor rund einer Stunde geliefert worden«, erklärte Keith. »Ein Fahrradkurier hat ihn hier an der Rezeption abgegeben. Ich habe ihn entgegengenommen und übers Housekeeping auf Ihr Zimmer bringen lassen, Mr. Baker. Gibt's mit der Lieferung ein Problem?«

»Also haben Sie ihn angefasst. Und einer Ihrer Kollegen.«

Keith nickte. »War das ein Fehler?«

»Nein, aber es ist wichtig wegen eventueller Fingerabdrücke auf dem Umschlag. Grundsätzliche Frage: Wurde es auf Video festgehalten, wer ihn gebracht hat? Mir ist Ihre Videoüberwachung aufgefallen.«

»Ja, die Lobby ist …«

»Also könnte das FBI sich die Aufnahmen ansehen?«

»Das FBI?«, fragte Phil. »Natürlich. Sollten wir Details kennen? Dann hole ich einen Manager.«

»Vorläufig ist das nicht nötig. Ich rufe zuallererst meinen Kontakt beim FBI an. Je nachdem, wie er die Lage einschätzt, kommen wir noch einmal auf Sie zu. Zunächst danke ich Ihnen beiden.« Henry lächelte ihnen zu und wandte sich ab.

Schon auf dem Weg in seine Etage schickte er Sladen die Bilder vom Umschlag, der Zeichnung und der Bootskarte. Er fügte einen kurzen Text hinzu, wie die Sendung ihn erreicht und was er von den Rezeptionisten erfahren hatte. Kaum hatte Henry das Zimmer betreten, rief Sladen ihn an.

»Das gefällt mir immer weniger«, sagte er. »Der Täter will Sie aufs Schiff locken, zu einer von ihm festgelegten Uhrzeit. Er deckt sein Blatt auf. Wir kennen den Tag, den Zeitpunkt und können wahrscheinlich die Frau identifizieren. Das spricht dafür, dass er ziemlich sicher ist, seinen Plan durchziehen zu können.«

»Ist das eine besondere Fahrt, die er sich ausgesucht hat?«

»Die meisten Touren auf dem Fluss finden tagsüber statt, abends gibt's das nur viermal die Woche. Je nach Wetterlage und Jahreszeit sind die Boote rappelvoll.«

»Könnten Sie nicht Agenten an Bord schmuggeln, die ihn schnappen, bevor etwas passiert? Heute ist Samstag. Bis Montag haben wir mehr als achtundvierzig Stunden Zeit.«

»Ich weiß nicht, welche Unterstützung ich zugesagt bekomme. Mein Partner und ich können auf jeden Fall aufs

Schiff gehen. Da sehe ich kein Problem. Ob ich mehr Hilfe erhalte, ist nicht gesichert. Der Täter hat in unserer Stadt noch nicht zugeschlagen. Bislang ist nur das NYPD betroffen. Keine Ahnung, wie der Boss darauf reagiert.«

»Wieso sollte er das ablehnen, wenn er dadurch ein Verbrechen verhindert?«

»Die Bedrohungslage ist nicht ganz klar.«

»Für mich schon. An dem Abend wird eine Frau sterben. Wir müssen das verhindern.«

»Da gibt es ein paar weitere Probleme. Die Bootstouren führen nah an den Wolkenkratzern vorbei. Der Täter muss nicht mal an Bord sein, um Sie zu erledigen. Ein Scharfschütze könnte das übernehmen. Dann ist es völlig egal, wie viele Agenten ich organisiert bekomme.«

Das gefiel Henry zwar nicht, war aber ein valides Argument. »Wollen Sie sich die Videoaufnahmen von dem Fahrradkurier zeigen lassen?«

»Darum kümmere ich mich, obwohl ich nicht glaube, dass es etwas bringt. Der Kurier wird nichts mit der Drohung zu tun haben.«

»Das nehme ich auch an.«

»Kann ich Sie davon überzeugen, die Einladung nicht anzunehmen?«, fragte Sladen.

»Ausgeschlossen«, antwortete Henry. »Ich will nicht den Tod einer jungen Frau auf dem Gewissen haben.«

»Haben Sie nicht. Egal, was passiert.«

»Das würde ich anders sehen. Und wenn ich mich diesmal weigere, die Regeln zu befolgen, startet irgendwann eine neue Runde. Sie müssen dafür sorgen, dass auf dem Ausflugsboot nichts passiert. Der Täter weiß vielleicht nichts von unserer Kooperation.«

»Zumindest hat er uns im Park nicht zusammen gesehen.«

»Sagt das Ihr Partner?«

»Mein Partner und zwei weitere Agenten, die ich vor Ort platziert hatte. Ihnen ist niemand aufgefallen, der uns beobachtet hat.«

»Zwei weitere Agenten? Sie sind gut! Die habe ich nicht bemerkt.«

»Halten Sie uns für Anfänger?«

»Sie sind alles andere als das. Aber wenn Sie die beiden für Montagabend rekrutieren, plus Ihren Partner, wären wir schon zu fünft.«

»Ich melde mich noch mal bei Ihnen.« Sladen beendete das Gespräch.

48

Sharons Handy vibrierte. Sie ging zum Küchentisch und sah erfreut, von wem die Nachricht stammte.

Hi Sharon, bist du gerade zu Hause? Ich wollte nicht unangekündigt auftauchen. Thomas.

Auftauchen?, fragte sie sich verwundert. Er hatte ihr bei der Einweihungsparty von dem Besuch bei seinen Eltern erzählt, der vermutlich bis Montag dauerte. Was hatte das zu bedeuten? Kurz entschlossen rief sie an. Er meldete sich fast sofort.

»Hi«, sagte er. »Entschuldige meinen Überfall. Passt es dir gerade? Ich stehe nämlich vor deiner Haustür.«

»Echt?« Sie trat ans Fenster und schaute hinaus. Thomas stand tatsächlich dort unten. Er hielt ein Buch in der Hand und winkte ihr zu. »Wolltest du nicht zu deinen Eltern?«

»Ja, *wollte* ich. Bis ich dich kennengelernt habe.«

»Ich mache dir auf.« Mit klopfendem Herzen ging sie zur Wohnungstür.

Sie hörte, wie er mit großen Schritten die Treppe hochkam. Vor ihr blieb er leicht außer Atem stehen und strahlte sie an.

»Hi«, sagte er.

»Das nenne ich mal eine Überraschung. Komm rein!«

Sharon trat beiseite und ließ ihn in die Wohnung. Sie führte ihn in die Küche. »So sehr ich mich freue – wieso bist du nicht bei deinen Eltern? Setz dich.«

Er nahm Platz und verbarg dabei das Buch vor ihr. »Ich war schon auf dem Weg. Bin mindestens fünfzig Meilen gefahren. Aber du gingst mir einfach nicht aus dem Kopf. Mir kam's unmöglich vor, dich erst am Montag oder vielleicht noch später wiederzusehen. Also bin ich vom Highway abgefahren, habe meine Eltern angerufen und meiner Mutter von dir erzählt.«

»Du hast deiner Mutter von mir erzählt?«, wiederholte sie ungläubig.

»Sie meinte, ich soll mich ja nicht unterstehen, mich dieses Wochenende bei ihnen blicken zu lassen. Meine Eltern würden sich freuen, dich schnellstmöglich kennenzulernen.«

»Thomas«, sagte sie fassungslos.

»Ich will dich nicht überfallen. Hoffentlich hältst du mich jetzt nicht für einen Spinner.«

»Ich freue mich total, dich zu sehen. Wow! Du … ich …«

Nun zog Thomas das Buch hervor, das er unter den Tisch gehalten hatte, und reichte es ihr. Es war ein Roman, über den sie auf der Party gesprochen hatten.

»Habe ich dir besorgt, falls du keine Zeit findest, es dir zu kaufen.«

Sharon konnte es nicht glauben. Hatte sie schon jemals einen Mann kennengelernt, der so aufmerksam war? »Das ist so lieb von dir. Danke.«

»Schlag es bitte auf. Ich dachte, weil du dir gerade Urlaub genommen hast und so, hättest du vielleicht Lust.«

226

Sie schlug das Buch auf und fand zwei Karten für eine abendliche Fluss- und Seeufer-Kreuzfahrt. Der Termin war Montag.

»Ich könnte die Karten zurückgeben, wenn du etwas anderes vorhast.«

»Auf gar keinen Fall.« Sie grinste breit. »So eine schöne Idee, Thomas. Danke! Danke! Danke!«

Sie nahm seine Hand, die er auf die Tischmitte gelegt hatte.

»Du hast gesagt, dir hätte die letzte Flussfahrt so gut gefallen, da dachte ich mir, das hier …«

»Das ist total super. So lieb von dir. Aber deswegen hättest du nicht deinen Eltern absagen müssen. Ich hab ihretwegen voll das schlechte Gewissen.«

»Bloß nicht. Mutter hat's richtig gut gefunden. Sie denkt seit Langem, dass mir eine Frau fehlt. Und jetzt, also …« Er schaute schüchtern zur Seite.

Sharon stand auf. »Rutschst du mit dem Stuhl ein bisschen nach hinten?«

Er lächelte sie an und rückte zurück. Sharon setzte sich auf seinen Oberschenkel. »So nette Sachen hat schon lange kein Mann mehr für mich gemacht«, sagte sie. »Danke.« Sie beugte sich vor und schloss die Augen. Im nächsten Moment küssten sie sich.

49

Eddie hatte ihr vor einer halben Stunde Lunch gebracht, er hatte Hummerrisotto gekocht. Ihr kam es so vor, als würde es dem Butler in Henrys Abwesenheit mehr Spaß machen, sie mit außergewöhnlichen Gerichten zu verwöhnen. Hummer hatte es in ihrer bisherigen Gefangenschaft noch kein einziges Mal gegeben. Sie hatten nach dem Frühstück eine Viertelstunde geredet und sich dabei viel über den Ex-Senator Weller unterhalten. Tilda würde die Informationen über ihn niemals vergessen. Er war ein Mann, der ihre Zukunft ruinieren könnte. Umso wichtiger war es, in Freiheit zu gelangen. Zwischen ihr und dem rachsüchtigen Senator sollten möglichst tausende Kilometer liegen. Ihrem Zeitgefühl zufolge würde Eddie in den nächsten Minuten zurückkehren, um das Tablett zu holen. Wahrscheinlich würde er ihr dabei wieder ein bisschen Zeit widmen. Wenn sie seine Mimik und Gestik richtig deutete, hatte er durchaus Gefallen an ihren Gesprächen gefunden. Ob sie ihn an ihre Großmutter erinnerte?

Eddie war derjenige, der ihr die Freiheit ermöglichen würde. Sie musste langsam die Angel auswerfen, an dessen Köder er sich verbeißen sollte. Und wie ein Fisch würde er das mit seinem Leben bezahlen.

Tilda stöhnte und hielt sich die Hand vor den Bauch. Sie machte für die Kamera einen verwirrten Gesichtsausdruck, bevor sie aufsprang und zum Klo lief. Dort, geschützt vor einem zu neugierigen Kameraauge, hockte sie sich mit dem Kopf über der Schüssel hin. Unnachgiebig zu sich selbst, rammte sie sich den Finger in den Hals. Zunächst musste sie mehrfach würgen, dann übernahm der Brechreiz das Kommando. Das Essen schoss die Kehle hoch und ergoss sich in die Toilette.

Tilda stöhnte laut. Hoffentlich hatte sie richtig kalkuliert. Es wäre mehr als ärgerlich, wenn Eddie erst in einer Stunde zurückkehren würde. Am besten hörte er, wie sie sich übergab. Das würde seine fürsorglichen Instinkte auslösen.

Komm schon, dachte sie. *Das Essen ist ewig her, und du überlässt mir nur ungern Tablett und Besteck für zu lange Zeit. Los jetzt!*

Wieder würgte sie.

50

Eddie drückte den Knopf für die Geheimtür und zählte die Sekunden. Die Mauer gab knirschend den Zugang frei. Von Tilda war nichts zu sehen. Stattdessen hörte er Würgelaute.

»Tilda?«, fragte er besorgt.

Weiteres Würgen, gefolgt von der Toilettenspülung. Was hatte das zu bedeuten?

»Alles in Ordnung bei Ihnen?«

Henry hatte den gläsernen Käfig absichtlich so konstruiert und eingerichtet, dass Toilette, Dusche und Bett nicht einzusehen waren. Er wollte seiner Schwester möglichst viel Privatsphäre bieten und hatte dafür auf eine lückenlose Überwachung verzichtet.

»Tilda?«

»Ja«, antwortete sie leise.

»Was ist los?«

Zur Antwort erklang erneutes Würgen. Eddie wartete.

»Kommen Sie auf gar keinen Fall zu mir«, bat sie ihn. »Das wäre mir peinlich.«

Glaubte sie wirklich, er würde einfach so ihr Gefängnis betreten? Eigentlich nicht vorstellbar, dass sie das für realistisch hielt.

Die Toilettenspülung erklang, und kurz darauf kroch sie auf allen vieren in den einsehbaren Teil. Sie sah blass und mitgenommen aus.

»Haben Sie das Essen nicht vertragen?«

»Das war Hummerrisotto?«

»Ja. Ein altes Familienrezept.«

»Kann es sein, dass der Hummer verdorben war?« Tilda sprach viel kraftloser als sonst und hielt sich die Hand auf den Bauch.

»Ich habe es auch gegessen«, erwiderte Eddie.

»Und Ihnen geht's gut?«

»Exzellent.«

»Gibt es Allergien gegen Hummer?«

»Sie haben das früher schon gegessen, oder?«

»Glaub nicht. Kann mich nicht erinnern. So feines Essen wie hier gehörte nicht zu meinem Alltag.«

Eddie dachte nach. Tatsächlich hatte er in ihrer Gefangenschaft keine Meeresfrüchte gekocht, weil Henry allergisch darauf reagierte. War das eine Familiensensibilität?

»Das tut mir leid. Ich hatte gehofft, Ihnen mit dem Essen eine Freude zu bereiten.«

»Das haben Sie! Es war wirklich lecker. Darf ich Sie um etwas bitten? Können Sie bitte wieder gehen? Es ist mir peinlich, in welcher Verfassung ich bin, und ich befürchte, es geht gleich wieder los.« Wie zur Untermalung ihrer Worte rülpste sie, gefolgt von einem lang gezogenen Stöhnen.

»Das muss Ihnen nicht unangenehm sein. Herrje! Es tut mir sehr leid. Ihr Bruder hat eine Meeresfrüchteallergie, deswegen habe ich das vorher nicht gekocht.«

»Wirklich? Oh Gott, Eddie. Sie sollen mich so nicht erleben. Gehen Sie!«

»Ich hätte Sie fragen müssen.«

»Und ich hätte Ihnen keine brauchbare Antwort geben können.«

Er war unsicher, was er tun sollte. »Benötigen Sie ein Medikament?«

»Wenn Sie etwas gegen Übelkeit haben …« Sie stöhnte erneut und krabbelte wieder in den nicht einsehbaren Teil ihres Gefängnisses. »Gehen Sie bitte. Holen Sie mir bitte was dagegen.«

»Ich kümmere mich darum.«

Sie würgte ein weiteres Mal. Eddie wandte sich ab. Die Tür stand noch offen. Unsicher trat er hinaus. Wäre es besser, den Zugang nicht zu verschließen? Doch was, wenn in diesem Moment jemand klingeln oder sich vielleicht sogar illegal Zutritt verschaffen würde?

Während die Toilettenspülung erklang, verschloss er die Tür. Er würde sich beeilen, um Tildas Leiden rasch zu lindern.

51

Tilda konnte ihr Glück kaum fassen. Henry war gegen Meeresfrüchte allergisch. So ein Weichei. Im Gegensatz zu ihm konnte sie jede Nahrung zu sich nehmen und verdauen. Sie hatte alles auf die richtige Karte gesetzt. Eddie hatte ihr ihr Unwohlsein abgenommen. Sie würde vor seinen Augen die Medizin schlucken, die er ihr anbot. Was sollte dabei schon passieren?

Bis zu seiner Rückkehr musste sie eine Entscheidung treffen. Vor ihrem geistigen Auge sah sie sich bewusstlos am Boden liegen. Er würde ihren Namen rufen, wahrscheinlich gegen das Glas klopfen und dabei immer panischer werden. Und was würde er tun, wenn sie nicht reagierte? Zu ihr kommen?

Das wäre sein Ende. Mit einem alten Mann wie ihm würde sie in Sekunden fertig. Sogar dann, falls er Selbstverteidigungstechniken beherrschte. Er hätte ihrer Entschlossenheit und Wut nichts entgegenzusetzen. Sie würde ihn tot auf dem Boden zurücklassen, als Geschenk für ihren Bruder.

Aber war das klug? Eine solche Chance bekäme sie nur einmal. Und vielleicht war es einfach zu früh. Sie hatte eine emotionale Verbindung zu Eddie aufgebaut, die jedoch noch nicht stark ausgeprägt war. Sie bräuchte mehr Zeit und mehr Gelegenheiten wie die letzten Tage. Eddie sollte sie ins Herz schließen, irgendwann eine Art Tochter in ihr sehen. Dann wäre er besorgt, falls er sie reglos vorfinden würde, und somit anfällig für den finalen Fehler.

Trotzdem war sie hin- und hergerissen. Ein solches Vorhaben konnte nur gelingen, wenn sie über mehrere Tage allein mit ihm war. Vielleicht würde Henry nie wieder so lange verreisen. Schon gar nicht, sobald Eddie ihm von heute berichtet hätte.

Sie drückte die Toilettenspülung, obwohl die Schüssel so leer wie ihr Magen war. Nachdenklich kroch sie zurück. Würde sich eine Gelegenheit wie heute noch einmal ergeben? Oder war das ihre beste Chance auf eine erfolgreiche Flucht? Es wäre unerträglich, auf eine zweite Möglichkeit zu warten und dabei in Gefangenschaft alt zu werden. Dann würde sie sich immer an den heutigen Tag zurückerinnern.

Wie sollte sie sich entscheiden? Alles riskieren oder abwarten?

52

Eddie hatte ein kleines Fläschchen mit Medizin gegen
Übelkeit gefunden. Er hatte sie in eine Plastikflasche mit
Dosierverschluss umgefüllt, denn es wäre unverantwort-
lich, Tilda ein Glas zu überlassen. Auf dem Weg in den
Keller wuchs sein Misstrauen. Henry litt tatsächlich an ei-
ner Meeresfrüchteallergie, die sich in Unwohlsein äußerte.
Er hatte sich jedoch nach dem Genuss von Meeresfrüchten
noch nie übergeben müssen.

War Tilda allergischer als ihr Bruder? Schlimme For-
men von Allergien könnten auf Atemnot und Bewusstlo-
sigkeit hinauslaufen. Er hatte das gerade eben in aller
Schnelle recherchiert. Eddie konnte zwar Erste Hilfe leisten, allerdings nur bis zu einem gewissen Grad. Außerdem
wäre das unmöglich, solang er nicht den Glaskäfig betreten würde.

Ein Satz hallte in seinem Gedächtnis wider.

»Kommen Sie auf gar keinen Fall zu mir.«

Hielt sie es für möglich, dass er ihr Gefängnis betreten
würde? Wie kam sie auf die Idee? Garantiert nicht wegen
Übelkeit und Erbrechens.

Eddie drückte den verborgenen Knopf in der Wand
und zählte bis fünf. Langsam glitt der Zugang auf.

»Tilda? Ich habe Medizin gegen Übelkeit dabei.«

»Danke, Eddie«, antwortete sie. Tilda saß auf dem Boden und streckte einen Daumen hoch. »Ich glaube, das

Schlimmste habe ich überstanden. Trotzdem nehme ich das Medikament.«

Er trat an die Klappe und positionierte die Plastikflasche darin. »Dreimal täglich fünfzehn Tropfen ist die Empfehlung.« Eddie warf ihr einen besorgten Blick zu. Sie erhob sich vom Boden und hielt sich dabei am Sessel fest. Ihre Gesichtsfarbe war fahl. Sie nahm die Medizin an sich und stellte unaufgefordert das Kunststoffgeschirr zurück in die Klappe. Er hatte im Vorfeld ihres Aufenthalts Geschirr besorgt, das vom Hersteller als unzerbrechlich beworben wurde. Eddie nahm es an sich. Unterdessen legte Tilda den Kopf in den Nacken, streckte die Zunge heraus und ließ fünfzehn Tropfen darauf fallen.

»Danke«, murmelte sie, nachdem sie geschluckt hatte. »Darf ich Sie bitten, mich allein zu lassen? Ich gehe gleich ins Bett.«

»Selbstverständlich. Ich hoffe, Sie empfinden es nicht als übergriffig, wenn ich in den nächsten Stunden ein- oder zweimal nach Ihnen schaue. Als Vorsichtsmaßnahme.«

»Das ist lieb von Ihnen.« Tilda lächelte ihm zu. Dann hielt sie sich eine Hand vor den Mund und dämpfte einen Rülpser. »Puh«, stöhnte sie. »So eine Erfahrung brauche ich nie wieder. Gute Nacht.« Sie wandte sich ab und verschwand aus seinem Sichtfeld.

53

Schon am Sonntag verließ Henry das Hotel. Am River-walk steuerte er die Skyline Cruise Line an, die sich an der südöstlichen Ecke der Michigan-Avenue-Brücke befand, dort, wo sich Michigan Avenue und Wacker Drive kreuzten. Die Firma verfügte an dieser Stelle über mehrere Verkaufsschalter und Sammelstellen, an denen die Kunden warten mussten. Je nachdem, für welche Tour man sich entschieden hatte, stellte man sich an einem der Docks an, die mit verschiedenfarbigen Sonnensegeln gekennzeichnet waren. Henry kaufte ein Ticket für die sogenannte Architekturrundfahrt, die schon in zehn Minuten begann. Nachdem er bar bezahlt hatte, wandte er sich dem Zugangssteg des Schiffs zu, das an diesem Sonntag wegen des guten Wetters zu Dreiviertel belegt war. Henry reichte einem der Cruise-Line-Mitarbeiter das Ticket, das der Mann scannte. Dann erklärte er ihm, dass die Toiletten und auch der Verkaufsraum unter Deck lagen, er sich ansonsten jeden freien Platz beliebig aussuchen konnte. Henry bedankte sich für die Einweisung und betrat das Schiff. Er setzte sich neben eine vierköpfige Familie und grüßte sie mit Kopfnicken. Kurz darauf griff ein älterer Mann zu einem bereitgelegten Mikrofon und stellte sich als Tourguide vor. Er trug ganz normale Alltagskleidung, an seinem T-Shirt war allerdings ein offizieller Arbeitsausweis befestigt. Während der neunzigminütigen Fahrt würde er alles Wissenswerte zu den Hochhäusern am Riverwalk preisgeben. Er forderte die Gäste auf, jederzeit Fragen zu stellen und wünschte allen viel Spaß.

Gemächlich legte das Schiff vom Dock ab, und der Tourguide stieg in den Vortrag ein. Henry bewunderte sofort seine Professionalität. Ganz bestimmt machte er diese Tour nicht zum ersten Mal.

Anfangs hörte Henry aufmerksam zu, dabei ließ er den Blick über die Fenster der Wolkenkratzer gleiten. Sladen hatte leider recht. Wenn jemand mit einem Scharfschützengewehr auf ihn schießen würde, könnte er das vermutlich unbemerkt tun. Es waren einfach zu viele Fenster, die man unmöglich alle im Auge behalten konnte.

Als das Schiff wieder angelegt hatte, ging Henry als einer der letzten Gäste an Bord zum Tourguide und gab ihm ein großzügiges Trinkgeld. Die Liebe des Mannes zu seiner Heimatstadt war bei jedem Satz herauszuhören gewesen.

»Vielen Dank, Sir. Hat's Ihnen gefallen?«

»Sehr sogar. Ihr Wissen ist erstaunlich.«

»Ich mache diese Touren seit zwölf Jahren. Da sammelt sich einiges an Informationen an.«

»Und Sie lieben Chicago.«

Der Mann schmunzelte. »Das kann ich nicht leugnen.«

»Mir hat es so gut gefallen, dass ich überlege, noch eine Tour zu buchen.«

»Das freut mich.«

»Wie sieht's mit der Fluss- und Seeufer-Kreuzfahrt bei Nacht aus, die für morgen Abend im Programmheft steht?«

»Heute ebenfalls.«

»Da hab ich schon was vor. Ist die Strecke morgen dieselbe wie auf unserer Rundfahrt?«

»Sie ist teilweise deckungsgleich, allerdings sind die Hochhäuser im Dunkeln beleuchtet, was eine unvergessliche Atmosphäre schafft. Wir hatten heute Glück mit dem spiegelnden Sonnenlicht, trotzdem ist es abends fast noch empfehlenswerter. Außerdem fährt das Schiff zusätzlich auf den See hinaus, was wir Ihnen bei unserer Tour nicht angeboten haben.«

»Klingt so, als würde es sich lohnen, ein zweites Ticket zu kaufen.«

»Ich kann's Ihnen nur empfehlen.«

* * *

Montagvormittag telefonierte Henry mit Sladen.

»Haben Sie es sich anders überlegt und befolgen meinen Rat?«, fragte der FBI-Agent.

»Sie meinen, ob ich auf die Bootsfahrt verzichte?«

»Genau.«

»Ist leider keine Option.«

Sladen seufzte. »Na ja, überrascht mich nicht. Immerhin habe ich meinen Boss überzeugen können. Er war in großzügiger Stimmung. Wir sind mit insgesamt sechs Agenten an Bord. Alle in Zivil.«

»Das klingt fantastisch. Danke! Ich war gestern Vormittag schon auf einer Bootstour, weil ich mich mit der Gegend vertraut machen wollte. Dabei habe ich an Ihre Sorge hinsichtlich eines Scharfschützen gedacht. Vielleicht kann ich das Risiko ein bisschen eindämmen.«

»Wie das?«

»Hat Ihnen Petersen von meiner Angewohnheit erzählt, in kritischen Situationen eine schusssichere Weste zu tragen?«

»Nein, das hat er verschwiegen. Haben Sie die auf die Reise mitgenommen?«

»Ja.«

»Und Sie können sie verdeckt unter Ihrer Kleidung tragen?«

»Das funktioniert.«

»Okay, dann tragen Sie sie unbedingt. Auch wenn das nichts bringt, falls ein Scharfschütze auf Ihren Kopf zielt. Außerdem sollten Sie die Pistole zu Ihrem Schutz mitführen. Nutzen Sie ein Schulterholster?«

»Gürtelholster.«

»Es sollte von Ihrer Kleidung verdeckt sein, sonst könnten Sie damit eine Panik auslösen.«

»Das bekomme ich hin.«

»Außerdem ist es wichtig, dass Sie auf dem Schiff nicht nach meinen Kollegen Ausschau halten.«

»Ich werde versuchen, die Frau ausfindig zu machen.«

»Dagegen spricht nichts. Im Gegenteil, das wird man wohl von Ihnen erwarten. Wir sollten noch darüber sprechen, was Sie unternehmen, falls Sie die Frau von der Zeichnung vor uns erkennen.«

»Was schlagen Sie vor?«

Sladen zögerte. »Im Prinzip hängt das von der Situation ab. Wenn Sie zufällig neben ihr sitzen, können Sie einfach aufstehen.«

»Wodurch ich ein besseres Ziel abgeben würde.«

»Auch wieder wahr. Nehmen wir an, Sie entdecken sie.

Dann rufen Sie einfach meinen Vornamen. Wir kämen daraufhin zu Ihnen.«

»Sie heißen Michael, richtig? Ich hab Ihre Visitenkarte gerade nicht zur Hand.«

»Ja. Gut gemerkt.«

»Irgendwie hatte ich mit einer clevereren Lösung gerechnet.«

»Was schwebt Ihnen vor?«

Auf die Schnelle hatte Henry nichts Besseres parat.

»Nein, ist schon in Ordnung. So können wir's machen. Sollte bloß ein Spruch sein.«

»Es wäre sowieso besser, wenn wir die Frau anhand der Zeichnung vor dem Betreten des Schiffes erkennen«, erklärte Sladen.

Dem konnte Henry nicht widersprechen.

54

Sharon krallte ihm ihre Fingernägel in den Rücken. »Oh, Thomas, das ist so gut«, stöhnte sie leise.

Er lag auf ihr und schaute sie an. Wie schon die letzten Male hielt sie beim Sex die Augen geschlossen. Es wäre so leicht, ihr die Hände um die Kehle zu legen und rücksichtslos zuzudrücken. Sie hätte keine Chance, sich gegen ihn zu wehren. Mit den Fingern berührte er ihren Hals, sie lächelte mit noch immer geschlossenen Augenlidern.

»Ja«, trieb sie ihn an.

Er erhöhte sein Tempo, legte ihr die Hand um die Kehle.

»Tiefer!«

So verlockend. Jodi während des Aktes zu töten, hatte ihm den besten Höhepunkt aller Zeiten beschert. Ob es noch befriedigender wäre, Sharon zu erledigen?

Er verstärkte den Druck um den Hals. Heftig stieß er zu. Leider musste er sich an den Plan halten. Das Drehbuch war eindeutig. Er brauchte Sharon, um den New Yorker in die Falle zu locken. Der Orgasmus rollte heran. Er hielt inne, schloss nun seinerseits die Augen und zog die Hand zurück. Als er Sharon wieder ansah, erwiderte sie seinen Blick. Sie lächelte und sah dabei dümmlich aus.

»So schön«, hauchte sie.

»Unbeschreiblich«, sagte er.

Glücklich strahlte sie ihn an. Nahm sie ihm das wirklich

ab? An dieser stinknormalen Nummer war nichts unbeschreiblich gewesen. Wut glomm in ihm auf. Um sich davon nicht überwältigen zu lassen, hielt er das Kondom fest und glitt aus ihr heraus. Dann legte er sich auf den Rücken. Sie kuschelte sich an ihn. Zum Glück war sie wie nach jedem Akt ziemlich schweigsam. Er hätte es nicht ertragen, etwas auf Glücksäußerungen erwidern zu müssen. Langsam normalisierte sich ihre Atmung. Schließlich hob sie ihren Oberkörper an und gab ihm einen Kuss. »Ich bin kurz im Badezimmer.«

»Keine Eile! Wir haben Zeit.«

»Du kannst dir nicht vorstellen, wie sehr ich mich auf die Bootstour freue. Und das Wetter ist perfekt dafür. Hätte viel kälter sein können.«

»Ja, da haben wir wirklich Glück.«

Noch einmal küsste sie ihn. »Großes Glück.«

Sie stand auf und lief nackt aus dem Raum. Er schaute ihr hinterher. Wenigstens hatte sie eine attraktive Figur. So musste er sich nicht zu sehr anstrengen, um in Stimmung zu kommen.

Seine Gedanken konzentrierten sich auf die vor ihm liegende Aufgabe. Der Wunsch des Geldgebers lautete, das Opfer winseln zu lassen, falls möglich. Er bezweifelte das. Wie sollte er jemanden um Gnade flehen lassen, wenn ringsherum Dutzende Zeugen standen? Der Auftrag hatte seine Tücken. Er könnte das Anliegen wahrscheinlich nicht umsetzen. Wichtiger wäre es, den Job zu Ende zu bringen.

Im Badezimmer drückte Sharon die Toilettenspülung.

»Hast du etwas dagegen, wenn ich schnell dusche?«, rief sie.

»Überhaupt nicht.« So konnte er in Ruhe über die nächsten Stunden nachdenken und müsste sich nicht mit ihr unterhalten. »Lass dir Zeit!«

* * *

Auf dem Weg zum Dock fiel es ihm schwer, sich auf Sharon zu konzentrieren. Er zwang sich dazu, auf ihre fröhliche Plapperei einzusteigen. In der Bahn saßen sie nebeneinander und hielten Händchen. Dabei achtete er bewusst darauf, dass sie nicht die Pistole berührte, die er unter dem Jackett verbarg.

Als vier Cops drei Haltestellen vor ihrem Ziel einstiegen, beschleunigte sich sein Herzschlag. Zum Glück warfen sie nur einen Blick in die Runde und waren dann ihrerseits in ein Gespräch vertieft. Vor ihrer Zielhaltestelle stand Sharon auf und wählte ausgerechnet den Ausgang in der Nähe der jungen Cops. Es wäre zu auffällig gewesen, sie wegzuziehen, daher folgte er ihr. Falls einer der Polizisten den Umriss seiner Waffe bemerken würde, müsste er seine Pläne ändern und ein Massaker anrichten.

Die Bahn verlangsamte die Fahrt, hielt an. Neben Sharon und ihm stiegen zwei weitere Passagiere aus. Die Tür öffnete sich. Die ganze Zeit rechnete er mit dem Kommando, stehen zu bleiben. Erst, als er draußen war und ihm die Cops nicht gefolgt waren, entspannte er sich.

Sie schlenderten zum Riverwalk. Die Bootsfahrt startete in zwanzig Minuten. Ob seine Zielperson schon an Bord gegangen war? Man hatte ihm bewusst eine Karte mit priorisiertem Zugang zur Verfügung gestellt, ganz im Gegensatz zu Sharons und seinem Ticket.

Auf dem Riverwalk war wegen des trockenen Wetters einiges los. Spaziergänger, Sportler, Touristen. Sharon riss ihn aus der Konzentration, als sie ihn auf etwas aufmerksam machte, wofür er hochschauen musste.

In diesem Moment geschah es. Jemand rempelte ihn von hinten an. Sofort schaute er sich um. Die Gestalt, die viel zu nah an ihm vorbeigegangen war, trug eine Kapuze und entfernte sich in raschem Tempo von ihm.

»Alles in Ordnung?«, fragte Sharon.

»Ja, dieser Typ da vorn …«

»Wer?«

»Ach, egal, Schatz. So ein Idiot, der nicht aufgepasst hat. Hat mich angerempelt. Von dem lasse ich mir die gute Laune nicht verderben.«

Sie lächelte ihn glücklich an und drückte seine Hand fester.

Was hatte der Rempler zu bedeuten? War er gerade Opfer eines Taschendiebstahlversuchs geworden? Unauffällig tastete er nach der Pistole, die noch immer an Ort und Stelle war. Also griff er in die Jacketttasche.

Die Gestalt schien nichts gestohlen, sondern ihm etwas zugesteckt zu haben. Einen rechteckigen, flachen Gegenstand. Es fühlte sich wie eine Plastikkarte an.

»Am besten, ich gehe vor der Bootsfahrt zur Toilette«, sagte Sharon. »Du weißt ja, nach dem Sex …«

»Gute Idee«, erwiderte er. »Wieso nicht gleich hier? Wer weiß, wie voll es am Dock ist.«

Sie hatten beinahe den Marketplace erreicht. Hier reihten sich verschiedene Essensbuden und andere Geschäfte aneinander, die um diese Uhrzeit jedoch schon alle geschlossen waren. Thomas zeigte auf ein Toilettenhinweisschild.

»Wartest du auf mich?«

»Wo soll ich sonst hin?«

Sharon gab ihm einen Kuss und steuerte die öffentliche Toilette an. Er wartete, bis sie nicht mehr zu sehen war. Dann angelte er die Karte aus der Tasche. Es war eine Schlüsselkarte vom Langham-Hotel. Was sollte das?

Verwirrt schaute er sich um. Sein Handy vibrierte. Er zog es aus der Hosentasche. Eine ihm unbekannte Nummer hatte eine Nachricht geschickt.

Das FBI ist vor Ort. Verschwinden Sie sofort, und melden Sie sich, wenn Sie in Sicherheit sind. Es gibt heute Abend eine andere Chance, Ihre Zielperson zu erledigen. Sie haben den Schlüssel dafür.

Fassungslos musterte er die Umgebung. Von wem war die Nachricht? Er wusste, sie hatten im Police Department einen Informanten. Niemand hatte ihn bisher vor einem bevorstehenden Zugriff gewarnt, schon gar nicht vor dem FBI.

55

In wenigen Minuten würde das Schiff ablegen. Henry warf einen Blick auf den Fluss, in dem sich die Lichter der Hochhäuser spiegelten. Immer wieder fuhren kleinere Boote mit gut gelaunten Ausflüglern an ihnen vorbei, meist lief laute Musik an Bord. Auch aus den Lautsprechern seines Schiffs erklang Hintergrundmusik – fast wie in einem Fahrstuhl. Das förderte nicht gerade seine Konzentration.

Henry hatte unter den Gästen noch keine Frau entdeckt, die auch nur halbwegs zu der Zeichnung passen würde. Das Boot würde voll werden, trotzdem verstand er nicht, wieso er sie nicht entdeckte. Wo war das Opfer? Hatte der Mörder ihm eine falsche Fährte gelegt? Unwillkürlich fiel sein Blick auf die umliegenden Hochhäuser. Nahm ihn von dort gerade ein Schütze ins Visier? Er erschauderte und versuchte, den Gedanken abzuschütteln. Vom oberen Deck lief Henry noch einmal zu den Freiplätzen des unteren Decks. Die wenigen Sitzplätze am Bug des Schiffs waren alle belegt. Auf keinem erkannte er die Frau. Seit Henry das Ausflugsboot betreten hatte, waren ihm drei zivil gekleidete Männer aufgefallen, die er für FBI-Agenten hielt. Sladen hatte er ebenfalls ausgemacht. Nur die Frau nicht. Die letzten Vorbereitungen zum Ablegen begannen. Die Hochhäuser um sie herum waren hell beleuchtet. An Licht mangelte es nicht. Die Frau und ihr ominöser Begleiter schienen einfach nicht an Bord zu sein. Zwar hatte er sich bislang nicht unter Deck getraut, aber das FBI hätte sie vermutlich bereits entdeckt, wenn sie dort wäre.

Einem Impuls folgend, eilte Henry wieder nach oben, trat an die Reling und blickte zum Riverwalk, den zahlreiche Spaziergänger trotz der Dunkelheit entlangliefen. Der Weg am Fluss war jeden Tag bis elf Uhr abends geöffnet, nachts wurden die Tore an den verschiedenen Zugängen abgesperrt. Viele Bewohner und Touristen nutzten das trockene Wetter für einen Abendspaziergang oder eine Laufeinheit. Langsam ließ Henry den Blick von links nach rechts schweifen. Und dann sah er endlich jemanden, der perfekt zu den Zeichnungen passte. Sie stand auf dem Dock, von dem das Schiff ablegte, und blickte sich verwirrt bis verzweifelt um. Immer wieder schien sie sich zu vergewissern, ob sie am richtigen Ort suchte. Ein Mitarbeiter der Cruise Line sprach sie an. Leider konnte Henry nicht verstehen, was sie sagten. Ob er sie darauf hinwies, dass das ihre letzte Chance sei, das Boot noch zu betreten?

»Michael«, rief er.

Ohne sich umzusehen, rannte er zum Ausgang.

Ein Mitarbeiter, der trotz der kühlen Temperaturen ein kurzärmeliges, weißes Hemd und eine schwarze Hose trug, stellte sich ihm in den Weg. »Sir, wir legen in wenigen Sekunden ab. Sie können nicht mehr von Bord.«

»Ich muss.«

»Lassen Sie den Mann durch«, erklang hinter ihm Sladens herrische Stimme. Der FBI-Agent erreichte den Bootsmann und präsentierte seine Dienstmarke. »Was ist los?«, fragte er Henry.

»Sehen Sie die Frau in der schwarzen Lederjacke? Das ist sie. Und sie hält verzweifelt Ausschau nach jemandem.«

»Shit! Runter vom Boot«, befahl Sladen laut.

Zu sechst verließen sie hastig das Ausflugsboot, was für Aufruhr sorgte und das Interesse der anderen Passagiere weckte.

»Ich lasse Sie nicht mehr zurück an Bord«, erklärte der Mitarbeiter, der sich Henry in den Weg gestellt hatte. »Ihre Tickets verfallen.«

Niemand von ihnen reagierte auf ihn. Henry war der Erste, der die Frau erreichte.

»Wen suchen Sie?«

Verwirrt schaute sie ihn an. »Meinen Freund«, sagte sie. »Thomas. Irgendwie … ich … wer sind Sie?«

Als Henry den Namen hörte, schrillten seine Alarmglocken. Die FBI-Agenten umringten ihn und die Frau. Unterdessen legte das Boot ab. Die offizielle Begrüßung des Kapitäns schallte noch zu ihnen herüber. Kurz darauf war das Schiff schon ein gutes Stück entfernt.

»Was hat das zu bedeuten?«, fragte die Frau.

Sladen zeigte ihr seinen Dienstausweis. »Wie heißen Sie?«

»Sharon Stewart.«

»Wir sollten ein bisschen zur Seite gehen«, schlug Henry vor.

»Noch besser, wir gehen irgendwo rein«, sagte Sladen. Er musterte besorgt die umliegenden Hochhäuser.

»Muss das sein?«, erwiderte Henry besorgt.

»Ich gehe mit Ihnen nirgendwohin, solange ich nicht weiß, was Sie von mir wollen. Schon gar nicht, nach dem, was mir letzte Woche passiert ist«, sagte Sharon. Sie verschränkte die Arme vor der Brust. »Ihre Ausweise könnten gefälscht sein.«

»Wovon sprechen Sie?«, fragte Henry.

»Von einem Überfall auf die Tankstelle, in der ich gearbeitet habe. Was wollen Sie von mir? Ich will hier weg!« Hektisch schien sie nach einem Fluchtweg zu suchen, doch sie war zu dicht von den FBI-Agenten umringt.

Henry und Sladen wechselten verwirrte Blicke. Kurz entschlossen zog Henry sein Telefon aus der Hosentasche. Ohne den Agenten um Erlaubnis zu fragen, scrollte er zu der abfotografierten Zeichnung, die den Maskierten zeigte, und hielt sie Sharon hin.

»Oh Gott«, stöhnte sie. »Was ist hier los?«

»Hat Sie jemand überfallen, der so aussah?«, hakte Sladen nach.

»Ja.«

»Gehen wir an den Rand«, schlug Henry vor.

* * *

Abgeschirmt von den anderen Agenten, die aufmerksam die Umgebung musterten, unterhielten sich Sladen und Henry mit der jungen Frau.

»Thomas und ich wollten die Tour mitmachen, er hat mich dazu eingeladen. Ich musste kurz vorher zur Toilette, bevor es losging. Er hat versprochen, auf mich zu warten.«

»Wo war das?«, fragte Sladen.

»Da hinten.« Sharon zeigte in die Richtung. »Vorm Eingang zum Marktplatz. Als ich rauskam, war er nicht mehr da. Ich dachte erst, er wäre ebenfalls auf die Toilette gegangen. Nach fünf Minuten betrat ich das leere Männerklo. Seitdem suche ich ihn. Ich versteh's nicht. Irgendwann bin ich zum Dock. Ich wusste ja, dass unser Sammelpunkt für die Fahrt das blaue Sonnensegel ist. Das hatte Thomas mir erzählt.«

»Ist vorher etwas passiert?«, fragte Sladen.

»Nein, nichts Schlimmes. Jemand hat ihn angerempelt. Das war's. Darüber hat er sich geärgert.«

Henrys Gedanken rasten. Stand der Rempler in Zusammenhang mit dem Verschwinden des Täters? »Zeigen Sie uns ein Foto von ihm«, bat er.

»Ich hab keins«, erwiderte sie missmutig.

»Sie haben kein Bild von Ihrem Freund?«, hakte Sladen nach. »Uns würde ein Schnappschuss reichen.«

Sharon schüttelte den Kopf. »Sorry. Ich kenne ihn erst seit Freitag. Habe ihn auf einer Einweihungsparty kennengelernt.«

»Sind Sie kürzlich umgezogen?«, fragte Henry alarmiert. Stieß er jetzt auf eine Parallele zu den Vorfällen in New York?

»Ich nicht«, antwortete Sharon. »Meine beste Freundin und ihr Freund. Thomas lebt bei ihnen im Haus und hat ihnen viel geholfen. Deswegen war er eingeladen.«

»Ich brauche die Adresse«, sagte Sladen.

Sharon gab sie ihm. Sofort beugte er sich zu einem seiner Agenten und gab ihm den Auftrag, die Wohnung zusammen mit einem Kollegen aufzusuchen. »Suchen Sie nach einem plausiblen Vorwand, das Apartment zu betreten. Jede Information hilft.«

»Sie haben ihn am Freitag kennengelernt«, wiederholte Henry. »Und dann?«

»Wir haben uns super verstanden. Eigentlich wollte er

am Wochenende seine Eltern besuchen, aber auf halbem Weg zu ihnen ist er umgedreht und stand bei mir vor der Tür. Seitdem haben wir meine Wohnung nicht mehr verlassen.« Sie schaute zu Boden. »Er hatte ja sogar Wechselklamotten dabei wegen der Fahrt zu seinen Eltern. Das war einfach alles perfekt und jetzt …« Sie blickte sie ratlos an. »Erklären Sie's mir!«

»Könnte er der maskierte Mann von der Tankstelle sein?«, fragte Henry.

Sharon riss die Augen auf. »Nein!«, sagte sie prompt.

»Wieso sind Sie sich dessen so sicher? Passt er größenmäßig nicht?«

»Das … er … ich …« Sie schluckte. »Keine Ahnung! Warum hätte er mich überfallen sollen?«

»Würde seine Statur passen?«, hakte Sladen nach.

»Glaub schon«, sagte sie nach einer Weile. »Aber … das kann nicht sein. Er ist …« Sie presste die Lippen zusammen.

Henry sah Sladen an. »Und jetzt?«

Der Agent wirkte genauso ratlos, wie sich Henry fühlte.

56

Erst kurz vor Mitternacht betrat Henry das Hotel. Drei
Fahrstühle standen mit offenen Türen im Erdgeschoss,
Henry betrat eine der Kabinen, in der ihn keine Vision
heimgesucht hatte.

Auf dem Weg nach oben dachte er über die vergangenen Stunden nach. Die Agenten hatten Sharon nach
Hause gebracht und würden dort versuchen, DNA-Spuren von dem mysteriösen Freund zu sichern. Auch die Tasche des Täters stand im Mittelpunkt ihres Interesses. Für
die Wohnung des Mannes hatte das FBI einen Durchsu-
chungsbeschluss bekommen. Die erste Meldung, die Sladen ihm mitteilen konnte, war nicht positiv. In dem Apartment waren sie auf kein Foto gestoßen, der Computer war
passwortgeschützt. Frühestens am nächsten Tag rechnete
Sladen mit Fortschritten.

Der Fahrstuhl kam in der obersten Etage an. Henry
stieg aus. Das Gewicht der Schutzweste, die er mittlerweile
seit über fünf Stunden trug, war ihm eine Last. Er hielt
die Schlüsselkarte vor das Schloss und verschaffte sich Zutritt. Er ging in den Raum, in dem bereits Licht brannte.
Wie in den Tagen zuvor hatte das Housekeeping abends
die Lampen und den Fernseher eingeschaltet. Henry re-
gulierte über das Bedienelement an der Zimmertür die
Deckenbeleuchtung. Am Bett griff er nach der Fernbedie-
nung und schaltete den Fernseher aus. Dann stellte er sich

ans Fenster, wo er die vom Housekeeping geschlossenen Vorhänge aufzog.

Die Lichter in den umliegenden Hochhäusern hatten eine beruhigende Wirkung auf ihn. Auch die roten Bremslichter der Autos, die sich in den Fenstern des gegenüberliegenden Hotels spiegelten, trugen dazu bei, seinen Puls zu senken, ebenso die vernehmbare Sirene eines Polizeiwagens.

Plötzlich hörte er ein Geräusch hinter sich. Jemand öffnete verstohlen die Schiebetür zum Badezimmer. Rasch drehte er sich um.

»Ganz ruhig«, sagte ein Mann, der eine mit Schalldämpfer versehene Pistole auf ihn richtete. Irgendwie musste er sich in Henrys Abwesenheit Zutritt verschafft und im Badezimmer versteckt haben. Er war nicht maskiert. Die Beschreibung passte zu dem Mann, die Sharon über ihren neuen Freund abgegeben hatte.

Könnte Henry rechtzeitig die eigene Pistole ziehen? Unwahrscheinlich. Also hob er die Hände. »Sie sind Thomas!«, sagte er.

Der Mann lächelte. »Kluges Kerlchen. Knie dich hin!«

»Nein. Ich lasse mich nicht wie Officer Carrol töten.«

Ohne Vorwarnung überbrückte der Mann die Distanz zu ihm und schlug ihm mit der Faust gegen den Kehlkopf.

Keuchend griff Henry sich an den Hals.

»Beim nächsten Mal schlage ich mit voller Kraft zu. Hinknien!«

Noch immer schwer atmend, sackte Henry auf die Knie.

»Warum nicht gleich so?« Mit der freien Hand angelte der Bewaffnete sein Telefon aus der Hosentasche und wischte mit dem Daumen übers Display. »In den letzten Sekunden deines Lebens wirst du zum Filmstar. Wenn du überzeugend darum bettelst, dich zu verschonen, verspreche ich dir einen schnellen Tod.«

Hatte der Mann den Auftrag erhalten, ihn leiden zu lassen? Nur so erklärte er sich das Verhalten. Henry blieb stumm.

»So ein tapferer Kerl«, sagte der Bewaffnete. »Okay, letzte Chance vertan. Hände auf den Boden, oder ich trete dir gegen das Kinn, dass die Zähne nur so fliegen.«

Der Mörder schien nicht zu spaßen. Vorsichtig stützte Henry beide Hände auf dem Boden ab. Der Bewaffnete trat mit einem Fuß auf die linke Hand und erhöhte den Druck, bis Henry schrie.

»Sehr gut«, sagte er. »Das wird wie Musik in den Ohren der anderen sein.«

Er steckte das Telefon wieder ein und machte einen Schritt zurück. Die Pistole hielt er auf Henrys Kopf gerichtet.

Henrys Gedanken rasten. Er trug noch immer die Schutzweste, von der sein Gegenüber hoffentlich nichts wusste. Bei einem Kopftreffer würde sie jedoch nichts nützen. Er müsste im richtigen Moment aufspringen und den Mann überraschen. Und was dann? Würde es ihm gelingen, den bewaffneten und zu allem entschlossenen Kerl zu überwältigen? Könnte er ihn mit seiner Pistole in Schach halten? Das wäre ein riskanter Zug, aber vermutlich die einzige Hoffnung, das alles lebend zu überstehen.

Plötzlich flog krachend die Tür auf. Der Bewaffnete schaute über die Schulter und war abgelenkt.

Sladen stürmte in den Raum. »Pistole auf den Boden!«, schrie er. Zwei weitere FBI-Agenten folgten ihm.

Henry nutzte die Ablenkung und sprang auf. Der Mörder schien das aus dem Augenwinkel wahrzunehmen und gab schnell zwei ungezielte Schüsse ab. Doch die Entfernung zwischen ihnen war so gering, dass er trotzdem traf. Die erste Kugel traf Henrys Brust, die zweite bohrte sich in seinen Hals. Dann donnerten weitere Schüsse auf, ohrenbetäubend laut.

Henry wurde schwarz vor Augen, er wankte zurück und stürzte zu Boden. Sein Gesichtsfeld färbte sich purpurn ein. Doch er sah keine Vision mehr, während ihm das Blut aus dem Hals schoss. Da war nur noch ein Gemisch aus Schwarz und Violett.

57

Eddie saß bei Tilda im Keller. Er hatte das Frühstück serviert und ihr den Wunsch erfüllt, ein paar Minuten bei ihr zu bleiben.

»Wie ist das Wetter draußen?«, fragte Tilda.

»Ein kühler Morgen«, antwortete Eddie. »Tagsüber soll es regnen.«

Die über der Tür angebrachte Lampe ging an. Tilda deutete auf sie. Eddie erhob sich sofort. Bei der schnellen Bewegung durchzuckte ein stechender Schmerz seine Hüfte.

»Ich komme wieder, sobald es geht.«

Leicht humpelnd verließ er den Raum und verschloss den Zugang. Wer mochte der unangekündigte Besucher sein? Leise ächzend stieg Eddie die Treppe hoch. An der Tür schnaufte er kurz durch, dann öffnete er sie.

»Hallo, Eddie«, begrüßte Detective Petersen ihn.

»Detective!« Eddies Herz schlug schneller, was nichts mit dem Treppensteigen zu tun hatte. Mr. Baker hatte sich heute noch nicht gemeldet, was ungewöhnlich war, und nun tauchte Petersen hier unangekündigt auf. Das konnte nur eines heißen.

»Darf ich reinkommen?«, fragte Petersen.

»Was ist passiert?«

»Ich würde Ihnen das lieber in der Küche erzählen.«

»Geht es um Mr. Baker?«

»Leider ja.«

»Was ist ihm zugestoßen?«

Petersen machte einen Schritt nach vorn. Überrumpelt ließ Eddie ihn ins Haus. Der Detective ging voran, betrat die Küche und setzte sich.

»Oh Gott«, stöhnte Eddie, als er den traurigen Blick des Mannes sah.

»Es hat eine Schießerei in Chicago gegeben«, begann Petersen. »Der Mann, den wir hier in New York gesucht haben, hat es irgendwie geschafft, sich Zutritt zu Mr. Bakers Hotelzimmer zu verschaffen. Es kam zu einem Schusswechsel. Eine Kugel hat seine Schutzweste abgehalten, die andere traf ihn leider am Hals.«

»Ist er tot?«, fragte Eddie.

»Nein. Zum Glück waren FBI-Agenten vor Ort.«

»In Mr. Bakers Hotelzimmer?«

»Sie hatten im gegenüberliegenden Gebäude einen Wachtposten bezogen, um Mr. Bakers Zimmer im Auge zu behalten. So haben sie den Überfall mitbekommen und konnten eingreifen.«

»Trotzdem hat sich der Mörder Zutritt zum Zimmer verschafft?«

»Ich kenne noch nicht alle Einzelheiten. Das FBI trifft keine Schuld. Hätten sie Ihren Dienstherrn nicht observiert, wäre das wohl schlimmer ausgegangen. Drei Agenten sind in sein Zimmer gestürmt und haben den Täter ausgeschaltet. Leider konnte der vorher zwei Schüsse auf Mr. Baker abgeben. Wenn Sie an Details interessiert sind, versuche ich, sie herauszufinden.«

Eddie nickte. »Wie geht's Henry?« Durch die schockierende Nachricht vergaß er alle Formalitäten, die ihm sonst so wichtig waren.

»Die FBI-Agenten vor Ort hatten Mühe, die Blutung zu stoppen, am Ende ist es ihnen zum Glück gelungen. Henry wurde bewusstlos ins Krankenhaus gebracht und sofort operiert. Er liegt im Koma. Mein Freund vom FBI meinte, die Ärzte bezeichnen seinen Zustand als *in der Schwebe*.«

»Das klingt nicht gut.«

»Er ist noch nicht tot.«

»Aber auch nicht über den Berg.«

»Nein.«

»Also liegt er auf der Intensivstation?«

»Im besten Krankenhaus der Stadt.«

»Und was, wenn ihn dort die Visionen plagen? Auf der Intensivstation sterben ständig Menschen.«

»Eddie, ich glaube nicht, dass das gerade sein größtes Problem ist. Er muss erst mal die Folgen der Verletzung und der Operation überstehen. Im Koma wird ihn wohl kaum eine Vision plagen.«

»Und wenn doch?«

»Ich erkundige mich bei Gelegenheit, ob seine Vitalzeichen ungewöhnlich sind.«

»Außerdem müssen die Krankenschwestern und Pfleger Bescheid wissen. Spätestens, sobald er aus dem Koma erwacht, muss er in einen Raum verlegt werden, in dem nie jemand gestorben ist. Was in einem Krankenhaus schwierig wird.«

»Ich bespreche das beim nächsten Telefonat.«

Verzweifelt schloss Eddie die Augen. Er dachte an Tilda. Würde er bald unangenehme Entscheidungen treffen müssen?

58

Tilda wurde unruhig, als Eddie nach einer halben Stunde nicht zurückgekehrt war. Das passte gar nicht zu dem pflichtschuldigen Butler. Welcher unerwartete Besuch hielt ihn auf?

Sie versuchte, sich abzulenken, doch ihr Blick fiel immer wieder auf die Uhr. Eine Stunde verstrich, anderthalb Stunden, zwei Stunden.

Wo blieb Eddie? War ihm etwas zugestoßen, und sie würde nun vergessen hier unten vor sich hinvegetieren, bis ihr Bruder zurückkehrte?

Als sich schließlich die Tür öffnete, war sie zutiefst erleichtert. Dann sah sie, dass der Butler in der vergleichsweise kurzen Zeit scheinbar um Jahre gealtert war.

»Was ist passiert?«, fragte sie.

Eddie nahm langsam Platz. Er schien nach den richtigen Worten zu suchen.

»Wer war der Besucher?«

»Ein Detective vom NYPD. Scott Petersen.«

»Den Namen kenne ich. Henry hat ihn erwähnt. Was wollte er?«

»In Chicago wurde auf Henry geschossen. Eine Kugel hat ihn am Hals getroffen.«

»Nein!«, kreischte Tilda.

»Er erlitt massiven Blutverlust und musste im Krankenhaus notoperiert werden. Momentan liegt Ihr Bruder im

Koma. Die Ärzte können noch nicht sagen, ob er überlebt. Es tut mir sehr leid.«

»Nein«, stöhnte sie. »Eddie! Es … ich … wir …« Angst umklammerte ihr Herz wie ein Schraubstock. Hatte sie vor Tagen den richtigen Zeitpunkt für ihren Fluchtversuch verpasst? Was würde passieren, falls Henry starb? »Und jetzt?«

»Ich weiß es nicht«, gestand er. »Das hängt von der nächsten Zeit ab. Ich muss mir selbst darüber Gedanken machen. Beten Sie für Ihren Bruder. Er *muss* das überleben.«

»Ein Gebet soll meine einzige Hoffnung sein? Eddie, das ist nicht Ihr Ernst. Wie geht's mit mir weiter, falls er stirbt? Henry hat von Vorkehrungen gesprochen, weihen Sie mich darin ein!«

»Nein«, antwortete Eddie. »Er ist nicht tot, und er stirbt auch nicht.«

»Und wenn doch?«

»Schluss jetzt! Wir reden später weiter.«

Eddie stand auf und verließ den Raum wieder. Hilflos sah sie ihm hinterher.

59

Detective Petersen saß an seinem Schreibtisch und versuchte, Michael Sladen zu erreichen. Seit der Schießerei waren vier Tage vergangen.

»Hey, Scott«, begrüßte der FBI-Agent ihn.

»Hast du ein paar Minuten für mich?«

»Jetzt ja. Tut mir leid, dass ich in den letzten Tagen so kurz angebunden war.«

»Gibt's Neuigkeiten von Baker?«

»Er liegt noch im Koma. Immerhin kann er wieder eigenständig atmen. Wann und ob er aufwacht, steht in den Sternen. Er ist noch lange nicht über den Berg.«

»Die Ärzte geben keine Prognose ab?«

»Vorläufig sind sie optimistisch. Sie halten jeden Tag, den er überlebt, für ein gutes Zeichen. Aber ein Arzt hat mich ins Vertrauen gezogen. Irgendwann muss Baker aufwachen, sonst könnten die Folgeschäden im Gehirn zu groß sein.«

»Wissen sie denn nicht, warum er nicht aufwacht?«

»Nein. Und es gibt keine zuverlässige Aussage darüber, wann er sich zurück ins Bewusstsein kämpfen könnte.«

»Haben wir's vermasselt, Michael?«

»Das frage ich mich auch. Ich versuche, es mir auszureden. Hätte ich nicht seit Sonntag im Gebäude gegenüber ein Zimmer von Agenten beziehen lassen, hätten wir gar nichts von dem hinterhältigen Angriff mitbekommen.

Dann wäre er jetzt tot und der Killer auf der Flucht. Er muss sich ins Zimmer geschlichen haben, nachdem das Housekeeping die Vorhänge zugezogen hat, sonst hätten meine Leute ihn entdeckt. Er hat in Zimmer CL115 übernachtet, wir waren vier Räume daneben in der 119. Hätten wir ein Zimmer direkt neben ihm gehabt, wären wir noch schneller vor Ort gewesen. Ich hätte ihn gar nicht allein zurückkehren lassen dürfen. Scheiße! Ich kann nur hoffen, dass er überlebt. Das verzeihe ich mir sonst nie.«

»Macht Ihr Fortschritte, was den Fall anbelangt?«

»Die Ergebnisse aus dem Labor sind eindeutig. Tom Riggs ist der Mörder. Seine DNA wurde auch bei euch am Tatort sichergestellt, an dem Jodie Manzer starb. Das weißt du ja schon.«

Petersen brummte zustimmend.

»Er ist ein unbeschriebenes Blatt. Deswegen konnte er sein Sperma zurücklassen. Wir haben auf seinem Telefon Nachrichten gefunden, die auf Hintermänner hindeuten. Jemand muss ihm die Schlüsselkarte zugesteckt und ihn gewarnt haben. Sharon Stewart hat ja berichtet, dass er angerempelt worden war.«

»In dem Punkt seid ihr immer noch nicht weiter?«

»Nein. Die Nummer, mit der Riggs nach seinem Verschwinden vom Dock auf dem Handy kommuniziert hat, läuft ins Leere. Die war auf einen mexikanischen Einwanderer registriert, der nichts damit zu tun hat.«

»Und in Riggs Computern seid ihr auf nichts gestoßen?«

»Da hat sich alles gelöscht, als wir versucht haben, den Schutz der Festplatten zu umgehen. Das wird sich nicht wiederherstellen lassen.«

»Also haben wir zwar den Mörder, wissen aber nicht, wer im Hintergrund die Fäden gezogen hat.«

»Noch gebe ich die Hoffnung nicht auf, Scott.«

»Und ich versuche, hier in New York Staub aufzuwirbeln. Mal gucken, was es bringt.«

Nachdem Petersen das Telefonat beendet hatte, dachte er an Weller. War es möglich, dass der Ex-Senator dahintersteckte, oder war das ein paranoider Gedanke?

»Du siehst betrübt aus«, sagte Curland, als er sich auf seinen Platz setzte.

»Ich habe gerade mit Michael in Chicago telefoniert.« Er fasste das Gespräch für seinen Partner zusammen.

»Dafür, dass wir einen Fall als gelöst schließen können, ziehst du ein tieftrauriges Gesicht«, sagte Curland.

»Was heißt schon ›gelöst‹?«

»Riggs hat hier in New York zwei Menschen getötet. Jetzt ist er aus dem Verkehr gezogen.«

»Und was ist mit den Hintermännern? Wer hat ihn gewarnt? Ihm den Zugang zum Hotelzimmer verschafft?«

»Keine Ahnung. Wahrscheinlich die Mafia. Das passt zu dem Vorgehen. Chicago war früher ein heißes Pflaster. Wenn die Mafia dahintersteckt, würden wir niemals alle Hintergründe aufdecken. Die ehrenwerten Familien halten immer zusammen, man würde nichts in Erfahrung bringen. Ich bin damit zufrieden, dass Riggs gestorben ist, wir ihm einen Mord nachweisen und den anderen Fall auch abschließen können.«

»Bist du wirklich zufrieden? Wir wissen nicht, wieso Manzer getötet wurde. Genauso wenig, warum er Stewart ausgesucht hat.«

»Er ist der Mörder. Das steht über allem.«

Die Partner schauten sich an. Petersen wollte widersprechen, schwieg jedoch. Er schien Curland nicht überzeugen zu können. Der wollte den Fall abschließen.

»Was ist mit Baker?«, fragte Curland.

»Keine Veränderung.«

»*Das* ist die wirklich schlechte Nachricht. Ich hoffe, er überlebt's. Armer Kerl!«

60

Tilda sprang sofort auf, als sich die Zugangstür öffnete. Eddie trat ein, mit der gleichen missmutigen Mimik, die ihn seit Tagen charakterisierte.

»Gibt's Neuigkeiten?«, fragte sie.

»Alles unverändert.«

»Seit zwei Wochen liegt Henry im Koma. Oh Gott. Die Ungewissheit macht mich fertig.«

»Immerhin hat man ihn vor Tagen von der Intensivstation verlegt, und sein Zustand ist seither stabil. Das gibt mir Hoffnung und Möglichkeiten.«

Eddie hatte bei einem ihrer letzten Gespräche um ihre Meinung gebeten.

»Sie bleiben also dabei und wollen ihn hierhin verlegen lassen, sobald die in Chicago grünes Licht dafür geben?«

»Ja«, sagte Eddie. »Ich bin mir sicherer denn je. Wir haben Platz genug im Haus. Ich kann ihn medizinisch versorgen.«

»Sie wollen sich alleine um zwei Pflegefälle kümmern? Denn ich bin auch einer. Mein Bruder ist gefangen in seinem Körper, ich in diesem Glaskasten.«

»Für Mr. Baker könnte ich mir Hilfe holen.«

Der Gedanke war neu. Oder hatte er ihn beim letzten Mal bloß nicht ausgesprochen?

»An wen haben Sie gedacht?«

»Eine Krankenschwester oder Physiotherapeutin, die

jeden Tag nach ihm sieht. Zumindest von Montag bis Freitag. Und fürs Wochenende eine zweite Person. Sie sollen Übungen mit ihm machen, ich habe schon recherchiert. Es wäre nicht klug, ihn einfach bewegungslos liegen zu lassen. Seine Muskeln müssen möglichst gut erhalten bleiben.«

»Und wie wollen Sie meine Anwesenheit erklären?«

»Ich brauche nur für ein paar Stunden am Tag Hilfe. Wenn die Krankenschwester zum Beispiel um zehn Uhr morgens beginnt und bis sechzehn Uhr bleibt, könnte ich Ihnen ganz normal Frühstück servieren. Alle weiteren Mahlzeiten müssten wir nach hinten verschieben. Die Hilfskraft dürfte niemals in den Keller gehen. Von außen würde sie nichts sehen. Vor der Tür liegt ein leerer Raum, scheinbar ungenutzt.«

Tilda widersprach nicht, obwohl ihr die Vorstellung nicht gefiel. Oder würde sich daraus eine Gelegenheit zur Flucht ergeben? Darüber wollte sie in Ruhe nachdenken. »Wenn Sie glauben, das leisten zu können, würde ich Sie unterstützen, so gut es mir hier möglich ist. Ich kann Mahlzeiten später einnehmen, das ist kein Problem. Aber stellen Sie sich die Vollzeitpflege eines Komapatienten nicht zu einfach vor.«

»Natürlich nicht! Ich weiß, wie schwer das wird. Doch ich bin überzeugt, Mrs. Baker hätte das von mir erwartet. Also werde ich es schaffen. Ich habe immer alles geschafft, was meine alte Herrin von mir verlangt hat. Das zeichnet mich aus.«

Sie nickte ihm aufmunternd zu. »Ich bin hier, wenn Sie mich brauchen.«

Zehn Minuten später verließ Eddie den Keller. Tilda wartete, bis sich die Tür geschlossen hatte. Dann legte sie sich aufs Bett. Vorläufig war die größte Gefahr gebannt. Ihr Bruder lebte. Es gab für Eddie keinen Grund, einen Notfallplan anzugehen. Hoffentlich überstand Henry den Transport.

Sie stellte sich vor, wie eine Krankenschwester durch Zufall auf ihren Raum stoßen würde. Wäre das eine Gelegenheit, von hier zu entkommen? Es war immer gut, mehr als eine Möglichkeit zu haben. Sie war gespannt auf die nächsten Wochen und Monate.

Ihre Gedanken wanderten weiter. Eddie war mit der Situation offensichtlich überfordert, das sah sie ihm an. Ob sich das ausnutzen ließe? Wie würde er in seinem jetzigen Zustand reagieren, wenn er sie scheinbar bewusstlos am Boden liegend vorfände?

Sie malte sich aus, wie sie ihn überwältigte und tötete. Anschließend würde sie aus dem Keller zum Pflegebett ihres Bruders marschieren und ihm ein Kissen aufs Gesicht pressen, bis er nicht mehr atmete. Danach könnte sie einfach in die Freiheit spazieren.

»Oh ja«, flüsterte sie.

Momentan war sie zum Nichtstun verdammt. Aber das würde sich bald ändern. Sie durfte bloß nicht zu früh zuschlagen. Die Chance, Eddie zu sich in den Glaskasten zu locken, würde wohl nur einmal kommen. Bis dahin musste sie geduldig sein.

Und dann …

Gute Nacht, Eddie!

Gute Nacht, Henry!

Tilda lachte und hielt sich eine Hand vor den Mund.

Der Butler durfte sie nicht hören. Er sollte in ihr eine besorgte Schwester sehen und keine Killermaschine, die darauf wartete zuzuschlagen.

Sie hatte in ihrem Leben gelernt, geduldig zu sein. Für das lohnendste Ziel überhaupt, ihre Freiheit, würde es ihr nicht schwerfallen.

Tilda schloss die Augen. Es dauerte nicht lange, bis sie in einen traumlosen Schlaf fiel.

Die letzten 3 Erinnerungen
Ab dem 6.1.2025 erhältlich.

Nachwort

Liebe Leserinnen und Leser,

immer dann, wenn ich einen Roman über die KEG schreibe, fühlen sich für mich die Begegnungen mit Robert Drosten, Lukas Sommer und Verena Kraft so an, als würde ich alte Freunde wiedersehen. Ähnlich ergeht es mir mit Till Buchinger.

Bei Tilda Schmitt sieht das ein bisschen anders aus. Als alte Freundin kann man die Mörderin wahrlich nicht bezeichnen. Schon ihre Geburt in meiner Fantasie war ein ungewöhnlicher Moment. Falls es Sie interessiert, verweise ich auf das Nachwort zu dem Roman Die Tätowierte, in dem ich die Entstehungsgeschichte kurz beschreibe. Die Bösewichte, die ich mir ausdenke, verblassen für mich spätestens dann, wenn sie aus dem Verkehr gezogen worden sind. Tilda hingegen leuchtete so hell, dass ich ihre Geschichte weiterspinnen wollte. Die letzten 4 Seiten sind der zweite Band, und im Gegensatz zu dem Vorgängerband ist Tildas Rolle diesmal gewachsen. Am Ende ist die Erzählung noch nicht. Schon bald geht es in dem Roman Die letzten 3 Erinnerungen weiter.

Normalerweise sind meine Romane abgeschlossen. Jetzt habe ich mich für ein eher offenes Ende entschieden. Bitte nehmen Sie mir das nicht übel. Wenn Sie schon bei der Veröffentlichung des ersten Bands im September 23 zugegriffen hatten, mussten Sie ein Jahr warten, bevor ich nach New

York zurückgekehrt bin. Diesmal müssen Sie sich nur vier Monate gedulden, denn schon Anfang Januar geht es weiter. Ich hoffe, Sie freuen sich darauf. Wie wird es Tilda und Eddie ergehen, während Henry um sein Leben kämpft? Ich verspreche Ihnen eines: Es wird hochspannend und dramatisch.

Falls Ihnen *Die letzten vier Seiten* gefallen hat, freue ich mich über Ihre Rückmeldung. Neben persönlichen Nachrichten sind für uns Autoren Rezensionen, die Sie auf der Produktseite von *Die letzten vier Seiten* bei dem Buchhändler Ihres Vertrauens hinterlassen können, ganz besonders wichtig. Dafür bedanke ich mich sehr herzlich!

Wenn Sie es noch nicht getan haben, dann tragen Sie sich doch bitte in meinen Newsletter ein, durch den Sie immer auf dem neuesten Stand sind, was meine Veröffentlichungen anbelangt. So helfen Sie mir ganz besonders!

www.marcus-huennebeck.de/newsletter

Alle neuen Empfänger erhalten übrigens die Kurzgeschichte *Die Namen des Todes – Die Jagd beginnt* als Dankeschön geschenkt.

Per E-Mail kontaktieren Sie mich unter:

kontakt@marcus-huennebeck.de

Per Facebook erreichen Sie mich wie folgt:

www.facebook.com/MarcusHuennebeck

Und per Instagram unter

www.instagram.com/marcushuennebeck

Vielen Dank und herzliche Grüße,
Ihr
Marcus Hünnebeck

Lesetipps

Ich werde oft nach der richtigen Reihenfolge meiner Bücher gefragt. Diese finden Sie im Folgenden, auch wenn ich der Meinung bin, dass man jeden meiner Thriller unabhängig von den anderen lesen kann. Aber für alle Leser, die sich gern an der chronologischen Reihenfolge des Erscheinens orientieren, ist diese Auflistung gedacht.

Die KEG-Reihe

Die Todestherapie	*Bittere Brut*	*Der Schmerzspezialist*
Der Wundennäher	*Tödlicher Fake*	*Der Bravmacher*
Der Schädelbrecher	*Schreikind*	*Die Nachahmer*
Blut und Zorn	*Eiskalte Reue*	*Die Tätowierte*
Die TodesApp	*Der Schattenbringer*	*Der Peiniger*
Muttertränen	*Der Mädchenpflücker*	*Der Trostspender*
Todesschimmer	*Feuerqual*	*Die Todesbeute*
Vaters Rache	*Totgeschlagen*	*Dein Lieblingsmensch*
Rachekrieger	*Böser Sandmann*	*Ballkönige des Todes*
Der Geisterfahrer	*Der Blutmaler*	
Nesthäkchens Schrei	*Schlechter Freund*	

Die Buchinger-Reihe

So tief der Schmerz	*Der Kümmerer*
Kein letzter Blick	*Der Raum der bösen Mädchen*
Wundenherz	*Lügenmaske*
Zu viel gesehen	*Heimliches Kind*
Zwischen den Seiten	*Der verschwundene Enkel*

Bei meinen übrigen Büchern finden Sie die Reihenfolge direkt auf den Produktseiten der Bücher.

Über den Autor

Marcus Hünnebeck gehört zu den erfolgreichsten Thriller-Autoren Deutschlands. Seine Bücher erreichen regelmäßig die vordersten Positionen in den Bestsellerlisten und begeisterten inzwischen weit über zweieinhalb Millionen Leser. Besonders mit der Reihe um die beiden Hauptkommissare Robert Drosten und Lukas Sommer hat er sich in der Gunst der Leser nach vorne geschrieben. Nachdem er im Ruhrgebiet aufgewachsen und danach viele Jahre im Rheinland gelebt hat, wohnt er inzwischen in Hamburg.